1. 老家前豐收一幕（張美蓮　繪）
2. 蔭豆豉
3. 竹簍甜粄

4		7
5	6	8

4. 割稻禾，食稻飯（張美蓮　繪）
5. 老土磚屋
6. 美濃民間粄印模
7. 手抄本壽誕章封面
8. 豬肺製「客家太伯」

		9		12	
	10	11		13	

9. 曬豬膽肝
10. 美濃開基伯公
11. 採茶服裝
12. 舊牆面
13 手抄本壽誕章

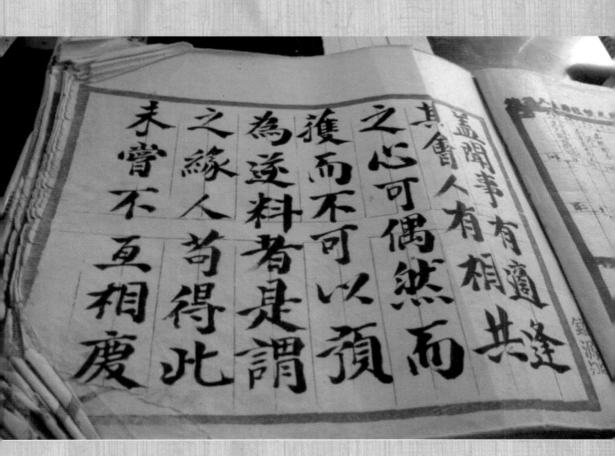

<table>
<tr><td colspan="2">14</td><td>17</td></tr>
<tr><td>15</td><td>16</td><td>18</td></tr>
</table>

14. 送聖蹟（曾文忠　繪）
15. 滿年福天公桌
16. 楊寮下伯公
17. 醮事簿
18. 芋頭雕「姜太公」

19
20 | 21

19. 曬蘿蔔苗
20. 補罾網
21. 蓑衣

美濃客家語
◀寶典▶

邱國源
劉明宗 ——合編

古國順 ——審訂

凡例

一、本書之編撰旨在蒐集、保存美濃古老客家俗諺語，俾使此淳正之本土語言得以承傳，為臺灣客家語保存珍貴之文化資產。

二、本書語詞材料之蒐集，由邱國源總負責；王玲秋校長繕打底稿；林素珍老師負責客語標音和校稿；劉明宗負責客語漢字之訂定、客語標音和華語釋義之校正，及附錄之編輯；附錄中之客家語詞分類則請李宜諭主任幫忙；書內插圖，除商請畫家曾文忠、張美蓮支援外，餘均由邱國源自行攝影。

三、本書之編輯，分前言、正文、附錄三部分。正文語料之編排，依客語標音英文字母a→z順序，先列a、b、c、d等首字字母於頁中上方，再列a、ab、ad、ag等客語音讀標音於頁左；每一語詞又分為客家語詞、客語標音、華語釋義三欄。

四、本書所採用之客語漢字，以《臺灣客家語常用詞辭典》用字和教育部推薦用字為優先考量；若無適當用字，則查《廣韻》或《漢典》之客語標音，以音同義同、音近義同、音近義近之漢字為原則；若無符合上述原則者，則以音同或音近之字替代。客語標音則採教育部公布之「臺灣客家語拼音方案」。

五、本書編排體例：如為責罵之詞則用（罵）標示；如為貶抑之詞，則標示（貶）；如為警示語，則標示（警）；如為諷刺語，則標示（諷）；歇後語用（歇）標示；山歌歌詞則用（山）標示。

六、本書之語料，限於篇幅，未將農諺、氣象諺、飲食諺、猴話、四句金言、童謠等收入。

七、附錄羅列美濃客家語常有之語詞組合現象或發音特殊情況，俾使讀者能對美濃客家語有更進一步之認識和理解。

編者邱國源序

　　文化不只是物質和精神的分類，也是一種共同的社會生活方式、行為模式、風俗習慣，一種傳統的延續。語言使得人類的智慧得以累積及傳承，文化則是歷史上所創造的生存方式系統，是人類社會賴以生存和發展的基礎。語言文化更是人們對語言這一精神財富的創造和發展成果的總和，因為語言之中蘊含著文化，而文化的豐富和發展又得益於語言，兩者的關係是相得益彰的。

　　大學時代，六堆先賢、美和中學創始人徐榜興先生（當時也是中山醫專董事長），於台中六堆同學會餐會上演講，特別指出：當客家人，是值得驕傲的，並例舉許多歷史名人、賢達，最後特別叮嚀我們客家青年，一定要記得客家諺語：「寧賣祖宗田，不忘祖宗言；寧賣祖宗坑，不忘祖宗聲」之意義及精神。四十多年來，我念茲在茲，均在關心客家事務。我深深發覺：目前臺灣客語文化面臨空前流失，連美濃夥房家族中的年輕人，聊天都要夾帶國語及閩南語，自己忘了客家話，甚至一家人都是客家人，不說客家話，也不覺得羞愧。

　　客家學者羅肇錦教授指出：「土耳其話、夏威夷的當地話及英國威爾斯的威爾斯語，皆因為當代的強勢語言使用之下，面臨極少數人在使用的語言了，各國政府紛紛推行許多的運動讓這些母語不至於消失，雖然無法興盛旺大，但是至少能保留並延緩它的消逝。」客語之傳承工作乃是吾等客家人當務之急，我身為愛鄉愛土的知識分子之一，為延續客家文化，好好的發揚客家文化，為家鄉、為客家盡一份棉薄之力，是義不容辭的。

　　我於民國73年間就開始蒐集整理「客家婚喪喜慶禮儀」之文章，宗長邱欽盛先生交出其本人收藏的客家禮儀相關資料；廣善堂行

禮寫帖先生黃庚祥前輩（102年10月仙逝，享壽95歲）贈送我一份手抄客家《七言雜字》書本，兩人並親自說明、講解，敝人斯時開始做「美濃傳統老古言語」（即將消失的客家語彙）的訪談收錄工作；《客家婚喪喜慶禮儀》一書，於民國78年10月用傳統手工打字機編輯妥善。行政院客家委員會於2001年6月14日肇始成立，14年來，台灣各地客家縣市、鄉鎮公務機關，均爭相出版客家話書籍；然而，美濃地區至2010年12月，才由美濃鎮公所出版較精美之《美濃客家諺語山歌俚語歇後語》一書；然大家總覺得此書少了一些在地美濃味、美濃語調。

　　美濃傳統老古言語，皆藏在美濃年長的耆老心中，無法輕易地讓他們說出來；必須與他們真誠相識，在怡然自得、放鬆心情下聊天，方可取得一、二句「老古言語」。十多年前，我將部份草稿贈送給親朋好友參閱，他們總是給予甚多的鼓勵，但是卻因種種因素，讓收錄「美濃老古言語」的工作，在停停歇歇中，慵慵懶懶地延續了30年。這對從事客家文化的工作者來說，是有愧於大家的。為了留下雋永、趣味的美濃古老客話，也為了先人如歌如詩的智慧語珠能傳承下去，今天，我們總算獻出一份小小的禮物給美濃鄉親！

編者：**邱國源**
學歷：**逢甲學院畢業。**
經歷：
曾任：**旗美商工教師、今日美濃週刊社長。**
現任：**美濃水患自救聯盟召集人、高雄市美濃文化產業協會總幹事。長期從事地方文化研究工作，對美濃地區政治，及歷史掌故、文化、飲食、語言、生命禮儀等均有深入鑽研、探討。**

主編劉明宗序

　　語言是文化的重要根基，保存著各族群鮮明的歷史、思想、習俗等無形資產。若是族群語言消失，則該族群的歷史、文化只能在故紙堆、記憶中尋找。

　　記得民國102年年初與劉士麟校長在某個場合見面時，他很高興的告訴我，他和一些人正在做一系列美濃語言資料的整理工作。我看他說話時激動的聲音、發光的眼神和興奮的表情，猜想這一定是個了不起的工程，否則像劉士麟校長這般見過世面的人怎會為一項工作而興起如此心緒波瀾？只是當時他沒有說得很清楚，而且我以為這是他和廣善堂廟內的會務事，故而未深入追問到底是在整理什麼內容。到了當年約十月中旬，突然接到表哥國源兄的來電，說他編有蒐集達三十年之久的美濃俗話諺語和歌謠等，打算出版，並請我以研究客家文化的學者立場，為此書作序。我原想：「林茂芳先生和李新男老師不是才剛出過一本美濃的俗諺歌謠嗎？你那本書會不會和此書大同小異、出現疊床架屋的情況呢？」但基於兄弟情誼，而且我也很想看看國源表哥所蒐集的美濃俗諺語中到底藏有多少寶貝，於是便請他將電子檔寄過來，方便我看完全文後再寫感想。

　　原本以為自己在近十年講授客家語言、謠諺相關課程，和參與教育部、客家委員會、民間客家文化協會等關於俗諺歌謠等詞彙資料庫編纂、詞典編輯中所接觸的客語已多，故其實並未對此書抱持太大的期望。只是，當我打開電子檔一看，天哪！原稿竟然有三百多頁，而且品項之豐富，還真讓我嚇了一跳！更讓我驚訝的是，我才剛看沒幾則俗話詞彙，竟然發現頗多我以前未曾見識過的客語詞彙（後來稍為比對，大約有三成左右），縱使對照其華語解釋去尋繹自己舊時經驗

或腦袋中所留存的全臺其他地區客語詞條，亦未能解決我對此詞彙的陌生困境。至此，我才驚覺自己對故鄉母語的瞭解程度，仍有許多加強空間；亦可由此看出美濃客語之豐盛、美妙。

原本電子底稿，是由國源兄手寫，並請王玲秋校長（劉士麟校長夫人）電腦打字（至此，我才恍然大悟士麟校長所說的大工程便是指此書之編纂）；但因國源兄蒐集資料時是以客語記音，而文字也採客語音近之漢字方式記錄，故常出現客語有音而漢字無字的窘境。在此情形下所使用的文字，常出現罕見用字，甚而是自創的會意字或形聲字。以我學中文出身的背景，加上近年從事客語教學和客委會客語認證教材、教育部客語詞典編輯、審查的經驗，在閱讀這些材料時便已產生許多認知上的困擾；如果是一般民眾，既缺乏客語詞彙相關內容概念，又不認識這些罕見漢字，便無法理解和學習，遑論去保存或傳揚。

面對如此罕見「寶山」，但又到處充滿閱讀、理解障礙的情境，對任何喜愛、關心客家文化發展的人來說，都是令人心焦、不捨的。緣於此書對美濃客語傳承的寶貴，也因自身對客家文化傳揚的使命感，我大膽向國源兄提議暫緩付梓，先從詞彙用字重新釐定和標注客語標音開始重新修訂，並參考教育部《臺灣客家語常用詞辭典》、推薦用字和客家委員會客語認證教材用語、用字，以求本書的編輯和印行確實對臺灣客家文化的傳承、語言的推廣能有實質的效益。國源兄或許也體認到茲事體大，也想到文化是千秋萬世之大業，因此當下便答應做更完善之處理。只是，重新做客語標音和客字訂定是一項非常重大的工程。在教育部和客家委員會召開相關編修會議時，都會邀

集全臺精熟各腔客語、文字的優秀專家、學者匯聚一堂，大家集思廣義，琢磨訂定。其動用人員之龐大，時間之長，心神之耗損，實非局外人所能領會。雖然我本身公、私方面的工作均已滿檔，但心想若連自己家鄉的事情都不能由自己來完成，還有誰會來關心？況且這種客語語音、文字專業之學者、專家在臺灣本就不多，北部學者雖稍多，但未必真正了解美濃在地語言，而遠水實際也救不了近火，因此只好自家「撩下去」——所謂「解鈴還需繫鈴人」，既然是我自己的建議，也只好由自己來幫忙解決。只是比較過意不去的是：我拉了東門國小的林素珍老師（她的客語標音打字速度超級快）來陪我們一起辛苦。

為了及早將本書完成修訂，我們挪出共同的空檔——每週三晚上六點半（我傍晚下班後從屏東趕過去）到九點半；討論地點則借用素珍老師服務的東門國小辦公室（這要感謝前東門國小楊禮清校長的大力幫忙和楊信清警衛的安全守護）。從102年11月開始，到103年9月底止，每週固定時間開會；遇其中一人有事則另改討論時間，寒暑假亦照常舉行。編輯工作，主要是由國源兄負責內容的解說（因其中有些形容詞、動詞等華語解釋內容，連我都不太有相關經驗或知識）和發音的確定（含聲、韻、調等）；素珍老師負責打字、記音；我則負責文字（含語音）記錄的正確性檢查、客語漢字問題的解決和華語釋義的定稿。三人常常一坐下便是三個小時，連上廁所都覺得有些奢侈；直到我的眼皮告訴我該回家休息了（我從美濃回高雄住處還需四十多分鐘），大家才各自收拾東西，離開東門國小。大家如此這般執著，是因想將這美麗的臺灣瑰寶、無價的文化資產早日讓大家共享

（尤其是我們美濃鄉親），是以無怨、無悔、無償的努力編修。

　　本書內容，除國源兄自撰的客家源起、客家人分布、客家話屬性等相關材料外，原蒐集「美濃地區即將消失的客家語彙」包含有：美濃客家生活習慣用語、美濃客家老古成語、美濃老古諺俗語（含順口溜、童唸童謠、農諺、飲食諺語、猴話等）、美濃好話金言和美濃客家繞口令等。細觀國源兄的蒐集，範圍的確十分廣泛，且內容異常豐富、精采，讓人不能不佩服其用功之勤、用心之深。但有感於書籍的編輯目標應力求簡單、明確，讀者的使用方能更形便利、實用，是以再次建議國源兄，本次只針對俗諺語做整理，而將歌謠和好話金言、繞口令等材料暫時割捨，等待他日另行編輯書冊發行。

　　本土語言、文化的整理，是無止無盡的「保育」、傳揚工作，我們均知「自己國家自己救」的道理，但為何自己族群的母語、文化不能自己關懷、自己挽救？我非常慶幸看到近年來在美濃的鄉親，能夠注重自己的文化根源，致力於語言、文化的保存（不管是出書或辦在地刊物）；更高興見到國源兄能夠在關懷故鄉政治、事務之外，花費如許心神在無形資產的傳揚上，是以義無反顧的與他並肩承擔此項重大任務。而今，客語標音、客字訂定和華語解釋均告一個段落，分類詞彙編輯亦請李宜諭主任（東門國小退休主任）完成，付梓事宜則商請有豐富出版經驗的五南圖書出版股份有公司編輯。非常慶幸自己能在第一時間親炙這些美濃古老又精采、充滿智慧哲理的俗諺語，這真是人生最美、最大享受。

　　誠摯希望這本書籍的印行，能夠讓美濃古老俗諺語，重新活躍在鄉親的日常生活中；並為臺灣的語言、文化寶庫，增添更豐碩的資

產。是而以「臺灣瑰寶　客語風華【美濃客家語彙寶典】」為題，向所有愛好與關心本土語言、文化者推薦，此中美寶，無與倫比。正因此書內容的充實、珍貴，亦是研究語言、文化者之絕佳原始材料，盼望所有相關研究者千萬不可等閒錯失。

劉明宗　一〇五年春序於高雄

主編：**劉明宗**
現任：屏東大學中國語文學系系主任
　　　十二年國教客語課綱研修小組委員
　　　教育部國語文教科圖書審查委員
　　　教育部《新編六腔客語詞典（南四縣腔）》編輯、審查委員
　　　客家委員會諮詢委員
　　　客語認證教材（初級、中高級）編審委員、核校委員
　　　美濃博士學人協會理事長
曾任：屏東教育大學總務長、主任秘書、附小校長、客家文化研究所所長、
　　　師資培育中心主任等。
　　　僑務委員會海外（泰北、緬甸、印尼、美東加東、美西加西、美南）
　　　華文講座

編輯顧問王玲秋校長序

　　成為美濃的媳婦多年，一直為沒能替家族或美濃做些什麼而感到些許內疚；退休之後，想真正卸下從前執著的一切，就隨老公住回他心心念念的家鄉，卻意外地愛上美濃。

　　清晨，在啁啾鳥語中醒來，以愉悅的心迎接晨曦；不管是什麼時間，走在不同的路段，看著眼前的湖光山色，無論是豔陽高照、晴空萬里的層巒疊翠，或微雨初晴、山嵐氤氳的無垠綠野，甚或是烏雲密佈、暴雨傾盆的潑墨山水，在在都給我無限的驚奇與喜悅；我更愛在靜謐的夜裡，仰望星空、追尋流螢的身影，浴著沁涼的夜風，聽著嘹亮的蛙鼓蟲鳴、聆賞那豐富的生命樂章。而點綴在寧靜生活中的，是許多鄉親好友的到訪。從他們不同主題的閒聊或談話中，讓我對美濃有了更深入的了解和認識。

　　認識邱國源老師應該有二三十年了吧。在多次的閒聊中發現：原來，他是如此的博學多聞，又是如此的深愛這塊孕育他的鄉土。對美濃的人、事、物，不管是歷史地理的、文化語言的、農林耕作的、甚至是生活中食衣住行……的，他都瞭若指掌，任何時候與他談起，他都能信手拈來、如數家珍，而且引經據典、妙語如珠。

　　這真是大大的顛覆了我對他的刻板印象。我訝異於他超好的記性，更佩服他對家鄉事務的關切和用心，你可以清楚地知道他真的是用實際行動來愛這塊土地的。所以，當他不知第幾次憂心地提到，他所蒐集整理的資料一直找不到人幫他打字，他的身體狀況不好，不知哪時會走掉的時候，我自告奮勇地說：「我幫你打。」

看著手中那厚厚一大疊的手稿資料，嚇了我一大跳。完全沒想到眼前那堪稱「娟秀」的字跡，竟會是出自邱老師的手，那麼工整，那麼豐富周詳，真是太意外了。而這，也讓我愣了很久，因為──真的不知道應該要從何處著手才好。大略的看完所有資料，分析了內容性質，再跟邱老師討論過章節之後，告訴自己：「千里之行，始於足下！加油！」。

　　一開始，進度是非常緩慢的。因為那艱澀且詰屈聱牙的語言，並非我所熟悉的，而且，它還有相當程度的「粗俗」感。邱老師似乎看出我的困擾，他跟我說明：因為先民識字不多，只能用最淺白、直接的方式來描述事件或生活體驗和道理，所以「粗」，所以「俗」，這就是生活，就是俗語、俚語。理解了這一層，我也轉換心情來研究、探索這個更貼近美濃的區塊。

　　一字一字地敲擊，誠然是枯燥無趣的，尤其是許多以「音」、「義」造出來的字，普通字典中根本查不到。我需要一次又一次的嘗試用不同的音去找字，那密密麻麻的小字，經常看得我眼花撩亂，所以，許多時候，真的要掙扎很久才能克服那股慵懶的感覺，重新坐到電腦面前，繼續未完成的任務。

　　不知不覺中，這個艱鉅的任務終於完成了。這期間，多次和邱老師討論我所發現的問題，也著實讓我獲益良多；而每次討論過後，邱老師總是以感謝作為談話的結束，讓我深深覺得，自己總算能發揮一些退休人員的剩餘價值，不只是做個虛耗時光的米蟲而已。

因為資料實在很多，限於篇幅，無法對每一句話做詳細的解釋或舉例，也很難加註注音，可能在使用上會較受限制，是美中不足的地方，卻無奈也無能為力。只願這份資料能對保留客家文化有實質的價值與貢獻，也算是我獻給美濃這一片好山好水的一份回饋禮物吧！

編輯顧問：**王玲秋**校長
學歷：台南師專音樂組、台南師院初教系
經歷：高雄縣湖內鄉三侯國小校長
　　　高雄縣橋頭鄉橋頭國小（創校）校長
　　　高雄縣大寮鄉後庄國小校長

編輯顧問宋國榮序

國泰民安振家聲　源遠流長美濃情

　　接到國源兄約談電話有些訝異，印象中他是故鄉的名人，人稱「師爺」的他經歷大小選戰謀略策士，對地方的事務均熱心參與，是位褒貶均沾，個性有點像早期大炮議員林宜鑑敢講敢衝的美濃菁英人物。

　　人怕出名，是非就多，尤其美濃幅員小，人口弱化，人與人之間，做人處事縱使熱心故鄉事務，打抱不平講了真話，如牽涉利害關係，是常被誤會遭到批評，有時做事低調、做人長存善念，人生會比較自在。俗話說：「會蹶櫥個貓，毋得主人惜」，有功無償，打壞要賠，是登常有的事，這是與國源兄第一擺正式見面，開場白的一段對話。

　　深談後才逐漸瞭解，他花了很長的時間編了這本「美濃地區即將消失的客家語彙」，經過數十年不斷的走訪、田園調查、匯集修正，從長者口述記錄即將消失的俚語，他書中提到幫助他很多的廣善堂永久志工黃庚祥長老，已於民國一〇二年十月以九十五歲高齡仙逝。及時搶救三百多頁這些寶貴的客家文化語彙是無比的重要，他在困難的環境下願意無私、默默整編，奉獻有意義的客家文化資產，算是功德無量。

　　當我重覆看了此書內容，也提供了個人淺見修改一些打錯文字，增加了漏掉地名，暨個人知道的俚語，也希望加強注音讓讀者更能朗朗上口，也請曾文忠老師提供畫作，多些插圖增加生動可看性，

特別邀請旅外傑出鄉親擔任出版贊助顧問，出書、燒製光碟片，讓更多美濃人參與，擴大閱讀層面。邱國源編寫這本「美濃地區即將消失的客家語彙」不以謀利，真誠付出，做對的事，將留名後代，對這本書名過於冗長，如以「美濃客家語彙寶典」是否更為貼切？

編輯顧問：**宋國榮**
廣潤建設開發有限公司　董事長
美濃旅外同鄉會　總會長
客家委員會　委員
國際獅子會 300E1 區　前總監
高雄市政府　顧問
家扶中心　前主委

編輯顧問黃丙喜序

　　國源兄花了多年心血的『美濃地區即將消失之客家語彙』，終於要出版問世了。這是美濃人一項重要的文化資產，也是一個很值得驕傲的采風成就。

　　有文才有化，這是文化的第一個要義。文的本意是「紋」，也就是「記錄」的意思。將居住在同一塊土地的族群的生活習慣、語言風俗、倫理道德、價值信仰和情感交流等源流起伏和演變進化等作詳實的記錄，是文化的必要前提。有了這些精確記錄的「文」，「化」這個轉換或發揚成為精神或物質文明的價值創造的過程，才能有所動力，並得以具體落實。

　　一個族群的文化之所以能夠傳承發揚、流芳百世，而且受人尊敬和推崇，是因為有許多知識份子，靜得下心來，從事寂寞的語言、文字、歌謠等採集、整理的工作。國源兄為我們樹立了好的榜樣。

　　文化的第二個要義是有化才有文，也就是文化的價值必須經由「化」的行動轉換，價值才得以實現。這是我們做為一個故鄉的子弟，面對21世紀文化創意經濟的新時代，更要共同靜心思考的問題。美濃做為一個客家的鄉鎮，蓄積了堪稱豐富的人文資源，但它因為遲遲沒有夠強勁的「文化化」和「產業化」的觸媒、舞台和行動，至今是在點滴消失，「創意化」當然更須大力突破，文化的經濟力才能在故鄉開花結果。美國一部《侏儸記公園》電影的產值=150萬部汽車。這正是我們客家子弟經常忽略的文化經濟力。當「反對」變成美濃的硬頸印記，我們更得用心思考和努力經營「文化美濃」這條新路。

編輯顧問張來和序

　　國源是舍弟盛和（財政部長）美和中學的同學，也是好朋友，所以我認識他已有五十三年之久。國源是一位充滿鄉土情感的人，在當今社會是非常稀罕而且難能可貴，他對故鄉人文風土，民情風俗，尤其對美濃人講的語言，可說是有高度的涵養及研究。二十年來，不斷的探討與研究整理，真可說是皓首窮經，費盡畢生精力才完成此書。「少而學問，長而議論，老而教訓。斯人也，其不虛生於天地間也乎！」恭喜國源完成此一不朽的名山事業！

張來和　於2015年2月

▍編輯顧問：**張來和**
▍經歷：**美濃南隆國中退休老師，前《今日美濃週刊》編輯委員**

編輯顧問馮清春（筆名：無鋤老農）序

　　邱國源老師是我在農運狂飆時代認識的朋友，屈指算來已是二三十年前的事了。他對家鄉與農民的關心、付出，源自天生自然。數次北上為農民請命，邱老師都一馬當先，在台北街頭大聲疾呼。那英姿猶歷歷在目，印象深刻。其後美濃中正湖正名運動，也曾並肩作戰，深為其守護家鄉的精神所感動。素知他在地方極為活躍，每有抗爭必奮然而起，勇往直前，至今依然不改初衷，也因此自然而然成了地方上的風雲人物。直到邁入老境的今日，猶擔任美濃水患自救聯盟召集人及美濃文化產業協會總幹事，可謂「老驥伏櫪，志在千里」。

　　日前忽接邱老師電話，告知其所編著《美濃客家語寶典》即將付梓，要我寫一篇序文。我受寵若驚之餘，自知對此素無研究，為免貽笑大方，不敢貿然答應，故在電話中謙辭再三。不意翌日竟託其襟兄攜來一大包資料，說明邱老師託付之至意。既推辭不掉，恭敬不如從命，只好趕鴨子上架了。

　　這本《美濃客家語寶典》是邱老師在醉心社會運動之餘，默默費了卅餘寒暑，苦心收集之美濃地區傳統老古語言，並加以研究整理後，編輯之成果。筆者有幸先睹為快，看完全稿，覺得對於一個地方傳統語言，能夠收集到如此廣泛，巨細靡遺，且分門別類一目瞭然，尤為難得，只此一端就足以傳世了。

　　美濃地區的客家話確有其特殊之處，無論用詞或腔調發音都別具一格，筆者的小姨子嫁到美濃，不數年說話的語調完全變成美濃腔，一開口就是「阿姆喲！」聞者莫不忍俊不禁。茲就書中資料隨手摘錄，就有如下各種詞句。

　　龍肚人鬥鬧熱─看猴過趣。

矮牯仔看大戲—腳箭箭著。

鯽鰍仔搵沙壩—緊搵緊大。

老伯姆同契哥—無都罔。

柚仔林人睡當晝—加搣個。

阿華哥牽豬哥—賺暢。

阿達先生看病—和和吔。

美濃庄發大水—緊發緊富。

　　這裡所舉只是其中一小部分，句句精彩無比，看後必然會心一笑，而這些都是美濃文化的一部分。除了這本《美濃客家語寶典》之外，保證任何詞典都查不到，若不加以紀錄保留下來，到了下一代便要絕跡了。就如屏東六堆地區也有甚多特殊生活背景所產生的諺語或流行語。如：

　　「做阿添仔」，阿添仔是內埔人，每有喜宴不請自來，食罷大方揚長而去。因此當地人凡赴宴作客，都自稱「做阿添仔」，久而久之成了常用語。此外如：

阿郎哥個狗仔 —— 嚎好（hau）吔。

豬嫲跌落糞窖 —— 任在佢撐。

阿祥餵豬嫲 —— 愛嚎就嚎。

人愛唉佢覺著愛咬佢。

謝四牯買牛仔 —— 食稈愛少，駛犁愛會走，屙屎又愛大堆。

萬巒妹仔 —— 無便宜。

打一千粒屁，煎無一盤卵。

阿二妹個契哥 —— 加拈個。

假黎嫲下山──儘在一日。

　　等等，不勝枚舉。如不紀錄下來，不久也要從六堆地區消失，這當然是客家文化的重大損失。邱老師心心念念要把「美濃古老言語」保存下來，讓原汁原味的美濃話留在美濃人的口中，可謂用心良苦。另外又還收錄了為數可觀的客家俗諺語。其範圍之廣，搜羅之精，收錄之豐，比市面上一般所謂的俗諺語集，不但毫無遜色，甚至有過之而不及。例如：六堆文化研究學會出版之《六堆俗諺語》由十餘位編輯委員費時兩年餘，僅收錄三百餘詞條。何石松教授著《客諺二百首》亦僅收錄二百餘詞條。相較於邱老師這本《美濃客家語寶典》總共收錄三千一百八十二個詞條及諺語，外加童謠二十七則，幾乎是十倍之份量。如此浩大的工程，竟出自邱老師一人之手，由不得你不佩服。由書後附記提供俗諺語之鄉賢名單多達一兩百位，不難想像其虛心就教追根究底之精神，甚且前後耗時卅餘載，不斷訪問、紀錄，以過人的毅力，殫精竭慮，孜孜矻矻，一句一句，點滴累積，終能達成其抱負。其為客家做出的偉大貢獻，非我之禿筆所能形容其萬一。

　　客家話之無法普遍使用，除了老古語言已少有人使用之外，缺少與時俱進，適合於今日社會生活使用之詞語亦為重要之原因。常聽學校老師說，雖然懂得客語，但客語中缺少現代用語，以致無法充分表達意思，尤其在討論問題或公開演講時為甚。這話說得很明顯，時代在進步，新事物不斷在產生。客語若故步自封，仍停留在古老語言中，必無法充分適應今日生活應用之所需。例如時下手機極為普遍，「通訊軟體」廣為低頭族使用，中年以下之人幾乎都在傳「line」，即華語所謂「賴」，而此一詞則為傳統客語所無。又如：網路、雲

端、媒體、高爾夫、超音波、斷層掃描、核磁攝影、霾害、麥克風、3D印刷等等，生活中充滿現代用語。一般人遇此情形，都自然以華語代替，而無法使用客語，即所謂有心無力，也可以說無能為力，於是客語就與生活脫節，自然普遍不起來。是故我們不能一味責怪年輕人不說客語，知識份子更懶得說客語，補偏救弊之道，除了發行傳統客語詞書之外，印行現代客家用語詞書，更是刻不容緩之事。深盼邱老師再接再厲，結合專家學者與有識之士，在可預見的將來爬上另一高峰，完成編撰《客家現代語詞書》之壯舉，不勝翹首企盼之至。

　　此外客語之另一難題為有音無字之部分，雖然教育部編有《客語推薦用字表》，但至今未能定於一尊，論者各有堅持，爭議不少，以致使用者無所適從，其原因當然是客語中雜有部分外來語。客家人在與其他族群融合的過程中，吸收了他族的語言，成為客語的一部份。其中以畬族、苗族、猺族為多，渡台後更融入平埔族語。而該等語言本來即有音無字，故強欲以漢字寫出殆有其困難，這就造成了今日部份客語有音無字的困擾。就如美濃地區稱男性長輩為「oˇji」，女性長輩為「oˇba」，這是源自於日語的「おじ」、「おば」，這兩個稱呼如欲用漢字書寫，確有困難，絕非翻翻《康熙字典》即可解決。又如「𠊎」字，電腦既打不出，字典也查不到，造成不少困擾。舉此兩例即可知部份客語有音無字的梗概。這也是邱老師特別敦請劉明宗教授為其校正部份客語用字的原因。故筆者以為與其造出爭議不斷的新字，不如直接用羅馬字標音，可免爭議。如日文中有大量的外來語，皆用片假名寫出，一目瞭然，從無爭議。日語可以，客語有何不可，不知方家以為然否？

從頭至尾看了這本《寶典》，讓我見識到邱老師的能耐與勤奮，才能編出一本有份量有價值的《台灣瑰寶　客家風華——美濃客家語寶典》這本寶典對客家文化、學術、語言的貢獻是無價的，必然在客家歷史上留下一筆可觀的資產。謹綴數語為序。

無鋤老農　馮清春序於隱園

編輯顧問：**馮清春**
經歷：曾任小學教員、台灣農民聯盟創盟理事長
現任：台灣客社副社長、台灣南社客家組長、深耕永續發展協會理事長

壹

美濃客家語

{ a }

客家語詞	客語拼音	華語釋義
	a	
阿擺膣	a´bai˘zii´	（罵）對女性的不敬稱呼。
阿旦無情	a´dan mo˘qin˘	戲子無情。
阿公毋煞猛，就無孫仔好揇	a´gung´m˘sad`mang´, qiu mo˘sun´e`ho`nam`	喻要以身作則，給孩子做好榜樣，方可期待下一代。
阿膦頭	a´lin`teu˘	（罵）對男性的不敬稱呼。
阿秋箭仔鉗牛嫲	a´qiu´jien e`kiam˘ngiu˘ ma˘	喻男女或夫妻不搭調。
啞眵分蜂仔刁著	a`zii´bun´fung´e`diau´do`	啞巴被蜜蜂螫到，喻有苦難言。
	ab	
鴨盯仔	ab`dang´e`	發育不良的鴨子。
鴨盯仔承竹篙杈仔	ab`dang´e`siin˘zug`go´ca´ e`	喻落伍者終會被淘汰。
鴨吮雞啄	ab`qion`ge´dug`	雞、鴨啄食。
鴨頭雞爪	ab`teu˘ge´zau`	鴨頭、雞腳。
	ad	
閼閼拶拶	ad`ad`zad`zad`	心情鬱悶、難過。
閼捽捽著	ad`cud cud do`	生悶氣的樣子。
	ai	
挨挨凴凴	ai´ai´ben ben	依靠；要靠著牆壁方可站立。

a

｛ a ｝

客家語詞	客語拼音	華語釋義
哎哎喲喲	ai´ai´io˘io˘	唉聲嘆氣的樣子。
挨凭	ai´ben	依靠。
挨礱牽鋸	ai´nung˘kian´gi	推動石磨，拉動鋸子。
矮矮吔	ai`ai`e´	矮矮的。
矮凳腳盆	ai`den giog`pun˘	矮凳子和洗腳盆。
矮貼貼著	ai`diab`diab`do`	個子很矮的樣子。
矮頓頓著	ai`dun`dun`do`	身高很矮的樣子。
矮頓頭	ai`dun`teu˘	低矮的小板凳。
矮頓頭仔會徑橫人	ai`dun`teu˘e`voi gang vang ngin˘	小板凳可以絆倒人，喻不要小看他人。
矮人多鬼計	ai`ngin˘do´gui`ge	矮小者心機較多。

am

暗摸叮咚	am mo´ din˘ dung˘	非常黑暗。
暗摸摸著	am mo´mo´do`	黑漆漆的，沒有光線。
暗摸宵疏	am mo´xi˘so˘	暗中摸索。
暗疏疏著	am so˘so˘do`	光線漆黑，伸手不見五指。
掩掩屏屏	am´am´biang biang	遮遮掩掩怕人看到。
掩籬補壁	am´li˘bu`biag`	修補籬笆、牆壁。
掩債窮，掩病死	am´zai kiung˘, am´piang xi`	隱藏債務的人，會窮一輩子；生病隱瞞病情的人，往往會延誤醫治而致死亡。

an

恁	an`	如此，這麼。
恁多話霸	an`do´va ba	很多意見或問題。

a

{　a　}

客家語詞	客語拼音	華語釋義
恁呢个食雜，就恁呢个行雜	an`e˘ge siid cab, qiu an`e˘ge hang˘cab	有如此的對待，就有這般的表現，喻種什麼因就結什麼果。
恁仔个秤，合恁仔个鉈；恁仔个公，湊恁仔个婆	an`e˘ge ciin, gab`an`e˘ge to˘; an`e˘ge gung´, ceu an`e˘ge po˘	指夫妻就如秤和鉈，是一體的。
恁奇怪，無田耕有秧賣，無老公又會肚大	an`ki˘kuai, mo˘tien˘ gang´iu´iong´mai, mo˘lo`gung´iu voi du`tai	指責小偷、小人之詞──沒田耕卻有秧苗可賣；沒老公的女人卻懷孕了。
恁新个榻榻米，㧢哋也會有塵灰	an`xin´ge ta ta mi`, mag e´ia´voi iu´ciin˘foi´	喻所有人都會有小的缺失。

au

詏詏暴暴	au au bau bau	脾氣暴躁，容易動怒。
詏暴	au bau	不聽話、反叛、任性。
拗蠻	au´man˘	蠻橫；強迫。
拗腰	au`ieu´	下腰。
拗膦塞嘴	au`lin`sed`zoi	喻讓人將自己說的話吞回去。

{ b }

客家語詞	客語拼音	華語釋義
ba		
叭叭滾 揹上揹下	ba ba gunˋ baˇsongˊbaˇhaˊ	喇叭聲；衣服或紙張撕裂聲。 肩上扛著東西到處走。
bad		
伯勞仔淡稈棚	bad`loˇeˋiam gonˊpangˇ	伯勞鳥搖稻稈棚，喻不自量力。
撥毋轉	bad`mˇzonˋ	迴轉不過來。
八敗	bad`pai	浪費、愛揮霍。
八敗帶掃	bad`pai dai so	（罵）過度揮霍，敗損家產。
撥事頭	bad`se teuˇ	分派工作。
八十阿公愛祖家，八十阿婆愛外家	bad`siib aˊgungˊoi zuˊgaˊ, bad`siib aˊpoˇoi ngoi gaˊ	指男人要顧祖宗家，女人要顧娘家。
bag		
叭哈嬤	bag haˇmaˇ	指纏腳女人。
哱煙筒	bag ianˊtungˇ	抽煙筒。
跋恁高	bag`an`goˊ	爬得很高。
百般武藝，毋當钁頭落地	bag`banˊvu`ngi, mˇdong giog`teuˇlog ti	學各種武藝不如耕田實在。
百番生理路，毋當落田坵	bag`fanˊsenˊliˋlu, mˇdong log tienˇkiuˊ	生意難做，不如耕田踏實。
擘開析	bag`koiˊsag`	用力剝成兩片。

b

5

｛ b ｝

客家語詞	客語拼音	華語釋義
擘析分孔	bag`sag`bun´kung`	物品破裂或碎掉。

bai

拜唷	bai ia´	拜拜。
跛腳老公好做主，病貓嚇老鼠	bai`giog`lo`gung´ho`zo zu`, piang meu hag`no cu`	丈夫身體雖有缺陷，仍可當家作主。
跛上跛下	bai´song´bai´ ha´	跛著腳到處走動。

ban

半份婿郎半份子	ban fun se nong´ban fun zii`	女婿是半子，有半子的身分和本分。
半斤八兩	ban gin´bad`liong´	罵人與被指責對象同類，都好不到哪裡去。
半閹陽	ban iam´iong˘	陰陽人、雙性人。
半路認阿爸	ban lu ngin a´ba´	半路認親爺，喻胡亂攀親、拉關係。
半路死半路埋	ban lu xi`ban lu mai˘	（詛）半路就不得好死。
半爛燦	ban nan can	事情做到一半。
半山岈	ban san´in	半山腰。
半生不熟	ban sang´bud`sug	尚未熟透，喻無法全盤掌握、了解。
半頭離廢	ban teu˘li˘fi	半途而廢。
半頭青	ban teu˘qiang´	指未成熟、不懂事的年輕人。
半書目，當過傍豬肉	ban zu mug`dong go bong´zu´ngiug`	睡半天覺的滋味勝過吃豬肉。

b

{ b }

客家語詞	客語拼音	華語釋義
板勢縮恬	ban`sii sog`diam´	喻沉默不語。
半尷不尬	ban´gangˇbud`ge	喻進退不得、左右爲難。
搬上搬下	ban´song´ban´ ha´	把東西搬來搬去。
扳上扳下	ban´song´ban´ ha´	把開關上下扳動。
扳頭	ban´teuˇ	任性，易發脾氣。
扳頭摛頸	ban´teuˇnam´giang`	與人勾肩搭背，喻彼此關係良好。

bang

繃雄	bang hiungˇ	形容很強壯、很有異性緣。
掆擘	bang´bag`	經濟拮据。
掆掆扯扯	bang´bang´ca`ca`	拉拉扯扯。
掆草頭	bang´co`teuˇ	拉緊草把（以便使力）。
掆上掆下	bang´song´bang´ha`	拉上拉下；拖來拖去。
掆鬚地頦	bang´xi´ia`goi´	喻忙得不可開交；全身不舒服。
掆想	bang´xiong`	長大、長高。

bau

包包挾挾	bau´bau´hiab`hiab`	行動鬼鬼祟祟。
包包囝囝	bau´bau´ngiab`ngiab`/ liab`liab`	包藏東西；行動偷偷摸摸。
飽儕毋知飢漢苦	bau`saˇmˇdi´gi´ hon ku`	有飯吃的人不知道窮人飢餓的苦。

bed

b

{ b }

客家語詞	客語拼音	華語釋義
北部親家講田地——這乜吾，該乜吾	bed`pu qin´ga´gong`tien` ti——ia`me nga˘, gie me nga˘	北部親家講田地——這是我的（這不是我的），那也是我的（那也不是我的）；喻語意含糊，一語雙關。

ben

憑籬籬就跏，靠壁壁就阿	ben li˘li˘qiu gio´, ko biag`biag`qiu o´	喻人走霉運時，靠到誰誰就倒楣。
崩山敳岈	ben´san´lud`in	指因水災或風災造成山崗崩塌的情形。

beu

飆飆撞撞	beu´beu´cong cong	小孩哭鬧又跳又撞的樣子。
飆上飆下	beu´song´beu´ha´	跳上跳下。
飆上跳下	beu´song´tiau˘ha´	小孩歡喜跳躍。
飆天撞地	beu´tien´cong ti	上下快速跳躍。
婊仔無情，阿旦無義，食軟飯个契哥無志氣	beu`e˘mo˘qin˘, a´dan mo˘ngi, siid ngion´fan ge ke go´mo˘zii hi	娼妓和演戲的女子無情義，吃軟飯的男子無志氣。

bi

嗶嗶滾	bi bi gun`	哨子、笛子的響聲。
泌飯湯	bi fan tong´	飯煮熟後將飯漿倒出。
背雞祛	bi ge´kia	拿趕走雞隻的竹器。
背脊毋知轉頭	bi lin`m´di zon`giang`	喻人不知變通。

b

{ b }

客家語詞	客語拼音	華語釋義
背上背下	bi song´bi ha´	背著東西到處走。
比手畫腳	bi`su`vag giog`	比手畫腳
飛潑	bi´bad	蔬菜滑嫩細緻、爽口。
飛上飛下	bi´song´bi´ha´	不停的飛翔。

biag

噼噼滾	biag biag gun`	火燒竹子的爆裂聲；鞭炮聲。
噼腦筋	biag no`gin´	腦中風。

biang

屏屏囟囟	biang biang liab`liab`	行動鬼鬼祟祟。
屏人尋	biang ngin´qim˘	捉迷藏遊戲。
屏上屏下	biang song´biang ha´	到處躲藏，讓人尋不著。
抨抨頓頓	biang´biang´dun dun	因生氣以摔東西發洩怒氣。
抨東西	biang´dung´xi´	摔東西。
抨上抨下	biang´song´biang´ha´	東西到處亂丟。

bid

嗶嗶噼噼	bid bid biag biag	火花爆炸聲；火燒竹子爆裂聲。
嗶嗶哱哱	bid bid bog bog	大雨聲；多人跌倒聲。
嗶哱	bid bud	花樣多；意見多。
必菇	bid`gu´	發芽。
筆尾比刀尾過尖	bid`mi´bi`do´mi´go jiam´	喻讀書人的筆比江湖兄弟的刀還厲害。
必縫	bid`pung	裂縫。

b

9

{ b }

客家語詞	客語拼音	華語釋義
	bied	
擎嘴角	bied zoi gog`	輕輕的打嘴巴；打耳光。
	bien	
變鬼變怪	bien gui`bien guai	搞鬼搞怪。
變精合怪	bien jin´gag`guai	調皮搞怪。
摙上摙下	bien`song´bien`ha´	到處翻找東西。
貶轉來	bien`zon`loi˘	翻轉過來。
	bin	
擯絆	bin ban	事情繁雜；有心事牽絆。
擯擯絆絆	bin bin ban ban	牽絆、羈絆不便。
奮奮腦綻	bin`bin`no`can	喻人好動、坐不住。
摒屎棍	bin`sii`gun	刮除糞便用的棍子。
兵掤齒扯	bin´bang´cii`ca`	指多方拉扯，喻忙得不可開交。
濱濱滂滂	bin´bin´bong´bong˘	游泳或嬉水聲。
	biong	
放寮轉擺	biong liau zon`bai`	暫停工作，稍作休息。
放韌線	biong ngiun xien	把線繩放鬆。
放上放下	biong song´biong ha´	東西隨處亂放。

b

{ b }

客家語詞	客語拼音	華語釋義
bo		
播播滾	bo bo gun`	水沖擊聲；人跌倒聲。
煲缽盎缸	bo´bad`am´gong´	陶製儲物和炊煮的各種器皿。
煲煲炙炙	bo`bo´zag`zag`	常常生病熬藥；煲煮補品。
渤渤渤渤	bo`bo`bo bo	水勢很大的樣子。
bod		
發岔岔著	bod`ca ca do`	形容很富有，很有錢。
發火膦	bod`fo`lin`	男性下體發炎。
發風落雨	bod`fung´log i`	刮風下雨。
發瘌膣	bod`hab`zii´	原指生瘰病的女人，引申指女人性慾強。
發寒打顫	bod`hon´da`zun´	寒冷到身體顫抖。
發鹽鹵	bod`iam´lu´	物品因鹽分過多而產生結晶現象。
發癰發瘤	bod`iung´bod`jied`	長癰長瘡。
發老嬲	bod`lo`hieu`	年老風騷或風流。
發鹵狗	bod`lu´geu`	癩皮狗。
發尿疾	bod`ngiau gid`	頻尿、尿失禁。
發肉雄	bod`ngiug`hiung`	男性輕狂、好賣弄。
發病倒床	bod`piang do`con`	生病臥床。
發大脹	bod`tai zong	（罵）指人不正常、有病。
發頭殼	bod`teu`in´	頭發脹、頭痛。
發脹絕滅	bod`zong qied mied	（貶）詛咒人生病、絕子絕孫。
發醉酡	bod`zui to`	酒醉失態的樣子。

b

11

{ b }

客家語詞	客語拼音	華語釋義

bog

嘻嘻滾	bog bog gun`	心臟快速跳動聲。
嘻泥團	bog naiˇtonˇ	摔泥團遊戲。
剝皮無剝殼	bog`piˇmoˇbog`hog`	喻親子相貌極爲相似。

boi

背拱拱著	boi giung`giung`do`	背彎得像拱橋般。
背蝦蝦著	boi haˇhaˇdo`	背彎得像蝦子般。
背何何著	boi hoˇhoˇdo`	背彎而身體向前傾。
背拑拑著	boi kimˇkimˇdo`	背彎而身體向前傾。
背虬虬著	boi kiuˇkiuˇdo`	背彎彎的像駝背一樣。
背痀痀著	boi kuˇkuˇdo`	背彎彎的像駝背一樣。
背匍匍著	boi puˇpuˇdo`	背彎彎的像駝背一樣。
背駝駝著	boi toˇtoˇdo`	背彎而身體向前傾。
踣著腳	boi`do`giog`	扭傷腳踝。
培著吧	boiˊdo`eˇ	意外賺到了。
培上培下	boiˊsongˇboiˊhaˇ	用手把東西撥來撥去。

bong

砰砰滾	bong bong gun`	槍彈、爆竹爆裂聲；車子撞擊聲。
幫刀仔	bongˊdo`eˇ	擦拭或磨利刀子。
磅磅滾	bongˊbongˇgun`	游泳嬉水聲。
傍飯菜	bong`fan coi	配飯吃菜。

b

{ b }

客家語詞	客語拼音	華語釋義
bu		
餔娘子女	bu´ngiongˇzii`ng´	妻子、兒女。
斧頭打鑿鑿打樹	bu`teuˇda`cog cog da`su	喻人與人之間有上下關係，出了問題會相互牽連。
斧頭無目，打到阿叔	bu`teuˇmoˇmug`, da`do´a´sug`	劈柴的人，有時不小心也可能會傷及叔叔。
bud		
哱哱滾	bud bud gun`	放屁聲；漏氣聲。
浡出來	bud cud`loiˇ	噴湧出來。
不褡不膝	bud`dab`bud`qid`	喻不三不四；與其他事物不配合、不相襯。
不孝心臼從子起	bud`hau xim´kiu´qiungˇzii`hi`	媳婦不孝順，關鍵就在兒子。
不孝心臼三餐燒，有孝妹仔半路搖	bud`hau xim´kiu´sam´con´seu´, iu´hau moi e`ban lu ieuˇ	喻公公婆婆應疼惜媳婦，不要太挑剔。
不受人教	bud`su nginˇgau	不聽他人的意見、指教。
bun		
畚箕毋捒櫳	bun gi´mˇten cang	畚箕功能與櫳大不相同，喻東西不相稱、彼此配合不好。
畚箕捒櫳	bun gi´ten cang	喻不相稱或不協調。
分獻進供	bun´hian jin gung	行分獻禮，三獻禮的過程之一。
分人開誇	bun´nginˇkoi´bongˇ	被人責罵。

b

13

｛ b ｝

客家語詞	客語拼音	華語釋義
分人食傳名聲，自家食屯屎坑	bunˊnginˇsiid conˇmiangˇsangˊ, qid gaˊsiid tunˇsiiˋhangˇ	喻能與人分享美好的事物，就能傳揚好名聲。
分食毋勻，人客出	bunˊsiid mˇiunˇ, nginˇhagˋcudˋ	分配食物不均，客人會離開。
分上分下	bunˊsongˊbunˊhaˊ	把東西到處分送給人。
bung		
捧上捧下	bungˋsongˊbungˋhaˊ	捧著東西到處走動。

b

﹛ c ﹜

客家語詞	客語拼音	華語釋義
ca		
嚓嚓滾	ca ca gun`	水急洩聲。
杈杈礙礙	ca ca ngoi ngoi	阻礙；打斷人家說話。
杈杈桍桍	ca ca pa`pa`	樹木分枝很多。
捵褲頭	ca´fu teuˇ	把腰帶提高。
搽搽抹抹	ca´caˇmad`mad`	形容女人喜愛搽脂抹粉的樣子。
擦油抹粉	ca´iuˇmad`fun`	抹油打扮。
茶油水粉	ca´iuˇsui`fun`	髮油和胭脂，早期客家女子出嫁時的隨身用品。
扯上扯下	ca`song´ca`ha´	互相拉扯的樣子。
cab		
插齊下大路關	cab`ceˇha´tai lu guan´	早期閩客械鬥，誤傳為漢族與大路關平埔族爭鬥，呼籲客族前往救援。喻要生要死大家一條心，患難與共。
cad		
掣上掣下	cad`song´cad`ha´	不停的用力拉扯。
cag		
拆東籬補西壁	cag`dung´liˇbu`xi´biag`	挖東補西，喻只顧救眼前危急而不管後果如何。
赤腳馬踏	cag`giog`ma´tab	打赤腳工作。

c

15

｛ c ｝

客家語詞	客語拼音	華語釋義
赤手空拳 拆租還賺	cagˋsuˋkungˊkianˇ cagˋzuˊvanˇpiog	空手面對敵人。 償付土地租金。
cai		
在朝贏三分	cai ceuˇiangˇsamˊfunˊ	在朝執政者比在野的人先贏三分的局面。
cam		
鏨壁空	cam biagˋkangˊ	在牆壁上打洞。
can		
綻腮仔	can zoiˊeˋ	露出男性下體，指不好惹的人。
cang		
撐船扛轎 撐頭撐尾 晟目珠	cang sonˇgongˊkieu cang teuˇcang miˊ cangˇmugˋzuˊ	渡河撐船及抬轎的服務性工作。 喻非常顧家。 強光刺眼。
cau		
操東西 抄抄寫寫 抄上抄下 吵吵鬧鬧	cau dungˊxiˊ cauˊcauˊxiaˋxiaˋ cauˊsongˊcauˊhaˊ cauˇcauˇnau nau	搜尋東西。 不斷抄寫。 到處追逐他人。 十分嘈雜、吵鬧。

c

{ c }

客家語詞	客語拼音	華語釋義
吵耳吵鼻	cau ˇngi`cau ˇpi	喻很吵鬧。

ce

遮著屋	ce cog vug`	火勢漫延他人房屋。
遮著抹人	ce do`mad`ngin ˇ	被傳染到或影響到。
遮上遮下	ce song´ce ha´	互相傳染疾病。
齊齊操操	ce ˇce ˇcau cau	菜餚非常豐盛。
齊齊吔	ce ˇce ˇe´	整齊的。

ceb

撮撮吔	ceb`ceb`e´	小心的一點一點加上去。

ced

賊過惡人	ced go og`ngin ˇ	當賊的比人還兇。
賊手賊腳	ced su´ced giog`	暗諷有竊盜習慣的人

cen

襯瘍癧	cen iong ˇlag	因外傷引起淋巴腺腫。
呻生呻死	cen´sang´cen´xi`	呻吟不止,表示其痛苦。
呻上呻下	cen´song´cen´ha´	痛苦呻吟的樣子。
層樓棚	cen ˇleu ˇpang ˇ	建樓房。
層三矺四	cen ˇsam´zag`xi	把東西堆疊起來;將各種事情擱置、不處理。

c

{ c }

客家語詞	客語拼音	華語釋義
ceu		
瘦狗多火	ceu geu`do´fo`	狗瘦毛又多。
瘦夾夾著	ceu giab giab do`	瘦巴巴的樣子。
瘦薑膌	ceu giong´lin`	形容人又瘦又乾。
瘦牛角大	ceu ngiuˇgog`tai	牛瘦角卻很大。
瘦山也有肥牛	ceu san´ia´iu´pi`ngiuˇ	再貧瘠的草山，也有養肥牛的可能。
瘦縮	ceu sog`	身材瘦瘦乾乾的。
樵樵杈杈	ceuˇceuˇca ca	可燒火用的木柴或小樹枝。
朝上無人莫望官，廚下無人莫亂鑽	ceuˇsong moˇnginˇmog mong gon´, cuˇha´moˇnginˇmog non zon	喻現實社會講究關係，沒有好的關係背景，就別想揚名立萬、出人頭地。
樵燥米白	ceuˇzau´mi`pag	木柴乾燥、稻米白淨，喻生活富裕。
cii		
試試吔	cii cii e´	小心的嘗試。
自自義義	cii cii ngi ngi	擅作主張;說話、做事不正經;故意挑釁。
自主自張	cii zu`cii zong´	自作主張。
持刀摸斧	ciiˇdo´iag bu`	舞刀弄劍，準備打鬥。
劏雞煤鴨	ciiˇgie´sab ab`	殺雞殺鴨，準備祭祀或料理餐宴。
劏膦刮生	ciiˇlin`gua`sang´	客家菜名，由「劏鱺刮生」音變而來。
慈母多害子	ciiˇmu´do´hoi zii`	溺愛的母親多半會害了孩子。

c

{ c }

客家語詞	客語拼音	華語釋義
慈母多敗子	ciiˇmuˊdoˊpai ziiˋ	溺愛的母親多半會養出敗損家產的孩子。
慈母害子	ciiˇmuˊhoi ziiˋ	母親太過寵愛，會害了孩子。
剁人放火	ciiˇnginˇbiongˇfoˋ	殺人放火。

ciid

直直吔	ciid ciid eˊ	直直的。
直直別別	ciid ciid ped ped	事情或帳目處理得很清楚。
直腸直肚	ciid congˇciid duˋ	喻做人正直。
直腸直肚，洗鑊無米煮	ciid congˇciid duˋ, seˋvog moˇmiˋzuˋ	喻正直的人經常吃虧。
直落	ciid lod	快速逃跑。
直人直槌	ciid nginˇciid cuiˇ	喻做人正直。
直人打直槌	ciid nginˇdaˋciid cuiˇ	形容人憨直，直話直說。
直人打直鼓	ciid nginˇdaˋciid guˋ	形容人憨直，直話直說。
直透	ciid teu	直通。

ciim

深深吔	ciimˊciimˊeˊ	有點深的。

ciin

陣陣腦上	ciin ciin noˋsongˊ	故意再三犯錯。

co

蹴橫人	co vang nginˇ	使人滑倒。

c

{ c }

客家語詞	客語拼音	華語釋義
造死銅板尺	co xi`tung´ban`cag`	指東西沒變化，都出自同一個模子。
坐北向南，無食都清閒；坐南向北，神仙都歇毋得（賺毋著來捔）	co`bed`hiong nam`, mo´siid du´qin´han`; co´nam´hiong bed`, siin´xien´du´hed m´ded` (con m´do´loi`kieb`)	指房屋要坐北朝南比較好。
坐船望船走	co´con`mong con`zeu`	指希望大家同心同德、利害與共。
坐儕毋知企儕苦	co´sa`m´di´ki´sa`ku`	坐著的人不知站著的人的辛苦，喻各行各業都有各自的困難及苦處。
坐上坐下	co´song´co´ha´	到處去別人家中坐。
曹搓	co`co	刻意打擾人家。
草竇裡毋會餓死蛇	co`deu li´m´voi ngo xi`sa´	草堆中的蛇不會餓死，喻上天無絕人之路。
草蜢撩雞公	co`mag`liau´ge´gung´	喻人自不量力，喜歡到處挑釁。

cod

撮撮挺挺	cod`cod` sung`sung`	用力向前推倒。
撮來嚌	cod`loi`sai´	騙取東西吃。
撮手花	cod`su´fa´	使用詐騙手段。
撮竹篙	cod`zug`go´	投擲竹竿。

cog

｛ c ｝

客家語詞	客語拼音	華語釋義
鑿孔鬥榫	cog kang´deu sun`	製作傢俱需要鑿打榫孔，以利與榫頭接合。
著命	cog miang	因緊張而動作很大。
擢著人	cog`do`ngin´	撞到人。
亍街寮	cog`giai´liau	逛街。
亍上亍下	cog`song´cog`ha´	到處遊蕩。
踔上踔下	cog`song´cog`ha´	駕著車子到處亂撞。

coi

菜嘔嘔	coi eu`eu`	不新鮮的菜。
菜瓜仔吊啊大，細人仔橫啊大	coi gua´e`diau a tai, se ngin´e`vang a tai	絲瓜是吊著長大的，小孩子則是跌跌撞撞長大的。
菜毒番瓜，魚毒鯉蝦，肉毒死豬嬤，人毒就係學老嬤	coi tug fan´gua´, ng´tug li´ha´, ngiug`tug xi´zu´ma`, ngin´tug qiu he ho lo`ma`	指南瓜、鯉蝦、死母豬肉及小老婆都是很毒的。
在家千日好，出門半朝難	coi´ga´qien´ngid`ho`, cud`mun`ban zeu´nan`	出門處處都有困難，不如在家裡的好。
財丁兩旺	coiˇden´liong`vong	祝福他人添丁又旺財。
財多身弱	coiˇdo´siin´ngiog	錢多了，身體也變差了。
才仔無恁絪，瘟癩過絪	coiˇe`mo´an`han`, iong´lag go han`	喻當事者無心，旁觀者卻有意。
衰過	coiˇ go	非常可憐，很可憐。
財去人安樂	coiˇhi ngin´on´log	花錢消災、失財換得平安。
財散人聚	coiˇsan ngin´qi	散財行善，會聚集人氣。
財上分明	coiˇsong fun´min`	帳目及金錢清楚。

c

21

｛ c ｝

客家語詞	客語拼音	華語釋義
才疏學淺	coiˇsuˊhog qienˋ	沒什麼學問。

con

賺賺了了	con con liauˋliauˋ	有賺有賠。
賺有錢莫緊買田，正有穀莫緊起屋	con iuˊqienˇmog ginˋmaiˊtienˇ, nang iuˊgugˋmog ginˋhiˋvugˋ	才剛開始賺錢不要急著買田，才剛收了稻穀別急著蓋房子。
賺無省恁遽發	con moˊsangˋanˊgiagˋbodˋ	節儉比賺錢容易致富。
賺錢親像針挑笏，生理就像針削鐵	con qienˇqinˊqiong ziimˊtiauˊnedˋ, senˊliˊqiu qiong ziimˊxiogˋtiedˋ	賺錢、做生意就像拿針挑刺、削鐵一樣困難。
閂好門	conˊhoˋmun	把門閂好。

cong

狀仔愛橫，官司正會贏	cong eˋoi vangˇ, gonˊsiiˊnang voi iangˇ	與人打官司時，訴狀要寫得歹毒些才會贏。
狀元子好畜，生理子難降	cong ngianˇziiˊhoˋhiugˋ, senˊliˊziiˋnanˇgiung	喻要培養孩子讀書容易，要生個成功的生意人就難了。
撞上撞下	cong songˊcong haˊ	到處亂走；到處碰壁。
撞走	cong zeuˋ	迷路。
長長短短	congˇcongˇdonˋdonˋ	有長有短；帳目不清；互為虧欠人情。
長長吔	congˇcongˇeˊ	長長的。
長長久久	congˇcongˇgiuˋgiuˋ	時間很長，日子久遠。
長命富貴	congˇmiang fu gui	長壽又富貴。
長纜纜著	congˇnamˇnamˇdoˋ	指東西或物品長度過長。

c

{ c }

客家語詞	客語拼音	華語釋義
長年透天	congˇngianˇteu tienˊ	從年頭到年尾。
長病無孝子	congˇpiang moˇhau ziiˋ	父母臥病太久，子女很難長期持孝服侍。
長衫短襖	congˇsamˊdonˋo	長衫和短棉襖。
長聲扭敨	congˇsangˊneuˋteuˋ	喊叫的聲音又尖銳又長。
床頭有籮糠，死吔有人扛	congˇteuˇiuˊloˇhongˊ, xiˋeˊiuˊnginˇgongˊ	老人家生前有存款、財產，死後自然會有人辦後事。
創廟容易守廟難	congˋmeu iungˇiˋsuˋmeu nanˇ	創廟雖然艱辛，守成更加不易，義同「成家容易守家難」。

cu

臭火燼	cu foˋladˋ	燒焦了。
臭雞腥	cu geˊxiangˊ	喻乳臭未乾。
臭魚爛蝦，害命冤家	cu ngˇnan haˊ, hoi miang ianˊgaˊ	腐爛、已經發臭的魚蝦，吃了會有生命危險。
臭蓬蓬著	cu pangˇpangˇdoˋ	喻臭氣沖天。
臭淨味	cu qiang mi	某些青菜特殊的草腥味。
臭水隔	cu suiˋgagˋ	青菜、蔬果浸泡過久產生的異味。
粗茶淡飯	cuˊcaˊtamˊfan	喻生活簡單。
粗殘	cuˊcanˇ	凶猛、粗魯。
粗糙	cuˊco	使用太粗魯，不會珍惜。
抽抽扯扯	cuˊcuˊcadˋcadˋ	心不甘情不願；任性耍脾氣。
粗粗糙糙	cuˊcuˊco co	非常粗糙；敷衍了事。
粗貨半年糧	cuˊfo ban ngianˇliongˇ	指早期農村生活困苦，早餐稀飯中常加入雜糧。「粗貨」指雜糧。

c

{ c }

客家語詞	客語拼音	華語釋義
粗傢硬伙	cuˊgaˊngang foˋ	喻東西不好。
抽驚	cuˊgiangˊ	做事非常謹慎。
抽筋縮脈	cuˊginˊ sugˋ mag	全身酸痛、抽筋。
抽頦攝氣	cuˊgoiˊngiabˋhi	因傷心啜泣而氣息不順。
抽猴筋	cuˊheuˇginˊ	喻處罰人。
粗魯怪醒	cuˊluˇguai xiangˋ	說話動作粗魯。
粗皮燗耐	cuˊpiˇladˋngai	指皮膚粗糙。
鼠頭蛇眼	cuˋteuˇsaˊngianˋ	（罵）喻面目可憎。

cud

捽來火	cud loiˇfoˋ	火柴。
捽上捽下	cud songˊcud haˊ	勤奮擦拭。
出出入入	cudˋcudˋngib ngib	進進出出；忽進忽出。
出門有官樣，歸來無米放	cudˋmunˇiuˊgonˊiong, guiˊloiˇmoˇmiˇbiong	喻人只顧外表，不踏實做事。
出門看著狗溜胎，親朋好友面撤開	cudˋmunˇkon doˋgeuˋliu toiˊ, qinˊpenˇhoˋiuˇmien ngau koiˊ	指當人遇到不吉利的事情時，連親朋都會閃躲。
出門看天時，入門看人事	cudˋmunˇkon tienˊsiˇ, ngib munˇkon nginˇsii	喻人入出社會要懂得察言觀色。
出門毋彎腰，入門無樵燒	cudˋmunˇmˇvanˊieuˇ, ngib munˇmoˇceuˇseuˇ	出門砍柴如果不勤奮，回家就沒柴可燒了。

cug

擉淨來	cug qiang loiˇ	將黏身髒物急速抖掉。
促死人	cugˋxiˋnginˇ	說話內容令人激憤；氣死人。

｛ c ｝

客家語詞	客語拼音	華語釋義
cui		
墜樹椏	cui su pa`	把樹枝垂下來。
搥背食屁	cui˘boi siid pi	喻幫人做事吃力不討好。
搥背食屁卵	cui˘boi siid pi non`	喻幫人做事吃力不討好。
搥搥打打	cui˘cui˘da`da`	猛打、狠打；連續打人。
搥朘毋腫	cui˘lin`m˘zung`	喻能力不夠。
cun		
寸烏青	cun vu´qiang´	把淤血推散。
寸租尺用	cun zu´cag`iung	僅租寸地，卻強用了一尺的地。
伸腰打哈	cun´ieu´da`ha´	伸懶腰又打哈欠。
cung		
蔥蒜韭藠	cung´son giu`kieu´	蔥、蒜、韭、藠等四種香料菜。
重重輕輕	cung´cung´kiang´kiang´	東西輕重不一。
匆匆忙忙	cung´cung´mong´mong´	時間匆促；做事匆忙。
重鈂鈂著	cung´dem˘dem˘do`	笨重的、沉甸甸的。
沖天剋地	cung´tien´ked`ti	命盤帶沖剋的煞氣。

c

25

{ d }

客家語詞	客語拼音	華語釋義
	da	
打詏翹	da`au kieu	爭執、頂撞。
打幫你	da`bong´ng´	幫助、協助。
打糞淋肥	da`bun lim´pi´	挑糞到田裡施肥。
打分你無耳公拍蚊仔	da`bun ng´mo´ngi`gung´ pad mun´e`	指要處罰得很重。
打廚肇灶	da`cu´seu zo	指新建灶頭。
打鬥敘	da`deu xi	多人一起打牙祭或吃零嘴。
打丟	da`diu	非常、很。
打倒弓	da`do giung´	前進後再走回頭。
打倒拍	da`do mag	人向後傾倒或摔倒。
打翻車	da`fan´ca´	翻觔斗。
打虎愛親兄弟，相戰愛父子兵	da`fu`oi qin´hiung´ti, xiong´zan oi fu zii`bin´	喻兄弟、父子是最親近的人，有急難時就靠他們相助。
打合挖（甲乙）	da`gab`iad`	親密的朋友因故反目成仇。
打合挨	da`gab`ngai	喻非常忍耐。
打更	da`gang´	打更；喻打瞌睡。
打狗欺主	da`gieu`ki´zu`	打狗沒看主人面。
打金仔愛攞銅，無攞，食佢會屙膿	da`gim´e`oi lo´tung`, m´lo´, siid e`voi o´nung`	喻做生意的人多少都有取巧、不誠實的一面。
打金攞銅	da`gim´lo´tung`	金飾摻入銅蒙混。
打腳偏	da`giog`pien´	走路東倒西歪。
打晃槓	da`gong`gong	盪鞦韆；喻打光棍過一生。

d

｛ d ｝

客家語詞	客語拼音	華語釋義
打鼓買田暗葬地	da`gu`mai´tien´am zong ti	喻喜事可以讓人分享，喪事要低調處理。
打鼓捵拜	da`gu`ten bai	跟著別人做同樣的事情；從旁幫忙。
打秧蒔禾	da`iong´sii vo˘	拔秧、插秧。
打勼股	da`jiu gu`	繩索絞絆、打結。
打拳唱曲，無面無目	da`kian˘cong kiug`, mo˘mien mo˘mug`	指江湖賣藝的人爲求生存，無法顧及面子。
打踜蹭	da`lin˘qin´	身體傾斜，差一點跌倒；跟蹌。
打毋成个吊菜仔	da`m˘sang˘ge diau coi e`	喻反種。
打毋死煤毋爛	da`m˘xi`sab m˘nan	喻人很幸運、長命，不管什麼天災人禍，都安然無恙。
打嶤搵人	da`me vun ngin˘	沾惹。
打嶤嘴	da`me zoi	弄髒嘴巴。
打林種薑	da`na˘zung giong´	開山墾林、種薑。
打林種薑，利子難當；秧死薑歿，褲爛膦出	da`na˘zung giong´, li zii`nan˘dong´; iong´xi`giong´mud`, fu nan lin`cud`	喻農民耕山種薑不是簡單的農務，風險也很大。
打魚毋當放狗打獵，無兩隻也有一掠	da`ng˘m˘dong biong geu` da`liab, mo˘liong˘zag`ia´ iu´id`liag	意指打魚不如打獵收獲穩當。
打魚毋當上山打獵，無兩碗也有一碟	da`ng˘m˘dong song´san´ da`liab, mo˘liong˘von ia´iu´id`tiab	意指打魚不如打獵收獲穩當。
打眼拐	da`ngian`guai`	向人拋媚眼。
打卵見黃	da`non`gian vong˘	喻迅速收到成效、立竿見影。

d

{ d }

客家語詞	客語拼音	華語釋義
打潑賴	da`pad`lai	小孩子耍賴、耍性子。
打屁安狗心	da`pi on´geu`xim´	喻口惠而實不至、沒有誠意待人。
打肥核糞,都毋敢偷食	da`pi˘kai´bun, du´m˘gam`teu´siid	喻做人忠厚老實,不敢有非分的想法。
打蛇打七寸	da`sa˘da`qid`cun	打蛇要打在七吋部位才能打得死。
打生不如打熟	da`sang´bud`i˘da`sug	勸人若想改行從事新行業,不如盡力做好本行。
打笑面	da`seu mien	無誠意的笑容;皮笑肉不笑。
打爽	da`song`	可惜、浪費。
打宕窿	da`tong nung˘	迎面錯過。
打橫排	da`vang˘pai˘	爲了登山開闢斜坡小路。
打碗打筷	da`von`da`kuai	小孩吃飯時敲打碗筷的不禮貌動作;指人不高興時的情緒表現。
打死並棍丟	da`xi`bin gun tiau`	打死人後連打人的棒子也丟掉,喻恨死這個人了。

dab

嗒嗒滾	dab dab gun`	嘴巴吃零食的響聲。
嗒蒂膩細	dab di ne se	過分小心或客氣。
嗒足	dab jiug`	囉唆;苛刻。
嗒嗒哋	dab`dab`e´	小口小口慢慢的吃。
答識你	dab`siid`ng˘	捧人場面、禮尚往來。

dag

d

｛ d ｝

客家語詞	客語拼音	華語釋義
噠噠滾 的對	dag dag gun` dag dui	鋼球著地聲；時鐘轉動聲。 完全正確；非常巧合。

dai

帶壞帶樣	dai fai dai iong	帶頭做壞事。
帶弓帶箭	dai giung´dai jien	子女、妻子命格帶沖煞之氣。
帶麻衣煞	dai ma´i´sad`	有喪葬陰氣沖煞。
帶上帶下	dai song´dai ha´	把東西隨身帶進帶出。
戴上戴下	dai song´dai ha´	頭上或身上帶著東西走動。
低言細語	dai´ngian˘se ngi´	說話輕聲細語。
低腦人腳	dai´no`ngin˘giog`	（罵）愚蠢、差勁。
抵涼陰	dai`liong˘im´	遮涼。

dam

擔竿做過竹 筍來	dam gon´zo go zug`sun`loi˘	扁擔是由竹筍變成的，喻內 行是由外行累積經驗而來的。
探身	dam´siin´	傾斜身體取物。

dan

單丁頂三房	dan´den´din`sam´fong˘	指人丁單薄的家，一個人要 扛起三房的祭祀禮儀義務。
單家園屋	dan´ga´ian˘vug`	獨立家屋。
單人獨馬	dan´ngin˘tug ma´	單槍匹馬。

dang

d

｛ d ｝

客家語詞	客語拼音	華語釋義
頂頂碓碓	dang`dang`doi doi	因重聽而搞不清楚狀況；說話打岔、插嘴。

dau

啕啕咄咄	dauˇdauˇdod`dod`	大聲責罵。
投上投下	dauˇsong´dauˇha´	指人因生悶氣而進進出出門戶。
投拙拙著	dauˇzod`zod`do`	任性而易怒的樣子。

de

喋喋滾	de de gun`	誇大其辭。

deb

擲擲滾	deb deb gun`	重物快速著地聲。
擲石頭	deb sag teuˇ	搬石頭重砸。
跕上跕下	deb song´deb ha´	小孩在水灘中玩耍或行走。

ded

得人个酒席，愛同人出力	ded`nginˇge giu`xid, oi tung´nginˇcud`lid	喻拿人錢財就要盡力替人做事。

dem

蹬著腳	dem`do`giog`	被踩到腳。
蹬上蹬下	dem`song´dem`ha´	隨便用腳踐踏。

d

{ d }

客家語詞	客語拼音	華語釋義

den

登對	den´dui	很相配。
蹬起來	den´hi`loi`	腳尖豎立起來。
登真	den´ziin´	很棒。
等人開謗	den`ngin`koi´bong`	等著被罵。
等人開屌	den`ngin`koi´diau`	等著被罵。

deu

鬥陣算額	deu ciin son ngiag`	參與團體只為湊數，無力貢獻。
鬥搭	deu dab`	合作、幫忙；自動。
鬥股	deu gu`	合夥。
鬥頭	deu teu˘	黏在一起；同一個方位。
鬥題	deu ti˘	相稱、配合。
兜脤仔分人貼頭，還分人嫌毋平	deu´lin`e`bun´ngin˘tiab`teu˘, han´bun´ngin˘hiam˘m˘piang˘	指熱臉去貼人冷屁股，好心被當成驢肝肺。
兜屎兜尿	deu´sii`deu´ngiau	把屎把尿。
兜上兜下	deu´song´deu´ha´	用雙手把東西抬上抬下或移位。

di

知啊會拉尿，毋會企啊到天光	di´a voi lai´ngiau, m˘voi ki´a do tien´gong´	如果知道會尿床，不會一直站到天亮，喻世事難料。

d

31

{ d }

客家語詞	客語拼音	華語釋義
知性可同居	di´xin ko`tung˘gi´	喻人與人之間只要互相了解個性，就可以和睦相處。

diag

扚扚滾	diag diag gun`	鋼球相碰撞發出的聲音。
扚烏蠅	diag vu´in˘	用手指或橡皮筋彈殺蒼蠅。

diam

點仁落秧	diam in˘log iong´	播種、下苗。
恬恬仔	diam´diam´e´	靜靜的。
恬恬仔挨，就有新耳環好戴	diam´diam´e´ngai, qiu iu´xin´ngi`kuan˘ho`dai	女人要安靜懂事，自然就會有好結果。
恬恬仔食三碗公	diam´diam´e´siid sam´von`gung´	喻默默的做大事。

diau

弔魂	diau fun˘	祭弔亡魂。
吊尾錘	diau mi´cui˘	指最後、最小的一個。
吊舌筋	diau sad gin´	口吃。
雕龍畫鳳	diau´liung˘fa fung	房屋外觀有龍鳳雕塑。
屌屌撮撮	diau`diau`cod`cod`	用粗魯言語大聲責罵。
屌牛嘛愛看天時	diau`ngiu˘ma`oi kon tien´sii˘	喻做事情要選好時機。
屌上屌下	diau`song´diau`ha`	到處大聲的責罵別人。

d

{ d }

客家語詞	客語拼音	華語釋義
did		
滴滴跌跌 滴滴㴝㴝	did`did`died`died` did`did`dug`dug`	液體洩漏或溢出。 下雨天淋雨；水滴聲。
dien		
顛顛倒倒	dien´dien´do do	反覆無常。
癲癲同同	dien´dien´dung´dung´	瘋瘋癲癲。
癲癲尸尸	dien´dien´sii´sii´	瘋瘋癲癲，行為不正常。
顛倒貶	dien´do bien`	相反、倒過來。
癲上癲下	dien´song´dien´ha´	發瘋似的到處走動。
din		
叮叮咚咚	din din dung dung	敲擊樂器或走樓梯的響聲。
釘鈕孔	din keu kang´	用針線固定鈕釦孔。
訂位仔	din vi e`	用東西佔住地方或位子。
辽辽圓	din´din´ian˘	環繞圈子。
辽辽腦轉	din´din´no`zong`	做事一直繞圈子，無法突破； 喻忙得不可開交。
辽上辽下	din´song´din´ha´	圍繞著固定地點來回走動。
辽辽辽辽	din´din˘din din	繩線索亂纏繞、不整齊。
叮叮噹噹	din˘din´dong˘dong˘	敲擊金屬聲；說話繞來繞去。
頂毋贏	din`m˘iang˘	承受不住、扛不起。
頂癮	din`ngian	非常過癮。

d

{ d }

客家語詞	客語拼音	華語釋義
do		
倒倒纏	do do can´	倒反、反方向。
到到吔	do do e´	時常的。
到到挖挖	do do iad`iad`	決心要做。
到該時扯該旗	do ge siiˇca`ge kiˇ	走一步看一步，邊做邊看。
倒去倒轉	do hi do zon`	來來回回；意見反覆不定。
刀腸扡肚	do´congˇia`du`	肚子餓得很難受。
刀腸㸌肚	do´congˇnad`du`	肚子餓得很難受。
多多吔	do´do´e´	數量多一點的。
多多少少	do´do´seu`seu`	或多或少；不多。
多膠毋會黏，多話毋會甜	do´gau´mˇvoi ngiamˇ, do´fa mˇvoi tiamˇ	喻凡事適可而止，過猶不及。
多借債，窮得快	do´jia zai, kiungˇded` kuai	經常借債的人會窮得更快。
多嘴博人惱	do´zoi bog`nginˇnau´	話多得讓人討厭。
叨輒人	doˇdiab nginˇ	專門找人麻煩。
dod		
掇貨賣	dod`fo mai	批發貨品來賣。
掇貨無師父，加錢買就有	dod`fo moˇsii´fu, ga´qienˇmai´qiu iu´	指買貨採購非難事，價錢出得高就能買到好東西。
doi		
咄上咄下	doi´song´doi´ha´	大聲斥責、差遣他人的樣子。

d

〔 d 〕

客家語詞	客語拼音	華語釋義
don		
短短吔	don`don`e`	短短的。
短屈屈著	don`kud kud do`	指東西或四肢非常短。
短命	don`miang	（罵）詛咒人短命。
斷水	don`sui`	堵住進水。
斷圳	don`zun`	在小溝圳擋水。
dong		
噹噹滾	dong dong gun`	敲擊金屬器物的聲音。
當風蒙	dong´fung´mang´	正是意氣風發時。
當老毋分人尊，就會教壞子孫	dong´lo`m´bun`ngin`zun´, qiu voi gau´fai zii`sun´	長輩若不做好榜樣讓人尊敬，就會教壞子孫。
當面係人背後係鬼	dong´mien he ngin`boi heu he gui`	意指雙面人、小人個性和手段。
當日有錢使泥沙，今日無錢苦自家	dong´ngid`iu´qien`sii`nai`sa´, gin´ngid`mo`qien`ku`qid ga´	從前不愛惜金錢，現在才會貧窮受苦。
當做蘇糯搵糖食	dong´zo ma`ji`vun tong`siid	把人當成軟蘇糯沾糖吃，喻欺人太甚。
當晝驚日頭，暗晡怕露水，船尾會驚賊，船頭又怕鬼	dong´zu giang´ngid`teu`, am bu´pa lu sui`, son`mi` voi giang´ced, son`teu`iu pa gui`	形容人懶惰，藉口做什麼都會害怕。
潺潺滴滴	dong`dong`did`did`	液體掉落滿地都是。
潺潺跌跌	dong`dong`died`died`	東西掉落滿地都是。

d

35

{ d }

客家語詞	客語拼音	華語釋義
噹噹汀汀	dong´dong´din din	水滴不停滴落的樣子。

du

客家語詞	客語拼音	華語釋義
都分人	du´bun´ngin´	推給他人。
堵堵撐撐	du´du´cang cang	頂嘴。
都都挐挐	du´du´sung´sung`	互相推來推去。
堵等門	du´nen`mun´	把門堵塞住。
堵塞之話	du´sed`zii´fa	沒有針對問題，隨便回應。
賭博个無恁熱注，砍粳个過熱注	du`bog`ge mo´an`ngiad zu, kid gang´ge go ngiad zu	喻旁觀、搖旗吶喊的人，比賭博的本尊還更狂熱多事。
賭博可比大深潭，扛泥扛沙屯毋平	du`bog`ko`bi`tai ciim´tam´, gong´nai´gong´sa´tun´m´piang´	喻賭博禍害無窮，勸人莫賭。
賭博錢毋好算，人睡目（相屌）毋好看	du`bog`qien´m´ho`son, ngin´soi mug`(xiong´diau`) m´ho`kon	賭博時不要一直算錢，別人在睡覺時不要去偷看。喻做事要看時機。
賭財莫賭食	du`coi´mog du`siid	人與人之間寧可賭錢、不要賭吃，以免傷身。
賭場肚裡無六親，總係認錢毋認人；抽你血水當茶食，無錢逐你出門庭	du`cong`du`li´mo´liug`qin´, zung`he ngin qien´mo´ngin ngin´; cu`ng´hiad`sui´dong´ca´siid, mo´qien´giug`ng´cud`mun´tin´	喻賭場裡六親不認、無人情可言。
肚褡腰帶	du`dab`ieu´dai	女人的內衣和腰帶。
賭斷真	du`don ziin´	所說、所做都是正經的；一切當真。

d

｛ d ｝

客家語詞	客語拼音	華語釋義
肚饑也愛做出飽相人	du`gi´ia´oi zo cud`bau`xiong ngin´	喻人在遇到苦難之際,也要強顏歡笑、樂觀示人。
肚饑毋畏番薯箍,有力毋怕蠻頭欘	du`gi´m´vi fan´su´ko´, iu´lid m´pa man´teu´lo´	肚子餓不怕吃地瓜,有力氣不怕老樹頭硬;喻人要能吃苦。
肚梗梗著	du`guang´guang´do`	吃太飽而使肚子撐大、脹硬。
堵好	du`ho`	正好、剛好。
肚弛弛著	du`iěiědo`	肚子因肥胖而下垂。
肚拉拉著	du`lǎlǎdo`	肚大下垂的樣子。
肚扐扐著	du`led led do`	肚大下垂的樣子。
賭膦造化	du`lin`co fa	隨便說說、碰運氣
賭毋甘願	du`m´gam´ngian	願賭不服輸。
肚腩腩著	du`nam´nam´do`	指男人肚子肥大。
肚大大著	du`tai tai do`	肚子大大的。
肚挺挺著	du`ten`ten`do`	肚子大而挺的樣子。

dud

揬上揬下	dud`song´dud`ha´	四處去觸碰他人。

dug

啄啄滾	dug dug gun`	小雨聲;尖細物品敲擊木板聲。
揬田螺	dug tieňlǒ	切去田螺的尖尾。
啄目睡	dug`mug`soi	打瞌睡。
涿上涿下	dug`song´dug`ha´	下雨天到處淋雨。

d

{ d }

客家語詞	客語拼音	華語釋義
dui		
對頭	dui teuˇ	敵對的人。
堆肥搭糞	duiˊpiˇdabˋbun	製作農耕用的堆肥。
挩上挩下	duiˋsongˊduiˋhaˊ	拉拉扯扯或指使他人行動。
dum		
咚咚滾	dumˇdumˇgunˋ	石頭擊沉深水聲。
dun		
頓上頓下	dun songˊdun haˊ	（罵）只懂到處吃而不會做事。
楯樹桍	dunˋsu paˋ	將樹上的枝枒截切。
dung		
鼕鼕滾	dung dung gunˋ	擊鼓聲；擊打背部聲。
棟樑桁桷	dung liongˇhangˇgogˋ	棟樑及桁桷，指蓋屋頂的所有木材。
冬食蘿蔔夏食薑，毋使醫生開藥方	dungˊsiid loˇped ha siid giongˊ, mˇsiiˋiˊsenˊkoiˊ iog fongˊ	冬天吃蘿蔔，夏天吃薑，身體自然健康，不必看醫生吃藥。
同上同下	dungˊsongˊdungˊhaˊ	把東西頂在頭上走來走去。
同書包	dungˊsuˊbauˋ	把書包頂在頭上。
東偷西撮	dungˊteuˊxiˊzebˋ	到處去偷或詐騙。
同頭挖腦	dungˊteuˇdudˋnoˋ	喻好管閒事。

d

{ d }

客家語詞	客語拼音	華語釋義
冬至羊，夏至狗，食吔滿山走	dung´zii iong˘, ha zii geu`, siid e˘man´san´zeu`	冬至吃羊肉，夏至吃狗肉，會很有精神、體力。
冬至日仔短，公婆共一碗	dung´zii ngid`e˘don`, gung´po˘kiung id`von`	冬至前後白天短、生產少，就要省吃儉用。
捶上捶下	dung`song´dung`ha´	小孩學走路不穩的樣子。

d

{ e }

客家語詞	客語拼音	華語釋義
eb		
呃呃含含 呃喊碌天 搕火屎	eb eb hemˇhemˇ eb hem`lug`tienˊ eb`fo`siiˋ	因喉嚨不適而咳嗽。 喉嚨不舒服，一直咳嗽。 熄滅火種。
ed		
噎噎滾 擲石頭	ed ed gun` ed sag teuˇ	摔倒呻吟聲。 丟石頭。
em		
揞目珠	emˊmug`zuˊ	用手遮住眼睛。
eu		
熰火炙	eu fo`zag`	生火取暖。

e

{ f }

客家語詞	客語拼音	華語釋義
fa		
話到盡尾留一句，事到盡頭留一步	fa do qin miˊliuˇidˋgi, sii do qin teuˇliuˇidˋpu	做事說話都要留餘地，不可咄咄逼人，趕盡殺絕。
話虎膦	fa fuˋlinˋ	聊天、說大話。
話講多就毋正經，聲喊大就走了音	fa gongˋdoˊqiu mˇziin ginˊ, sangˊhemˊtai qiu zeuˋliauˋimˊ	話講多了就不正經，聲音大了就會走音，喻適可而止。
話毋好講死，事毋好做絕	fa mˇhoˋgongˊxiˋ, sii mˇhoˋzo qied	做人處事要留後路，不可把話說死，把事做絕。
花花假假	faˊfaˊgaˋgaˋ	虛偽不實、虛假。
花花蓼蓼	faˊfaˊliauˊliauˊ	事情不很確實，有些虛偽誇大。
花理嗶啵	faˊliˊbid bog	花色繁多；物品擺放凌亂。
花蓼	faˊliauˊ	無根據、不正經的笑話。
花貓嫲養花貓子	faˊmeu maˊiongˊfaˊmeu ziiˋ	母花貓生小花貓，喻有其父必有其子。
花帕香珠	faˊpa hiongˊzuˊ	出嫁新娘攜帶的巾帕玉珠。
fab		
法有千千條，毋當黃金一條	fabˋiuˊqienˊqienˊtiauˇ, mˇdong vongˇgimˊidˋtiauˇ	千條法律還比不上送一條黃金，喻司法不公。
fad		
發孤發絕	ˋfadˋgoˊfadˋqied	喻對天發誓。

f

｛ f ｝

客家語詞	客語拼音	華語釋義
闊野野著	fad`ia´ia´do`	空間非常廣闊的樣子。
發譴抽掣	fad`kian`cu´cad`	生氣、耍性子。
發誓係有靈，世上會無人	fad`sii he iu´lin˘, sii song voi mo˘ngin˘	發誓如果真有靈驗，世界上早就沒有人了。
發誓他人死	fad`sii ta´ngin˘xi`	自己發的誓言，卻是讓別人去死、去承受。
發心立願	fad`xim´lid ngian	立下心願。

fag

搕起來	fag`hi`loi˘	翹起來。

fai

壞蹄吪	fai tai˘e˘	不好了、不妙了。
壞戲鑼鼓多，小人話緒多	fai`hi lo˘gu`do´, seu`ngin˘fa xi do´	鑼鼓多了戲就不精彩，話講太多就成了搬弄是非的小人。
壞罔壞，日本底；矮罔矮，腳肯徙	fai`mong`fai`, ngid`bun dai`; ai`mong`ai`, giog` hen`sai	喻人雖矮小，但卻聰明敏捷。
壞人多閒言	fai`ngin˘do´han´ngian˘	小人最喜歡搬弄是非。
壞人多言	fai`ngin˘do´ngian˘	小人多話。
壞銅壞鐵	fai`tung˘fai`tied`	原指不堪用的五金品，今喻人品不好。
壞心	fai`xim´	心腸惡毒或居心不良。
壞占頭	fai`zam teu˘	不好的預兆。
壞膣壞坯	fai`zii´fai`de	喻東西毀壞嚴重。

f

{ f }

客家語詞	客語拼音	華語釋義

fan

飯後行百步，當過開藥鋪	fan heu hangˇbag`pu, dong go koiˊiog pu	飯後如能走百步，就可以使身體健康，不用吃藥了。
飯可以亂吃，話毋好亂講	fan ko`iˊnon siid, fa mˇho`non gong`	飯可以隨便吃，話可不能隨便亂說。
飯食八分飽，酒食七分醉	fan siid bad`funˇbau`, jiu`siid qid`funˊzui	飯吃八分飽，酒喝七分醉最好。
飯甌肚裡放鑊鏟	fan zen du`liˊbiong vog can`	（歇）真傢伙。
翻翻生生	fanˊfanˊsangˊsangˊ	行為反反覆覆，變來變去。
番人見著血	fanˊnginˇgian do`hiad`	形容得到渴望之物時的表情。
翻石打腦	fanˊsag da`no`	想害人卻傷了自己。
翻生倒牽	fanˊsangˊdo kianˊ	翻來覆去、變來變去都一樣。
翻生狗	fanˊsangˊgeu`	昏死後復活的狗。
翻生狗囓死人	fanˊsangˊgeu`ngad`xi` nginˇ	起死回生的狗往往會咬死人。
番薯刷	fanˊsu`sod`	把蕃薯削成籤的器具。
反反躁躁	fan`fan`cau cau	夜裡失眠睡不著。
反蠻	fan`manˇ	出爾反爾、沒有誠信。

fang

搣淨淨	fang`qiang qiang	完全變樣或變形。

feu

浮財多	feuˇcoiˇdo`	指財產很多。

f

{ f }

客家語詞	客語拼音	華語釋義
fi		
非非腦射 非非亂做	fiˊfiˊnoˋsa fiˊfiˊnon zo	想入非非；到處流竄。 胡作非為。
fid		
拂出去	fid cud`hi	丟出去。
拂拂惚惚	fid fid fud fud	形容快速吃飯喝粥或吞食物的聲音。
拂上拂下	fid songˊfid haˊ	尾巴不停的揮動，喻到處亂跑的樣子。
fin		
拂拂滾	fin fin gunˋ	甩繩索產生的聲音；怒氣聲，今用以形容生氣不理人的樣子。
fo		
和和吔 和和氣氣	foˇfoˇeˊ foˇfoˇhi hi	狀態平穩的。 和氣待人。
火焰蟲覺著電火，蛤蟆叫覺著「啦嘰歐」	fo`iam cungˇgog`do`tien fo`, ha`maˇgieu gog`do` laˇji io`	螢火蟲以為是電燈，青蛙鳴叫以為是收音機聲音。此為美濃人譏笑落後地區的順口溜。
火燒雷打	fo`seuˊliuˇda`	（罵）遭火燒、雷擊的天懲；天打雷劈。

f

{ f }

客家語詞	客語拼音	華語釋義
火燒山，連累猴	fo`seu´san´, lien˘lui heu˘	喻災難來時，也被他人牽連受苦。
火屎綻天	fo`sii`can tien´	火星四竄。
火屎黐腳	fo`sii`nad`giog`	腳被炭火灼傷而站不住，喻人性急的樣子。
火燂煤	fo`tam˘moi˘	煤煙灰。
火烏蛤蟆嗷	fo`vu´ha˘ma˘gieu	指傍晚或入夜後青蛙鳴叫的情景。

foi

灰唄	foi´bied`	無理取鬧、很煩人。
灰灰膏膏	foi´foi´go´go´	不講理、無理取鬧。

fon

緩緩吔	fon fon e´	慢慢的。
歡歡喜喜	fon´fon´hi`hi`	高高興興。

fong

荒工廢業錢了核，人格分人來看輕	fong´gung´fi ngiab qien˘ liau`hed`, ngin˘gied`bun´ ngin˘loi˘kon kian´	喻賭博禍害無窮，勸人莫賭。
荒田無人耕，有人耕吔就相爭	fong´tien´mo˘ngin˘gang´, iu´ngin˘gang´e´qiu xiong´zang´	形容人性醜陋自私的一面。
防死無老命	fong˘xi`mo˘lo`miang	指不怕死，連老命都不要了。

f

45

{ f }

客家語詞	客語拼音	華語釋義
fu		
呼呼滾	fu fu gun`	大風吹拂的聲音。
富無別人	fu mo´pied ngin´	一般人都想和有錢人認親。
婦人家久忚無打，就會上屋拆瓦	fu ngin´ga´giu`e´mo`da`, qiu voi song´vug`cag` nga`	女人被寵溺久了，就會出亂子。
婦人家屙尿澎竹殼	fu ngin´ga´o´ngiau beu`zug`hog`	喻聲音很大。
婦人家屙尿剅忚雞嫲落	fu ngin´ga´o´ngiau cii`e´ge´ma´log`	喻女人很厲害，非比尋常。
婦人家屙尿，毋上三稈梨	fu ngin´ga´o´ngiau, m`song´sam´gang´li´	蔑視婦女再厲害，小便也射不到「三稈梨」的高度。
婦人家銅鑼型，久無打就會上塵	fu ngin´ga´tung´lo´hin´, giu´mo`da`qiu voi song´ciin´	喻女人要嚴加管束，否則就會欺侮人。
富人有錢錢賺錢，窮人無錢難上前	fu ngin´iu`qien´qien´con qien´, kiung´ngin´mo`qie n´nan´song´qien´	喻富人賺錢容易，窮人度日艱難。
胡胡摵摵	fu´fu´fag`fag`	指青少年任性、好動。
湖湖窟窟	fu´fu´fud`fud`	地面坑坑洞洞。
狐狸莫罵貓	fu´li´mog ma meu	狐狸不要責罵貓，喻人都有相同的缺失。
狐狸愛走狗挷尾	fu´li´oi zeu`geu`bang´mi´	形容來訪的客人很多，走不開。
狐狸話貓	fu´li´va meu	狐狸指責貓的缺點。
鰗鰍搵沙	fu´qiu´vun sa´	泥鰍沾泥沙，喻事情益加嚴重、情況更加惡化。
鬍鬚麻加	fu´xi´ma´ga´	喻亂七八糟。

f

{ f }

客家語詞	客語拼音	華語釋義
苦丟丟著	fu`diu´diu´ do`	味道非常苦。
苦瓜無油苦丟丟，菜瓜無油滑溜溜，薑嬤老來好做藥，瓠仔老來好做杓，菜瓜老來好洗鑊，人到老來無落著	fu`gua´ mo˘iu`fu`diu´diu´, coi gua´mo˘iu` vad liu´liu´, giong´ma`lo`loi˘ho`zo iog, pu˘e`lo`loi˘ho`zo sog, coi gua´lo`loi˘ho`se`vog, ngin˘do lo`loi˘mo˘log cog	指蔬果雖然不好或太老卻都各有不同的用途，只有人老了，什麼都不行、沒地方去。
苦瓜連根苦	fu`gua´lien˘gin´fu`	苦瓜連根都是苦的；喻一人有難，累及全家。
虎膦轟天	fu`lin`bang tien´	喻全部都是虛構的謊言。
虎頭蛇尾	fu`teu˘sa˘mi´	喻做事有頭無尾。
夫勤無懶地，妻勤無髒衣	fu´kiun˘mo˘nan´ti, qi´kiun˘mo˘zong´i´	夫妻勤勞，自然無荒地或髒衣服。

f

fud

拂拂滾	fud fud gun`	快速吃麵或粥發出的聲音。

fun

奮奮吔	fun fun e´	有好的表現。
分分吔	fun fun e´	有一點收穫。
分分漿漿	fun´fun´jiong´jiong´	頭腦清楚，明事理。
分漿	fun´jiong´	很清醒，有知覺。
分彼分此	fun´pi`fun´cii`	彼此分得很清楚。
昏昏呆呆	fun`fun˘de`de´/ngoi`ngoi`	昏昏沉沉，精神不佳。

{ f }

客家語詞	客語拼音	華語釋義
昏昏吔	fun´fun´e´	精神不濟的、昏眩的。
昏昏尸尸	fun´fun´sii´sii´	昏眩，頭腦不清。
焚香請神	fun´hiong´qiang`siin`	焚香拜請神明。
昏入無昏出	fun´ngib mo´fun´cud`	只知道收入，卻不知道該支出。

fung

風吹雨打	fung´coi´i`da`	風在吹，雨無情的打。
風吹日曬	fung´coi´ngid`sai	風在吹，太陽在曬。
風吹日炙	fung´coi´ngid`zag`	風吹日曬。
風打探頭禾，手擂多嘴人	fung´da`tam teu´vo´, su`vog`do´zoi ngin´	喻愛強出頭或多話的人，常會招惹麻煩。
豐豐富富	fung´fung´fu fu	非常豐富；養尊處優。
風風光光	fung´fung´gong´gong´	光輝榮耀、好聲譽。
風風雨雨	fung´fung´i`i`	波折、磨難很多。
轟轟烈烈	fung´fung´lied lied	事情做得有聲有色。
封雞封肉好名聲，毋當三層个半肥膖	fung´ge´fung´ngiug`ho` miang`sang´, m´dong sam´cen´ge ban pi`jiang´	指客家菜中「白斬三層豬肉」比封雞封肉還要好吃。
風神	fung´siin`	愛炫，自以為是。
風水矺膦管	fung´sui`zag`lin`gon`	（罵）喻人風流走桃花運，是風水不佳所導致。
紅丟丟著	fung´diu´diu´do`	顏色赤紅鮮豔。
紅歪歪著	fung´vai´vai´do`	顏色鮮紅艷麗。
㞻㞻翹翹	fung´fung`kieu kieu	桌椅不平穩；跛腳走路。
㞻淨淨	fung`qiang qiang	打翻。

f

48

{ g }

客家語詞	客語拼音	華語釋義
ga		
嫁雞跈雞，嫁狗跈狗，嫁狐狸滿山走	ga geˊtenˇgeˊ, ga geu` tenˇgeu`, ga fu`liˇmanˊ sanˊzeu`	喻女人出嫁要認命，一生要與丈夫相隨。
嫁雞跈雞	ga gieˊtenˇgieˊ	嫁夫隨夫。
加火添炭	gaˊfo`tiamˊtan	加油添醋，添加語言煽動。
家家戶戶	gaˊgaˊfu fu	每一家每一戶。
加加減減	gaˊgaˊgamˊgam`	或多或少。
加一個神，多一個鬼	gaˊid`ge siinˊ, do`id`ge gui`	多一個人就好像多了一個鬼一樣，喻人多嘴雜難做事。
家有一桌賭，當過做知府	gaˊiuˊid`zog`du`, dong go zo ziiˊfu`	喻開賭場抽頭，比做知府的收入還多。
家有糧萬擔，毋丟壞爛衫	gaˊiuˊliongˇvan damˊ, mˇtiu`fai`nan samˊ	雖然家境已經很富有，仍不會隨便丟棄破舊的衣衫。
家有千兩黃金，毋當朝進一文錢	gaˊiuˊqienˊliongˇ vongˇ gimˊ, mˇdong zeuˊjin id`vunˇqienˇ	家境再富有也會坐吃山空，不如每天都有一文錢的收入。
家有三條龍，任食毋會窮	gaˊiuˊsamˊtiauˇliungˇ, im siid mˇvoi kiungˇ	家中如有三個爭氣有成就的孩子，就不會貧窮了。
加油添醋	gaˊiuˇtiamˊcii	加油添醋，多添語言。
家濟仔同米筒仔還有好摱	gaˊji e`tungˇmi`tungˇe` hanˇiuˊho`kuan	（罵）若不聽話、不學好，可能會貧窮潦倒、當乞丐。
加爐添熱	gaˊluˇtiamˊngiad	加油添醋，添加語言煽動。

g

{ g }

客家語詞	客語拼音	華語釋義
家無噥噥公，屋下樣樣空；家無噥噥婆，麼个東西也會無	ga´m˘nung˘nung gung´, lug`ka´iong iong kung´; ga´mo˘nung˘nung po˘, ma`ge dung´xi´ia´voi mo˘	家中如果沒有會念人、管人的公婆，就不會有個像樣的家。
加人加福氣	ga´ngin´ga´fug`hi	多一個人就多一分福氣。
加人添福	ga´ngin´tiam´fug`	增加人丁會增添福氣。
家娘壞樣	ga´ngiong´fai`iong	指當婆婆的沒做好榜樣。
家神透外鬼	ga´siin´teu ngoi gui`	自己家人與外人同謀不軌。
加水加豆腐	ga´sui`ga´teu fu	做豆腐賣，多加水，豆腐的總量就會增加，但實際上黃豆並未增加；喻不確實。
加碗添筷	ga´von`tiam´kuai	添加碗筷，指有客人光臨。
家絲蕩產	ga´xi´tong san`	家中財產被花光。
加桌添凳	ga´zog`tiam´den	添加桌椅，指有客人光臨。
嘎上嘎下	ga´song´ga´ha´	嬰兒啼哭不止的樣子。
假花入城	ga`fa´ngib sang˘	假裝化妝進城。

gab

呷呷滾	gab gab gun`	豬或狗吃東西發出的聲音。
呷上呷下	gab song´gab ha´	到處亂說話。
甲字難出頭	gab`sii nan˘cud`teu˘	合夥的事業難有成功之日。
甲字難寫	gab`sii nan˘xia`	合夥做生意很難成功。
合上合下	gab`song´gab`ha´	到處和人通姦。

gag

隔壁鄰舍	gag`biag`lin˘sa	隔壁鄰居。

g

{ g }

客家語詞	客語拼音	華語釋義
隔夜茶毒過惡蛇	gag`ia ca˘tug go og`sa˘	隔夜的茶比毒蛇還要毒。
隔日三餐	gag`ngid`sam´con´	隔天。
合就集	gag`qiu qib	收拾整齊乾淨。
合嘴	gag`zoi	合胃口，很對味。

gam

尷尷尬尬	gam´gam´ge ge	事情遇到困窘，左右為難。
甘甘願願	gam´gam´ngian ngian	心甘情願的。
尷尬	gam´ge	不乾脆；不隨和。
尷尬無藥醫	gam´ge mo˘iog i´	人若患「尷尬」（行為不是很恰當，但旁人很難啟齒糾正）這個病，就很難醫治。
甘願同人挨擔賣鴨春，毋願同人共老公	gam´ngian tung˘ngin˘kai´ dam´mai ab`cun´, m˘ ngian tung˘ngin˘kiung lo` gung´	喻女人寧願生活窮苦，也不願與他人共事一夫。
監人食	gam´ngin˘siid	強迫人吃東西。
甘蔗毋會兩頭甜	gam´za m˘voi liong`teu˘tiam˘	喻天下沒有處處蒙其利、面面受其惠的好事。
甘蔗無兩頭甜，你莫嫌，俚莫擇！恁仔講，就恁仔定著	gam´za mo˘liong`teu˘ tiam˘, ng˘mog hiam˘, ngai˘mog tog, an`e´gong`, qiu an`e´tin cog	喻世上沒有十全十美的人，只要兩人相互協調就可以了。
敢去上山就有樵，毋敢去就屋下愁	gam`hi sang´san´qiu iu´ceu˘, m˘gam`hi qiu lug`ka´seu´	敢上山就有柴火可燒，不敢去就只有在家發愁，喻人要勤奮打拼、務實工作。

g

{ g }

客家語詞	客語拼音	華語釋義
敢去死，毋驚無鬼好做	gam`hi xi`, m˘giang´mo˘ gui`ho`zo	喻敢做敢當，不怕被人恥笑。
敢開飯店，毋驚大肚人	gam`koi´fan diam, m˘giang´tai du`ngin˘	敢開飯店，就不怕食量大的客人，喻大人應有大量。
敢拿獅頭同，就愛敢過桌棚	gam`na´sii´teu˘dung´, qiu oi gam`go zog`pang˘	敢頂獅頭，就應敢過桌棚，喻做事要有擔當的勇氣及責任心。
敢食恁多鹽，就愛敢止恁仔个渴	gam`siid an`do´iam˘, qiu oi gam`zii`an`e˘ge hod`	喻人做事要敢擔當、負責任。
敢做敢當，敢做笨篲，就毋驚滾飯湯	gam`zo gam`dong´, gam`zo zau leu˘, qiu m˘giang´gun`fan tong´	喻人選定行業後，就要專心，盡力扮演好自己的角色。

gang

徑手徑腳	gang su`gang giog`	礙手礙腳。
徑橫人	gàng vang ngin˘	絆倒人。
梗梗鼓鼓	gang´gang´gu`gu`	衣袋中因放置物品，致使衣服不平順或行動不便。
耕田毋使問，精耕多上糞	gang´tien˘m˘sii`mun, jin´gang´do´song bun	耕田不用問，精心耕種、多上糞肥就好。
耕田愛日日到，掃屋愛朝朝掃	gang´tien˘oi ngid`ngid` do, so vug`oi zeu´zeu´so	田要每天耕，屋要每天掃，指人應勤儉持家。
耕田就愛田鄰儕	gang´tien˘qiu oi tien˘li`sa`	指做人應與人和睦相處，廣結善緣。
耕田作習	gang´tien˘zog`xib	踏實務農耕種。

g

{ g }

客家語詞	客語拼音	華語釋義
gau		
教化賠好人	gau fa poiˇhoˋnginˇ	喻他人以小賠大、以壞賠好，自己得不償失。
狡猾	gau vad	奸詐、不老實。
交官	gauˊgonˊ	買賣消費。
交官窮，交鬼死，交著牽牛刮仔蝕了米	gauˊgonˊkiungˇ, gauˊguiˋxiˋ, gauˊdoˋkianˊngiuˇ guadˋeˋsad liauˋmiˋ	交到官員會更加窮困，交到損友是自找死路，交到花言巧語的牛販只會讓自己吃大虧。喻交友要三思，擇友要謹慎。
教好他人子	gauˊhoˋtaˊnginˇ ziiˋ	真心教好別人的小孩，喻不是自己的小孩，你雖盡力，別人未必會感恩。
交運脫運	gauˊiun todˋiun	甩脫壞運氣。
交南毋交北，交北屌毋得	gauˊnamˇmˇgauˊbedˋ, gauˊbedˋdiauˊmˇdedˋ	早期南北客家人少交往，不甚理解對方，故誤以為北部的客家人不友善。
教你學打獅，拿著被單，就覺著會弄獅頭	gauˊngˇhog daˋsiiˊ, naˊ doˋpiˊdanˊ, qiu gogˋdoˋ voi nung siiˊteuˊ	喻人不可狂妄自大，功夫未紮實就想展現。
交人交心	gauˊnginˇgauˊximˊ	真心交往。
交人愛交心，淋樹愛淋根	gauˊnginˇoi gauˊximˊ, limˇsu oi limˇginˊ	交朋友要真心相待，如同澆樹水要深入根部。
交涉打合	gauˊsab daˋhab	接洽商談。
交手亂造	gauˊsuˋnon co	喻手忙腳亂。
搞搞怪怪	gauˋgauˋguai guai	調皮搗蛋，喜歡捉弄人。
搞膦	gauˋlinˋ	把玩男人性器官。

g

{ g }

客家語詞	客語拼音	華語釋義
搞泥團	gau`nai`ton`	玩泥巴、泥球。

ge

客家語詞	客語拼音	華語釋義
雞腸鴨肚	ge´cong´ab`du`	喻氣度、器量狹小。
雞雞鴨鴨	ge´ge´ab`ab`	一大群雞鴨，泛指家禽。
雞棲下絡嗄	ge´ji ha´log sai´	（罵）喻專會欺負自己人。
雞鉗雞啄	ge´kiam´ge´dug`	指遭受各種欺凌。
雞強狗願	ge´kiong´gieu`ngian	狗和雞的求偶方式不同。
雞嫲帶子	ge´ma`dai zii`	母雞帶小雞。
雞嫲有褲著	ge´ma`iu´fu zog`	喻不太可能完成的事情。
雞嫲清火，雞公躁火	ge´ma`qin´fo`, ge´gung´cau fo`	進補時，母雞清火、公雞上火。
雞嫲啼愛斬頭	ge´ma`tai`oi zam`teu`	母雞早晨啼叫要砍頭，此指早期社會中女人沒地位，不能隨便發言。
雞嘴變鴨嘴	ge´zoi bien ab`zoi	比喻人知自己理虧，由盛氣凌人變成軟弱無聲。

ged

客家語詞	客語拼音	華語釋義
嘓無停	ged mo´tin`	聒噪、說不停。

geu

客家語詞	客語拼音	華語釋義
溝脣河嘴	geu´siin`ho`zoi	溪圳、水溝的邊緣。
狗呷烏蠅	geu`gab vu´in`	狗咬蒼蠅是胡亂咬的，今喻人空話連篇、隨便亂說。
狗鉗貓逐	geu`kiam`meu giug`	貓和狗求偶的方式不同。

g

{ g }

客家語詞	客語拼音	華語釋義
狗謄毋好比蠟燭	geu`lin`m`ho`bi`lab zug`	不同的東西不能拿來相比，喻人有貧富貴賤。
狗咬謄棍	geu`ngau´lin`gun	喻走霉運。
狗咬著爛褲	geu`ngau´zog`nan fu	指狗眼看人低，專咬窮苦人。
狗肉出桌毋得	geu`ngiug`cud`zog`m`ded`	狗肉無法上酒席，喻上不了臺面或出不了場的人。
狗肉滾三滾，神仙坐毋穩	geu`ngiug`gun`sam`gun`, siin´xien´co`m`vun`	狗肉一滾燙，香味四溢，連神仙都無法抵擋其誘惑。
狗相纏	geu`xiong´nang`	狗隻交配。
狗相纏各顧各	geu`xiong´nang`gog`gu gog`	狗交配完後，都只顧處理自己，喻很現實。
狗相纏行上前	geu`xiong´nang`hang`song´qien`	喻好事者不懂規矩，連狗在交配也走上前看。
狗爭屎食	geu`zang´sii`siid	狗爭吃屎，喻人為搶奪利益而爭執。
狗舂墓頭	geu`zung´mung teu`	眾狗去撞墳地，喻自尋死路。

g

gi

鋸鋸嘵嘵	gi gi giau giau	形容爭吵的聲音。
鋸鋸滾	gi gi gun`	高頻率、尖銳刺耳的聲音。
髻索茶箍	gi sog`ca´gu´	髮繩和肥皂，早期客家女子出嫁時的隨身用品。
鋸樹倒樵	gi su do`ceu`	鋸木砍柴。
鋸樹抹莖	gi su mad`gin´	破壞樹林。
嘰嘰嘎嘎	gi´gi´ga`ga`	喋喋不休；人多嘴雜。
嘰嘰膏膏	gi´gi´go`go`	肚子飢餓時所發出的聲音。

{ g }

客家語詞	客語拼音	華語釋義
髻鬃一捋	gi´zung´id`lod	男人預備打鬥時，把髮髻向後甩。
嘰嘰咭咭	giˇgiˇgid gid	桌椅搖動時發出的聲音。

giab

挾上挾下	giab song´giab ha´	因心情不佳而來回走動。

giad

結舌仔	giad`sad e`	口吃、說話結巴的人。

giai

解索脫軛	giai`sog`tod`ag`	解開繩索及牛軛，喻放下工作輕鬆一下。

giam

檢漏趁天晴，讀書趕後生	giam`leu ciin tien´qiangˇ, tug su´gon`heu sang´	修房補漏要趁天晴，讀書要趁年輕。

gian

見面三分情	gian mien sam´fun´qinˇ	人與人見了面，就會顧及彼此的情面，比較好溝通。
見人講人話，見鬼講鬼話	gian nginˇgong`nginˇfa, gian gui`gong`gui`fa	喻人心口不一，口是心非，見風轉舵。
奸雄	gian´ hiungˇ	投機；趁機偷懶。
艱辛	gian´ xin´	很困苦；辛苦。

g

{ g }

客家語詞	客語拼音	華語釋義
堅嗒	gian´dag	食物彈牙、有咬勁。
艱艱辛辛	gian´gian´xin´xin´	艱困辛苦。
奸雄鬼計	gian´hiung`gui`ge	使用奸詐手段。
堅挨	gian´ngai	堅忍不拔。
堅霜挨雪	gian´song´ngai xied`	指生活堅忍、刻苦。
簡簡單單	gian`gian`dan´dan´	非常簡單。
揀揀擇擇	gian`gian`tog tog	精挑細選。
揀 揀 擇 擇，擇著爛瓠杓；干 揀 萬 揀，揀隻爛燈盞	gian`gian`tog tog, tog do`nan pu`sog; qien´gian`van gian`, gian`zag`nan den´zan`	喻千挑萬選、選來選去都沒選到一個好的。
捲皮扯痢	gian`pi`ca`lad`	皮膚刺痛。
揀肥擇瘦	gian`pi`tog ceu	三心兩意，過分挑選。
揀親不如擇媒	gian`qin´bud`i`tog moi`	要選個好親家，不如找個好媒婆。
揀時擇日	gian`sii`tog ngid`	選擇良時吉日。

giang

驚驚險險	giang´giang´hiam`hiam`	驚險萬分。
驚潑潑著	giang´pad pad do`	喻非常恐慌。
驚死	giang´sii`	怕死。
頸掤掤著	giang`bang´bang´do`	因生氣或用力致使脖子變粗。
頸頓頓著	giang`dun dun do`	形容人身體矮小脖子短。
頸蠕蠕著	giang`fe`fe`do`	脖子歪向一邊。
頸鋸鋸著	giang`gi gi do`	拉長脖子看東西。
頸縮縮著	giang`sug`sug`do`	縮著脖子。

g

{ g }

客家語詞	客語拼音	華語釋義
gid		
咭咭滾 咭手咭腳	gid gid gun` gid su` gid giog`	桌椅因搖動而發出的聲音。 喻空間狹窄，手腳施展不開。
giem		
弇上弇下 弇鑊蓋	giemˇsongˊgiemˇhaˊ giemˇvog goi	把網罩拿上拿下罩東西的樣子。 蓋上鍋蓋。
gien		
漖東西 哽哽滾	gien dungˊxiˊ gienˇgienˇgun`	把東西冷凍或冷藏。 狗相咬或被打時的哀號聲。
gieu		
噭無目汁 噭上噭下 噭眵牯	gieu moˇmug`ziib` gieu songˊgieu haˊ gieu ziiˊgu`	假哭、無淚的哭泣。 哭哭啼啼的樣子。 愛哭的男孩。
gim		
禁嫖戒賭 金光白銀 金那那著	gim peuˇgiai du` gimˊgongˊpag ngiunˇ gimˊna na do`	戒掉嫖、賭等不良習慣。 指現金。 晶瑩亮麗的樣子。

g

{　g　}

客家語詞	客語拼音	華語釋義
gin		
逕直去	gin ciid hi	一直去；直接的。
徑徑徑徑	gin gin gang gang	東西亂放而妨礙行動。
敬字惜紙	gin sii xiagˇziiˋ	敬重、愛惜字紙。
敬禾得了穀，敬老得了福	gin voˇdedˋliauˋgugˋ, gin loˋdedˋliauˋfugˋ	喻一分耕耘一分收穫，善行有善果，有付出就有回報。
巾巾晃晃	ginˊginˊgongˇgongˇ	東西懸空，晃來晃去。
精眚眚著	ginˊguag guag doˋ	非常精明能幹的。
緊板	ginˋbanˋ	動作很快。
緊飆緊跳	ginˋbeuˊ ginˋtiauˇ	連續跳上跳下。
緊工時事	ginˋgungˊsiiˇse	農忙時節的工作。
緊手打慢手	ginˋsuˋdaˋman suˋ	做事積極的人勝過慢半拍的人。
gio		
跙跙跔跔	gioˊgioˊgiuˊgiuˊ	彎彎曲曲；人倒下彎曲的樣子。
跙下去	gioˊhaˊhi	癱軟倒下。
giog		
腳擘擘著	giogˋbagˋbagˋdoˋ	雙腳張開的樣子。
腳跛跛著	giogˋbaiˊbaiˊdoˋ	跛腳，不良於行的樣子。
腳撐撐著	giogˋcang cang doˋ	墊腳尖的樣子。
腳沉沉	giogˋdem dem	腳步沉重的樣子。
腳短短著	giogˋdonˋdonˋdoˋ	雙腳短小。
腳箭箭著	giogˋjien jien doˋ	雙腳挺直僵硬。

g

{ g }

客家語詞	客語拼音	華語釋義
腳交交著	giog`kau´kau´do`	雙腳彎曲的樣子。
腳胈胈著	giog`kia kia do`	雙腳張開站立的樣子。
腳健膦硬	giog`kian lin`ngang	指年邁者身體健康。
腳屈屈著	giog`kud kud do`	形容人腳短行動不方便或不俐落。
腳惹惹著	giog`ngia ngia do`	雙腳向上翹起。
腳偶偶著	giog`ngiau`ngiau`do`	跛腳或腳受傷不良於行的樣子。
腳縮縮著	giog`sug`sug`do`	形容人因羞愧、害怕而不敢行動。
腳挺挺著	giog`ten`ten`do`	雙腳挺直或拉長的樣子。
钁頭鐵鉆	giog`teu`tied`zab	鋤頭和鐵鉆。
腳想長	giog`xiong`cong˘	小腿很長。

giu

久久吔	giu`giu`e`	久久才一次的。
久鍊成鋼	giu`lien siin`gong´	喻人經不斷的磨練與考驗，終能成為有用的人物。
九尾嬤	giu`mi´ma˘	搬弄是非的女人。
久病成醫	giu`piang siin˘i´	病久了便略知藥理。
久病成良醫	giu`piang siin˘liong˘i´	人生病久了、藥吃多了，就變得像良醫一般醫藥常識豐富了。

giug

翹屎轟天	giug sii`pang tien´	喻人很高傲。
捐姪款	giug`hieu˘kuan`	女性賣弄風騷勾引男人。

g

{ g }

客家語詞	客語拼音	華語釋義
逐事趕工	giug`se gon`gung´	加緊腳步把工作完成。
逐上逐下	giug`song´giug`ha´	到處追趕、籌措。

giung

客家語詞	客語拼音	華語釋義
降女正知親娘身	giung ng`nang di´qin´ngiong´siin´	生下子女後才知道母親懷孕、生產所受的痛苦。
降你个身，無降你个心	giung ng´ge siin´, mo´giung ng´ge xim´	父母雖然生了你的身體，卻無法操控你的思想意志。
降生雞酒香，降死四塊枋	giung sang´ge´jiu`hiong´, giung xi`xi kuai biong´	順利生產便有麻油雞酒可喝，如遇不幸，只有四塊木板陪葬，喻為人母的困難及艱辛，是遊走在生死之間。
降子愛過先生个學堂，降女愛受他姓个家娘	giung zii`oi go xin´sang´ge hog tong`, giung ng`oi su ta´xiang ge ga´ngiong´	喻生兒育女都要接受他人的教育。

go

客家語詞	客語拼音	華語釋義
過河拆橋	go ho´cag`kieu´	過河拆橋。
過河跑板	go ho´giu´ban`	過河拆橋。
告亡告祖	go mong´go zu`	祭告亡者與祖先，喪禮過程之一。
過日愛求自在，食肉愛擇大塊	go ngid`oi kiu´cii cai, siid ngiug`oi tog tai kuai	人應自在過活，大塊吃肉。
過人个膣擺嘴	go ngin´ge zii´bai`zoi	（罵）人所為常被他人指責批評。

g

61

{ g }

客家語詞	客語拼音	華語釋義
過頭飯好食，過頭話莫講	go teuˇfan hoˋsiid, go teuˇfa mog gongˋ	飯可以多吃，話卻不能亂説。
告天成服	go tienˊsiinˇfug	祭告上天後穿喪服，喪禮過程之一。
高不而將	goˊbudˋiˇjiongˋ	不得不遷就。
高高低低	goˊgoˊdaiˊdaiˊ	高低不平。
高高哋	goˊgoˊeˋ	高高的。
孤盲	goˊmoˊ	（貶）罵人很壞。
孤盲猴	goˊmoˊheuˇ	（貶）罵人不乖，像猿猴般。
孤盲絕代	goˊmoˊqied toi	（貶）詛咒他人絕子絕孫。
高天天著	goˊtienˊtienˊdoˋ	長得很高的；喻位置很高。

god

割頸敨氣	god`goiˊteuˇhi	喻非常氣憤，致呼吸困難。
割茅重屋	god`mauˇcungˇvugˋ	割茅草翻新屋頂。
割茅拖鋸	god`mauˇtoˇgi	割茅草鋸樹木。
割茅拖鋸，兩子親家都毋去	god`mauˇtoˇgi, liong`ziiˊqinˊgaˊduˋmˇhi	喻割茅草和拖鋸砍樹都是沒人願做的苦差事。
割手囊肚个肉分人食，還分人嫌臭臊	god`suˋnongˇduˋ ge ngiugˋbunˊnginˇsiid, hanˇbunˊnginˇhiamˇcu soˋ	喻好心被當成驢肝肺，做好人還被人嫌棄。

gog

敼著壁	gog do`biagˋ	碰到牆壁。

g

{ g }

客家語詞	客語拼音	華語釋義
各扶其主	gog`fu ˇki ˇzu ˇ	各自擁護自己的領導人。
各人个眼架仔各人合	gog`ngin ˇge ngian ˇga´e`gog`ngin ˇhab	喻每一個人的想法、看法、選擇,都有自己的考量。
各人食,各人飽	gog`ngin ˇsiid, gog`ngin ˇbau`	每個人只能顧好自己,關心不了他人。
覺書分單	gog`su´fun´dan´	財產分家契約書。覺書,日語的「備忘錄」。

goi

蓋	goi	很、非常。
蓋投人	goi dau ˇngin ˇ	目中無人,不可理喻。
蓋毳頭	goi guag teu ˇ	很脆。
蓋儆嘴	goi kiang zoi	謹慎飲食。
頦滿肚飽	goi´man´du`bau`	一肚子氣無處發洩。
改板缺	goi`ban`kiad`	用鋤頭挖開灌水的土塊,使水流出或流入。
改上改下	goi`song´goi`ha`	用鋤頭勤挖土。
改頭換面	goi`teu ˇvon mien	喻澈底改變、洗心革面。

gon

趕工無好事,趕遽無好舐	gon`gung´mo ˇho`se, gon`giag`mo ˇho`se´	趕工無法做出完美的成果,求快則易徒勞無功、欲速則不達。
趕燒趕熱	gon`seu´gon`ngiad	做事應及時。
棺材係囥死人个,毋係囥老人家个	gon´coi ˇhe kong xi`ngin ˇge, m ˇhe kong lo`ngin ˇga´ge	喻人生無常,棺材不是專為老人做的。

g

{ g }

客家語詞	客語拼音	華語釋義
官司打核計正出	gon´sii´da`hed`ge nang cud`	官司打完了才想出好計謀，喻後知後覺。
官司好打，狗屎好食	gon´sii´ho`da`, geu`sii`ho`siid	形容好訟者終無好結果。
菅榛棍	gon´ziim´gun	用菅稈做成的棍子。

gong

扛賭剪博	gong´du`jien`bog`	用不正當手段詐賭。
光華華著	gong´fa˘fa˘do`	非常明亮的樣子。
江湖一點訣	gong´fu´id`diam`giad`	行走江湖需要前輩的提點。
光光華華	gong´gong´fa´fa˘	光彩耀眼；月光明亮。
光光嘎嘎	gong´gong´ga˘ ga˘	雞鴨成群亂叫的樣子。
綱綱十二	gong´gong´siib ngi	指母豬每胎都能生很多小豬。
光年暗節	gong´ngian˘am jied`	過年時希望陽光普照，過節時要有些雨水、涼爽些。
扛箱扛籠	gong´xiong´gong´nung˘	指非常合群、會自動幫忙。
光中來，暗中去	gong´zung´loi`, am zung´hi	明著來的有可能在暗中又流失了，喻一切都是命中註定的。
晃晃晃晃	gong˘gong˘gong gong	擺動不停。
晃籃仔	gong˘nam´e`	嬰兒的搖籃。
晃上晃下	gong˘song´gong˘ha´	東西晃動不停的樣子；隨意走動。
講啊舌嫲舐地泥，也無人信	gong`a sad ma`se´ti nai`, ia´mo˘ngin˘xin	喻信用破產了，講再多也沒人相信。

g

{ g }

客家語詞	客語拼音	華語釋義
講得直會了伙食	gong`ded`ciid voi liau` fo`siid	要說清楚、講明白，得費很多伙食。喻事情很難說明清楚。
講著有好食，尾都會壁直	gong`do` iu´ho`siid, mi´du´voi biag ciid	說到有好處，尾巴也會豎直。
講著屌膣就盡命，講著撿錢走去屏	gong`do`diau`zii´ qiu qin miang, gong`do`giam` qien`qiu zeu`hi biang	（罵）指只知道要占人便宜，沒有對等付出相待。
講著有好食，生日都會展退	gong`do`iu´ho`siid, sang´ ngid`du´voi zan`tui	說到有好吃的，連生日都可延後，此形容貪吃者的心態。
講話無關後尾門	gong`fa mo´guan´heu mi´mun`	指說話不看場合，亦未注意其隱密性。
講个話係聽得，屎都食得	gong`ge fa he tang´ded`, sii`du´siid ded`	喻人信譽極差，所講的話皆不可相信。
講好莫歡喜，講壞莫受氣	gong`ho`mog fon´hi`, gong`fai`mog su hi	算命師的開頭語—不管說好說壞都不要介意。
講佢無熟又敨骨，講佢有熟又血出	gong`i´mo´sug iu lud` gud`, gong`i´iu´sug iu hiad`cud`	說它沒熟，骨頭又已脫落；說它已熟，卻又帶血。喻佔便宜、貪吃、無羞恥心的行為。
講一百句，也係五十雙	gong`id`bag`gi, ia´he ng`siib sung´	指同樣的事及內容再說也是一樣，多說無益。
講人人到，講鬼鬼到	gong`ngin`ngin`do, gong`gui`gui`do	正說著某人的事，他就出現了，彷彿彼此心有靈犀。
講頭知尾	gong`teu`di´mi´	舉一反三，喻精明。
講醒吧毋值三尖錢	gong`xiang`e`m`dad sam´jiam´qien`	訣竅、秘密技術被點破，就不值什麼錢。

g

gu

{ g }

客家語詞	客語拼音	華語釋義
故害	gu hoi	故意陷害。
跍跍縮縮	gu´gu´sug`sug`	畏懼、退縮不前。
孤孤栖栖	gu´gu´xi´xi´	很小氣，很會計較的樣子。
孤老	gu´lo`	孤僻；自私。
跍上跍下	gu´song´gu´ha´	隨地亂蹲。
孤栖	gu´xi´	寂寞、孤獨。
跍竹頭	gu´zug`teuˇ	蹲在竹林下，喻人落難。
咕咕滾	gu´guˇgun`	鴿子的叫聲；心中不滿的嘀咕聲。
古古怪怪	gu`gu`guai guai	脾氣古怪。
古時頭擺	gu`siiˇteuˇbai`	古時、早期。

gua

掛紙祭掃	gua zii`ji so	掃墓祭祖。

guad

刮上刮下	guad`song´guad`ha´	用尖利器物刮來刮去。

guag

砉砉滾	guag guag gun`	嚼花生、脆瓜、脆餅等發出的聲音。
砉頭	guag teuˇ	指食物脆嫩好吃。

guai

蜗蟾仔	guai`ngiam e`	蝌蚪。

g

{ g }

客家語詞	客語拼音	華語釋義
guan		
關門要用力門，買貨愛認真看	guanˊmunˇoi iung lid conˊ, maiˊfo oi ngin ziinˊkon	關門要用力閂緊，買東西要認真看清楚，喻做事要用心、認真。
gud		
骨頭末髓	gud`teuˇmad soi`	骨頭和肉屑。
gued		
國用大臣，家用長子	gued`iung tai siinˇ, gaˊ iung zong `zii`	國家要重用良臣，家庭則須靠長子承襲。
gug		
汩汩滾	gug gug gun`	仰頭大口喝水聲；形容女人生氣不滿的樣子。
gui		
歸日歸夜	guiˊngid`guiˊia	指整天。
鬼搭蛤蟆頦	gui`kag haˇmaˇgoiˊ	（罵）被鬼掐住脖子般大呼小叫。
鬼頭鬼腦	gui`teuˇgui`no`	喻人詭計多端。
gung		
貢貢滾	gung gung gun`	耳朵受尖銳高頻影響的感受。

g

｛ g ｝

客家語詞	客語拼音	華語釋義
貢貢滾	gung gung gun`	形容事情順利、得意的樣子。
貢岡	gung gong´	手、腳指甲化膿。
公婆床頭打床尾和	gung´po˘cong˘teu˘da` cong˘mi´fo˘	形容夫妻爭吵難免，但沒有隔夜的冤仇。
公婆共心	gung´po˘kiung xim´	夫妻同心。
公食公開	gung´siid gung´koi´	共同分擔聚餐費用。

g

{ h }

客家語詞	客語拼音	華語釋義
ha		
下把吔	ha ba`e´	有時候、偶爾。
哈哈滾	ha ha gun`	大笑聲。
下夜出月光	ha ia cud`ngiad gong´	喻大器晚成；好事出現得較晚。
下二擺	ha ngi bai`	下一次。
哈哈硑硑	haˇhaˇbong bong	在他人工作正忙時，忽然問東問西。
哈哈吮吮	haˇhaˇsud sud	吃辣、喝燙的食物所發出的聲音。
蛤蟆壢蚜	haˇmaˇlag guai`	指大小青蛙。
hab		
狹座相容	hab co´xiong´iungˇ	喻相互忍讓。
狹狹蹶蹶	hab hab kiad kiad	喻空間非常狹窄。
狹蹶蹶著	hab kiad kiad do`	喻空間狹窄的樣子。
狹膣狹極	hab zii´hab kid	喻非常狹窄。
合心合意	hab xim´hab i	同心同德。
had		
哈啾碌天	had qiu`lug tien´	一直打噴涕。
瞎眼貓堵到死老鼠	had`ngianˇmeu duˇdo`xi`no`cu`	喻事情非常巧合。
hag		

h

{ h }

客家語詞	客語拼音	華語釋義
核卵幫刀	hag non`bong´do´	用陰囊磨刀,喻非常驚險。
核卵都會晃烏青	hag non`du´voi gong´vu´qiang´	形容人忙碌奔波,把睪丸都磨到瘀血了。
客去主人安	hag`hi zu`ngin`on´	在客人離開之後,主人才能有清閒的時間。
客退主人寬	hag`tui zu`ngin`kon´	在客人離開之後,主人才能有清閒的時間。

hai

懈懈怠怠	hai hai tai tai	偷懶,不專心。
懈怠	hai tai	鬆懈、不積極。
鞋尖腳細	hai`jiam´giog`se	喻身材嬌小。

ham

憨搭	ham´dab`	囉嗦、不俐落。
憨憨呆呆	ham´ham´de´de`	呆呆傻傻,不精明的樣子
憨憨吔	ham´ham´e´	不理智的。
憨憨狂狂	ham´ham´kong`kong`	呆呆傻傻近乎不正常。
酣酣醉醉	ham´ham´zui zui	人因生病虛胖,導致臉浮腫或身體水腫。
鹹鹹甜甜	ham`ham`tiam`tiam`	食物有鹹有甜。
鹹魚傍飯會賣屋	ham`ng`bong`fan voi mai vug`	吃飯配鹹魚容易下飯,有可能把房子吃垮,亦作「鹹魚傍飯會賣田」。
鹹心	ham`xim´	很貪心。

70

{ h }

客家語詞	客語拼音	華語釋義
han		
還	han˘	尚；稍微；眞是。
閒言閒語日日有，莫去聽著自然無	han˘ngian˘han˘ngi˘ngid` ngid`iu´, mog hi tang´do` cii ian˘mo˘	閒話、是非到處都有，聽而不聞是最好的方法。
還生食四兩，當過死呢食豬羊	han˘sang´siid xi´liong´, dong go xi`e˘siid zu´iong´	喻行孝要及時，父母生時能孝順勝過死後哀榮。
還生頭臥臥，毋知死日到	han˘sang´teu˘ngo ngo, m˘di´xi`ngid`do	喻人死到臨頭還不知死活。
還細偷針，大呢就偷金	han˘se teu´ziim´, tai e˘qiu teu´gim´	小時偷針，大了偷金，喻孩子要從小管教、注意其言行。
閒時莫鬥敘，年節莫孤栖	han˘sii˘mog deu xi, ngian˘jied`mog gu´xi´	平常不要浪費，年節祭拜祖先不可寒酸隨便。
閒膣拍爛扇	han˘zii´pad`nan san	（罵）沒事搖扇搧涼，把扇子都搧爛了，喻女性太懶散。
hang		
行上行下	hang˘song´hang˘ha´	到處走動。
行書寫帖	hang˘su´xia`tiab`	擇日館會選日課及寫文書的人。
桁頭桷尾	hang˘teu˘gog`mi´	指各種建築木材。
hau		
好鬥牛毋生角	hau deu ngiu˘m˘sang´gog`	喻逞強好鬥的人，成不了大事。

h

｛ h ｝

客家語詞	客語拼音	華語釋義
孝家	hau ga´	喪家。
好譴	hau kien`	愛生氣。
好絕絕著	hau qied qied do`	喻人衝動、魯莽行事。
好嚵	hau sai´	愛吃、好吃。
好嚵猴	hau sai´heu`	貪吃者。
好食懶做	hau siid nan´zo	好吃又懶惰。
嚎嚎喝喝	hau´hau´hod`hod`	大聲呼叫，責罵。
嗥毋恬	hau´m`diam´	牛停不下來；暗喻不放手。

he

嘿嘿砰砰	he´he´bong bong	做事不專注，漫不經心。

heb

歇歇滾	heb heb gun`	喘息聲。

hed

歇上歇下	hed song´hed ha´	到處借宿或住宿。
黑烏天暗	hed`vu´tien´am	天空漆黑，天色已暗。

hem

喊喊滾	hem hem gun`	大聲怒罵的樣子。
喊劏喊割	hem´cii´hem´god`	叫囂殺人。
喊魂	hem´fun`	呼叫死者靈魂，喻其聲淒厲。
喊燒火𤓪	hem´seu´fo`lad`	全身遭日曬、灼傷而覺刺痛。

h

{ h }

客家語詞	客語拼音	華語釋義
喊上喊下	hem´song´hem´ha´	到處呼喊或指使他人。
喊天噴地	hem´tien´zan`ti	大聲吶喊。

hen

緪繃繃著	henˇbang bang doˋ	十分緊繃的樣子。
緪斗	henˇdeuˋ	嚴肅;手頭或事情困難。
緪緪吔	henˇhenˇeˊ	緊緊的。
緪毫	henˇhoˇ	管教嚴格。
緪頭	henˇteuˇ	嚴苛;手頭很緊。
肯打鐵就會火燒寮	hen`da`tied`qiu voi foˋseuˊliauˇ	喻要玩火就會有火燒房屋的可能。
肯管千兵萬馬,毋管廚房灶下	hen`gon´qienˇbin´van maˊ, mˇgon`cu´fongˇzo haˊ	喻男人寧願帶兵打仗,也不願下廚煮飯做菜。
肯看人傍豬肉,毋肯看人破樵	hen`kon nginˇbong´zuˊ ngiugˋ, mˇhen`kon nginˇ po ceuˇ	喻人不要太接近可能傷害自己的情境或事物。

heu

後後生生	heu heu sang´sang´	年紀輕輕。
後生多勞碌,老吔好享福	heu sang´do´loˊlugˋ, lo`eˊhoˇhiong´fugˋ	年輕時好好努力,老了才能享福。
後生多勞碌,老來好享福;後生毋肯學,老來無安樂	heu.sang´do´loˊlugˋ, loˋloiˇhoˇhiong´fugˋ; heu sang´mˇhen`hog, loˋloiˇmoˇon´log	人要趁年輕時多學、多勞動,晚年才能安樂、享福。
後生仔膦仔硬毋久	heu sang´eˋlin`eˋngang mˇgiuˋ	指年輕人心性浮躁,耐力不夠,不能吃苦。

h

73

{ h }

客家語詞	客語拼音	華語釋義
後生毋做家，老吔正知差	heu sang´ m˘ zo ga´, lo`e˘ nang di´ca´	年輕時不努力奮鬥，老了才來後悔。
猴咣咣著	heu˘ guang˘ guang˘ do`	形容人非常好動逗趣。
猴形鬼樣	heu˘ hin˘ gui`iong	指非常滑稽可笑。
猴毋成猴，一身寡寡瘦	heu˘ m˘ sang˘ heu˘, id`siin´ gua`gua`leu˘	（罵）喻不正經的樣子。
猴頭老鼠尾	heu˘ teu˘ no cu`mi˘	形容頭尾不相稱、言行不一致、或外貌不好看的人。
口底泥	heu`dai`nai˘	喻人故意裝聾作啞，不好使喚。
口管	heu`gon`	愛管閒事。
口管毋淨	heu`gon` m˘ qiang	指人多話、愛管閒事。
喉嗹徑	heu`lien˘ gang	喉嚨、食道。
口涎波潑	heu`nan´ po´bad	口沫橫飛。
口椏椏著	heu`va´va´do`	指裂縫或傷口很大的樣子。

hi

客家語詞	客語拼音	華語釋義
氣扯扯著	hi ca`ca`do`	因緊張或急速行動造成呼吸急促。
氣奮奮著	hi fun fun do`	非常高興得意。
氣急急著	hi gib`gib`do`	呼吸非常急促。
氣用箭天	hi iung jien tien´	氣喘吁吁。
氣渺渺著	hi meu`meu`do`	生悶氣、氣憤難消的樣子。
氣凹凹著	hi ngiab`ngiab`do`	因生氣、激動而造成呼吸不勻的樣子。

h

{ h }

客家語詞	客語拼音	華語釋義
戲棚頂高有該種人，戲棚底下就有這種人	hi pangˇdangˋgoˊiuˊge zungˋnginˇ, hi pangˇdaiˋ haˊqiu iuˊ iaˇzungˋnginˇ	喻人生如戲，戲如人生，社會就是一場戲的縮影。
戲棚醮廠	hi pangˇzeu congˋ	戶外戲台及廟會用的醮場。
氣噴噴著	hi pun pun doˋ	氣呼呼的，非常生氣的樣子。
虛打實毋過	hiˊdaˋsiid mˇgo	虛假無法壓過真實；事實勝於雄辯。
起赤痧	hiˋcagˋsaˊ	發怒而眼紅。
起腳	hiˋgiogˋ	起步走；抬起腳。
起腳飆	hiˋgiogˋbeuˊ	突然跑跳起來。
起馬	hiˋmaˊ	神轎出巡時首次抬起轎來。
起手	hiˋsuˋ	動手做事。
起頭	hiˋteuˇ	事情開始行動。

hia

閛翼胛	hia id gabˋ	張開翅膀。

hiab

挾私胲	hiabˋsiiˊgoiˊ	存私房錢。
挾仇挾恨	hiabˋsuˇhiabˋhen	挾恨積怨。

hiad

血臌囊著	hiadˋguˋnongˇcog	皮膚瘀血、紅腫。

h

{ h }

客家語詞	客語拼音	華語釋義
hiam		
嫌貨正係買 貨人	hiamˇfo nang he maiˊfo nginˇ	眞正想買東西的人才會對貨 品嫌東嫌西。
嫌張	hiamˇzongˊ	嫌東嫌西。
hian		
獻帛化財	hian ped fa coiˇ	燒金紙化作冥間錢財。
現死無命	hian xi`moˇmiang	受傷後立即死亡。
掀嘴角	hianˊzoi gog`	掌嘴。
絃簫鼓樂	hianˇseuˊgu`ngog	歌舞昇平的樣子。
蟪公攔路， 雨溼衫褲	hian`gung`nanˊlu, i`siib`samˊfu	當路上有很多蚯蚓的時候， 就是雨水很多的天氣。
hib		
翕人	hib`nginˇ	欺負人。
翕醡醬菜	hib`puˊjiong coi	發酵豆醡準備製作醬菜。
翕大細	hib`tai se	欺負人。
hieu		
翹翹却却	hieu hieu hiog`hiog`	木板已彎曲或變形。
翹峨翹崠	hieu ngoˇhieu dung	建築物有翹起的燕尾，喻建 物的宏偉壯麗。
梟梟騙騙	hieuˊhieuˊpien pien	到處欺騙人。
梟兄斂弟	hieuˊhiungˊlien ti	欺騙親兄弟。

h

{ h }

客家語詞	客語拼音	華語釋義
梟斂掣騙	hieuˊlien cad`pien	指各種詐騙手段。
梟來食	hieuˊloiˇsiid	騙東西吃。
嫶汀汀著	hieuˇdin din do`	女人不正經、賣弄風騷貌。
嫶妮妮著	hieuˇnaiˇnaiˇ do`	指女人很風騷的樣子。
嫶膩膩	hieuˇne ne	指女性打扮得花枝招展。

him

興捋捋著	him lod lod do`	興致勃勃的樣子。
興頭	him teuˇ	興致很高。

hin

嬲骨使妮	hin`gug`saiˊnaiˊ	喻女性輕薄、隨便。

hio

摬巴掌	hio baˊzong`	賞巴掌。

hiog

卻走吧	hiog`zeu`eˇ	木板翹起變形了。

hiong

香噴噴著	hiongˊpun pun do`	香味濃郁。

hiu

h

{ h }

客家語詞	客語拼音	華語釋義
邱阿奔同人分，林麟星做醫生，鍾美盛飆中圳，鍾啓元中狀元	hiu´a´bun´tung´ngin´bun´, lin´lin´sen´zo i´sen´, zung´mi´siin beu´zung´zun, zung´ki`ngian´cung cong ngian´	某屆美濃鎮長選舉所創的順口溜。

hiug

畜著大豬把門風，降著妹仔瀉祖公	hiug`do`tai zu´ ba`mun´fung´, giung do`moi e`xia zu`gung´	早期社會重男輕女，認為生女兒會丟祖宗的臉。
畜老鼠咬布袋	hiug`no cu`ngau´bu toi	養老鼠來咬破自己的布袋，喻看錯人了。

hiung

凶凶豺豺	hiung´hiung´sai´sai´	動物凶暴的樣子；人非常飢餓的樣子。
兄兄弟弟	hiung´hiung´ti ti	兄弟們。
凶豺	hiung´sai´	凶惡；因飢餓而露出凶相。
凶豺豺著	hiung´sai´sai´do`	凶殘的；狼吞虎嚥的樣子。
兄弟分家成鄰舍，上晝分家下晝借	hiung´ti bun´ga´siin´lin´sa, song zu bun´ga´ha´zu jia	指兄弟分家是天經地義的事，連親兄弟也要明算帳。
兄弟毋和外人欺（翕）	hiung´ti m´fo`ngoi ngin´ki´(hib`)	意指兄弟不和睦，就易被外人欺負。
雄繃繃著	hiung´bang bang do`	體魄雄壯的樣子。
雄屎毋曾屙淨	hiung´sii`m´qien´o´qiang	喻人做事不知瞻前顧後、不考慮後果。

{ h }

客家語詞	客語拼音	華語釋義
雄頭	hiungˇteuˇ	強壯，精力充沛。
雄頭搭腦	hiungˇteuˇdab`noˇ	指人做事或行為不正經。

ho

學老番親	ho lo`fanˊqinˊ	指與不同族群結親。
學老先生假細義	ho lo`xinˊsangˊga`se ngi	喻想吃又不好意思；扭捏作態。
炯日頭	ho ngid`teuˇ	晒太陽。
號膣橫霸	ho ziiˊvangˇba	蠻橫、貪婪。
耗費	hoˊfi	浪費太多。
呵呵滾	hoˊhoˊgun`	蒸氣噴出的聲音。
熇日炙燒	hoˊngid`zag`seuˊ	冬天曬太陽取暖。
炯軟熟	hoˊngionˊsug	用蒸氣使東西柔軟變熟。
炯上炯下	hoˊsongˊhoˊhaˊ	頂著大太陽到處走。
熇天曬日	hoˊtienˊsai ngid`	烈日當空曝曬。
何金榮个捽來火	hoˇgimˊiungˇge cud loiˇfo`	毋耐蹶 mˇnai kiad，喻品質不良。
豪光燦爛	hoˇgongˊcan nan	光輝燦爛，象徵好預兆。
嚎嚎呷呷	hoˇhoˇgab gab	豬吃東西發出的聲音。
嗬嗬呵呵	hoˇhoˇho ho	風雨交加的樣子。
何麼死苦	hoˇma`xi`ku`	何必非如此不可。
好點點著	ho`diam`diam`do`	無緣無故。
好到接泥毋洗手	ho`do noˇnaiˇmˇse`su`	形容朋友間交往感情很好。
好狗不擋路，歪狗杈門路	ho`geu`bud`dong`lu, vaiˇgeu`ca munˇlu	指好狗有靈性，不擋路。

h

79

{ h }

客家語詞	客語拼音	華語釋義
好狗毋爭貓食飯，好子毋爭分家產	ho` geu` m´ zang´ meu siid fan, ho` zii` m´ zang´ bun´ ga´ san`	喻好狗、好子女都不會逞強爭奪。
好狗山中死，好漢陣中亡	ho` geu` san´ zung´ xi`, ho` hon ciin zung´ mong´	喻死得其所，與「善劍者死於劍，善水者死於水」意同。
好好壞壞	ho` ho´ fai` fai`	時好時壞；有好有壞。
好好个核卵，割下來擺	ho` ho` ge hag non`, god` ha´ loi´ kuan	喻行事不用正確的方法，偏走旁門左道。
好漢敢食三斤薑，毋驚人打毋驚抨	ho` hon gam` siid sam´ gin´ giong´, m´ giang´ ngin´ da` m´ giang´ pong´	喻好漢自有其能耐，如多吃薑，便不怕人捶打。
好秧一半穀，好妻一半福	ho` iong´ id` ban gug`, ho` qi´ id` ban fug`	有好秧苗就會有好收成，有了好妻子就等於有了一半的福分。
好酒還係酒糟來	ho` jiu` han´ he jiu zo´ loi´	喻内行是由外行累積經驗而來的。
好來毋當好去，好頭毋當好尾	ho` loi´ m´ dong ho` hi, ho` teu´ m´ dong ho` mi´	與人交往，開頭好不如結尾好。
好女毋怕二婚親	ho` ng` m´ pa ngi fun´ qin´	喻好女人不怕再婚。
好人顧大家，好貓管千家	ho` ngin´ gu tai ga´, ho` meu gon´ qien´ ga´	好人會照顧大眾，好貓會抓千家的老鼠。
好愁毋愁，愁个六月仔無日頭	ho` seu´ m´ seu´, seu´ ge liug` ngiad e` mo´ ngid` teu´	什麼事不好煩惱，卻煩惱六月不出太陽，喻自尋煩惱。
好事無相請，壞事緊緊尋	ho` sii mo´ xiong´ qiang`, fai` sii gin` gin` qim´	指人有好事時不會告知，有麻煩事時才來尋求幫忙。

h

{ h }

客家語詞	客語拼音	華語釋義
好時割膣相送，毋好㖠屌上屋棟	ho`sii´god`zii´xiong´sung, m´ho`e´diau`song´vug`dung	此指某些人心性不定，與人交往，相好時便送上最珍貴的東西；交惡時便惡言相向。
好時好日多風雨	ho`sii´ho`ngid`do´fung´i`	辦喜事卻遭逢颱風下雨，此爲安慰他人的言詞。
好手好腳	ho`su´ho`giog`	身體健康，四肢健全。
好頭好尾	ho`teu´ho`mi´	與人交往始終真心。
好頭毋當好尾	ho`teu´m´dong ho`mi´	人相往來應互相尊重，好在前頭不如好在結尾。
好田地毋當好子弟	ho`tien´ti m´dong ho`zii`ti	有好子弟勝過有好田地、財產多。
好雪雪著	ho`xied`xied`do`	一切平安；好端端的。
好心著雷打	ho`xim´cog lui`da`	喻好心無好報。
好心救苦毋好救賭	ho`xim´giu ku`m´ho`giu du`	指做人可以救貧，不能去救好賭的人。
好子不鬥族	ho`zii`bud`deu cug	客家人強調宗族萬萬年，因此好子孫是不欺負自己宗親的。
好子毋用祖產地，好女毋用妹家衣	ho`zii`m´iung zu`san´ti, ho`ng´m´iung moi ga´i´	喻好子女是自食其力，不需靠家人的。
好子女毋使多，壞後生有毋當無	ho`zii`ng`m´sii`do´, fai`heu sang´iu´m´dong mo´	喻把子女教育好比什麼都重要。
好種毋傳，壞種毋斷	ho`zung`m´con´, fai`zung`m´ton´	（罵）指家中後輩只承襲了長輩的壞習慣、壞行爲。

hod

喝喝撮撮	hod`hod`cod`cod`	大聲喝斥、指使別人行動。

h

{ h }

客家語詞	客語拼音	華語釋義
喝上使下	hod`song´sii`ha´	大聲使喚。

hog

客家語詞	客語拼音	華語釋義
學打毋當學鬃，學鬃毋當學剃頭	hog da`m̌dong hog hieu´, hog hieu´m̌dong hog ti teǔ	喻在江湖行走，越奸詐越有獲勝的機會，即「好漢不吃眼前虧」。
學加一項，少吃一碗	hog ga´id`hong, seu`siid id`von`	指多學一項壞習慣，就會少掉一碗可以吃的飯。
學好三年，學壞三日	hog ho`sam´ngianˇ, hog fai sam´ngid`	形容要學壞很容易，要學好卻很困難。
焗焗曬曬	hog`hog`sai sai	常常曬太陽；烈日曝曬。

hon

客家語詞	客語拼音	華語釋義
汗漬漬著	hon ji ji do`	汗流浹背，把衣服都沾溼了。
汗流流著	hon liuˇliuˇdo`	流很多汗、汗流浹背的樣子。
汗潑潑著	hon pad pad do`	汗流得很多，全身溼透的樣子。
汗溼溼著	hon siib`siib`do`	汗流浹背，把衣服都沾溼了。
汗漕漕著	hon zoˇzoˇdo`	流汗很多的樣子。
寒寡	hon´gua`	寒酸、窮困。
寒寒凍凍	honˇhonˇdung dung	經受風寒冰凍。
寒就寒在風，苦就苦在窮	honˇqiu honˇcai fung´, ku`qiu ku`cai kiungˇ	天氣冷是因為風很寒，人會覺得痛苦是因為窮。

hong

h

{ h }

客家語詞	客語拼音	華語釋義
趷起來	hong hi`loiˇ	站起來。
轟轟滾	hongˊhongˊgun`	肥胖者急促的呼吸聲；蚊蠅聲。
hun		
昏懵	hunˊmung`	一時糊塗。

h

{ i }

客家語詞	客語拼音	華語釋義
i		
寅時*毋*起誤一天，幼年*毋*學誤一生	i`sii`m`hi`ngu id`tien´, iu ngian´m`hog ngu id`sen´	不能早起，就耽誤了一天；幼年不勤學、不學好，便會誤了一生。
寅時卯時	i`sii`mau´sii´	隨時奉派或起動。
雨淋水漬	i`lim`sui`dug`	不斷遭雨水淋溼。
倚恃*毋*得	i`sii m`ded`	不能依賴。
ia		
夜路行多佢會堵到鬼	ia lu hang´do´e`voi du` do`gui`	（罵）經常走夜路，早晚會遇上鬼，喻壞事做多了總會遇到麻煩。
夜摸仔	ia mo´e`	晚睡的人。
野野嗒嗒	ia´ia´dab dab	形容常吃零食或行為放蕩的意思。
爺哀黃金纏半腰，*毋*驚死佢銀紙無人燒	ia´oi´vong´gim´can`ban ieu´, m`giang´xi e`ngiun´ zii`mo`ngin`seu´	有錢的父母，自然就不怕沒人辦理後事。
爺娘惜子長江水，子想爺娘無个擔竿長	ia`ngiong´xiag`zii`cong´gong´sui`, zii`xiong´ia`ngiong`mo`ge dam gon´cong`	父母愛子女的情像長江水，子女想父母卻沒扁擔長。
爺哀還生無人愛，死佢子女相爭來	ia`oi´han`sang´mo`ngin´oi, xi e`zii`ng`xiong´zang´loi`	喻不孝子女不服侍年老父母，等父母去就紛紛為爭財產而來。

｛ i ｝

客家語詞	客語拼音	華語釋義
爺惜長子， 哀惜尾滿子， 適中个食瞵屎（吮手指）	iaˇxiagˋzongˋziiˋ, oiˊxiagˋmiˊmanˊziiˋ, di dungˊge siid linˋsiiˋ(qionˊsuˋziiˋ)	指家中三個兒子，居中的較吃虧。
抾屎嘥	iaˋsiiˋsaiˊ	喻走霉運、破財。
這樹無好採，去別樹採	iaˋsu moˇhoˋcaiˋ, hi pied su caiˋ	喻做事不能太固執，要懂得改變工作方法和環境。

iab

凹歇吔	iabˋhedˋeˇ	因充氣不足而變扁平了。

iad

拽毋動	iad mˇtungˊ	搖不動。
拽上拽下	iad songˊiad haˊ	用力上下搖動東西。

iag

擛旗仔	iag kiˇeˋ	搖動旗子。
擛上擛下	iag songˊiag haˊ	不停揮動手或旗子。

iam

掞石灰	iam sag foiˊ	撒石灰。
掞上掞下	iam songˊiam haˊ	在沙發或軟床上跳動。
鹽生	iamˇsanˊ	將食物用鹽醃漬後生吃。
臁腎項	iamˋsiin hong	腎臟部位。

i

{ i }

客家語詞	客語拼音	華語釋義

ian

燕仔低飛蛇過路，大雨就來到	ian eˋdaiˊbiˊsaˇgo lu, tai iˋqiu loiˇdo	假如燕子低飛，蛇過馬路，大雨就將來到。
怨死無怨生	ian xiˋmoˊian sangˊ	人有不幸，可以怪死者，不要埋怨無關的生者。
煙咚咚著	ianˊdungˇdungˇdo`	煙霧很大的樣子。
援援牽牽	ianˊianˊkianˊkianˊ	事情複雜，有許多牽扯。
冤冤枉枉	ianˊianˊvongˊvong`	非常冤枉。
煙人同地	ianˊnginˇdungˊti	煙霧瀰漫。
煙人同天	ianˊnginˇdungˊtienˊ	煙霧瀰漫。
掀上掀下	ianˊsongˊianˊha`	一會兒掀開一會兒闔上。
冤枉錢過眼前，血汗錢好買田	ianˊvong` qienˇgo ngianˋqienˇ, hiad`hon qienˇho`maiˊtienˇ	喻唯有自己勞心勞力、正當賺來的錢財，才能長久。
延滯	ianˇce	拖延。
圓咚咚著	ianˇdungˇdungˇdo`	人長得圓圓胖胖的樣子。
延延遪遪	ianˇianˇce ce	做事或繳息納租常常延期。
圓圓滿滿	ianˇianˇmanˊmanˊ	非常圓滿成功。
遠遠吔	ianˋianˋeˊ	距離很遠的。

iang

縈上縈下	iangˊsongˊiang ha`	到處閒逛的樣子。
贏个係聾糠，輸个係米	iangˇge he nungˇhongˊ, suˊge he mi`	贏的是米糠，輸的是米。勸人不要賭博──十賭九輸。

i

{ i }

客家語詞	客語拼音	華語釋義
贏贏輸輸	iangˇiangˇsuˊsuˊ	有輸有贏。

id

役場衙門	id congˇngaˇmunˇ	日治時期的單位,如現在的公家機關及警察局。
一擺新,兩擺舊,三擺同屎一樣臭	id`bai`xinˊ, liong`bai`kiu, samˊbai`tungˇsii`id`iong cu	喻人喜新厭舊。
一朝天子一朝臣	id`ceuˇtienˊzii`id`ceuˇsiinˇ	喻人事更動頻繁,主管換人之後,下屬也全部換過。
一搭就一潔	id`dab`qiu id`lab`	勸人不要隨便管他人事,以免一碰就要損失或吃虧。
一分錢一分貨	id`funˊqienˇid`funˊfo	指不同價錢的東西,在品質上是有差別的。
一嫁再嫁,三嫁就有青銅瓦舍	id`ga zai ga, samˊga qiu iuˊqiangˊtungˇngaˋsa	一再改嫁,越嫁越好;暗諷女方再嫁。
一家難顧千家窮	id`gaˊnanˇgu qienˊgaˊkiungˇ	一個人能力有限,想要照顧很多窮困的人是不可能的。
一隔一跳	id`gag`id`tiau	指兩地相隔有一段距離。
一個魚頭三分補	id`ge ngˇteuˇsamˊfunˊbu`	一個魚頭其營養等於三分重的人蔘。
一個田螺貼一個疕	id`ge tienˇloˇdiab`id`ge pi`	一個田螺有一個薄殼,喻萬事皆天定,男女的緣分也是命中註定。

i

{ i }

客家語詞	客語拼音	華語釋義
一斤黃蔴毋當一條苧，十個愕琢毋當一個夫	id`gin´vong´ma´m´dong id`tiau´cu´, siib ge ngog` dog`m´dong id`ge fu´	一條苧麻好過一斤黃蔴，一個強者勝過十個弱夫。
一下氣擺	id`ha hi bai`	一口氣，指短暫時間。
一夜想个全頭路，天光吔無半步	id`ia xiong`ge qion´teu´lu, tien´gong`e´mo´ban pu	喻想了一堆計畫，但真正要做時卻都行不通。
一掖禾	id`ie vo˘	五行稻秧。稻秧每五行為一掖。
一樣米畜百樣人	id`iong mi´hiug`bag`iong ngin˘	雖吃同樣的米長大，但每個人都各有不同的心性。
一尖五厘	id`jiam´ng`li˘	指小錢或很少的錢。
一日省一口，一年有一斗	id`ngid`sang`id`heu`, id`ngian˘iu´id`deu`	一天省一口飯，一年就可以省下一斗米。
一人有福，會蔭滿屋	id`ngin˘iu´fug`, voi im´man´vug`	喻有福的人會庇蔭全家。
一人難合千人意	id`ngin˘nan˘hab qien´ngin´i	一個人做事很難讓所有人都感到滿意。
一籠糖都核吔，哪有差一把蔗	id`nung˘tong˘du´hed`e´, nai iu´ca´id`ba`za	喻十分都已經去了九分九，何須再計較那一釐。
一千欠，毋當八百現；八百現，毋當六百擐	id`qien´kiam, m´dong bad`bag`hian; bad`bag` hian, m´dong liug`bag` kuan	有一千元的債錢，不如八百元現金；有八百元現金，不如六百元在手。喻人的現實近利。
一身死核吔，淨伸著嘴無死	id`siin´xi`hed`e´, qiang cun´do`zoi mo˘xi`	喻人一無是處，只剩一張能言善道、不實在的嘴巴。

i

{　i　}

客家語詞	客語拼音	華語釋義
一踢三通	id`tad`sam´tung´	舉一反三，指反應敏捷。
一頭一面	id`teu`id´mien	滿臉都是。
一條腸仔透屎朏	id`tiau˘cong´e`teu sii fud`	形容人耿直，有話直說，不會拐彎抹角。
一天一地	id`tien´id`ti	喻很多。
一代姑，二代表，三代閒了了，四代五代無人曉	id`toi gu´, ngi toi beu`, sam´toi han˘leu`leu`, xi toi ng`toi mo˘ngin˘hiau`	指親戚間，到第三、四代之後關係就疏遠了。
一代興隆	id`toi hin´nung˘	喻好景不長。
一代惡，二代愕，三代做人腳	id`toi og`, ngi toi ngog`, sam´toi zo ngin˘giog`	（警）強調因果報應──惡人只能逞強一代，到第三代就成無用的人渣了。
一代做官三代絕	id`toi zo gon´sam´toi qied	古時做官者辦案常會誤判生死、冤枉好人，因此常被詛咒三代絕子絕孫。
一宕過三冬	id`tong go sam´dung´	今天不做，就算再過三年也不見得能完成。宕，拖延。
一宕三冬	id`tong sam´dung´	一延三年，喻事情、時間延宕。
一朝半晡	id`zeu´ban bu`	一日半日，指時間很短。
一朝無糧兵馬散	id`zeu´mo˘liong˘bin´ma´san	養兵一日無糧，軍隊便會散去。
一張眠床無睡兩樣人	id`zong´min˘cong˘mo˘soi liong`iong ngin˘	喻同床夫妻不該有不同的心事和個性。
一張嘴三層皮，說好講壞由在佢	id`zong´zoi sam´cen˘pi`, sod`ho˘gong`fai`iu˘cai i˘	指一張嘴可以變來變去，要說好或說壞都隨他去說。

i

89

{ i }

客家語詞	客語拼音	華語釋義
一竹篙打一船人	id`zug`go´da`id`con˘ngin˘	喻不論好壞，一概同論。
ie		
掖蔴掖米	ie ma´ie mi`	到處都是；喻人山人海。
弛綱打車	ie´gong´da`ca´	喻成群結隊。
液液滑滑	ie˘ie˘vad vad	東西黏黏滑滑的。
液口涎	ie˘heu`nan´	流口水。
ieu		
腰拑背吊	ieu´kiam˘boi diau	因工作過久、過勞，導致腰酸背痛。
天巴巴著	ieu´ba˘ba´do`	東西鬆軟、不結實的樣子。
天巴糖	ieu´ba´tong˘	不結實、無法成塊的糖。
邀邀湊湊	ieu´ieu´ceu ceu	相互作伴；一起做事、遊玩。
天天吔	ieu´ieu´e´	糊糊的、未結實成塊的。
搖搖擺擺	ieu˘ieu˘bai`bai`	走路不正，東倒西歪的樣子。
搖搖當當	ieu˘ieu˘dong´dong´	東西不牢固，搖搖欲墜。
搖搖越越	ieu˘ieu˘iad iad	沒有主見；三心二意。
搖槳駕船	ieu˘jiong`ga son´	搖著槳，駕著船。
搖上搖下	ieu˘song´ieu˘ha´	上下搖動。
舀打吔	ieu`da`e´	無真功夫、虛假的。

{ i }

客家語詞	客語拼音	華語釋義
im		
陰陰腦笑	imˊimˊnoˋseu	陰冷的笑。
in		
岃崗項	in gongˊhong	小山崗上。
應嘴擘鼻	in zoi bagˋpi	（罵）頂撞、回嘴。
因財失義	inˊcoiˇsiidˋngi	爲了錢財而失去道義。
iog		
藥醫假病	iog iˊgaˋpiang	眞病是醫不好的，可醫好的是假病。
若愛賺，險中鑽	iog oi con, hiamˋzungˊzon	想要快速賺大錢，就必須冒一定的風險。
若愛長壽，經常食素	iog oi congˇsu, ginˊcongˇsiid su	想健康長命，便要經常吃素。
若愛好，愛問三老	iog oi hoˋ, oi mun samˊloˋ	要多向老人家請益，參酌他們的經驗，才能夠做出正確的決定。
若愛屋下好，就愛跡得早	iog oi lugˋkaˊhoˋ, qiu oi hong eˇzoˋ	若要顧家持家，就得每天早起。
iong		
癢好仔毋爪，痛好仔爪啊緊出血	iongˊhoˋeˊmˇzauˋ, tung hoˋeˊzauˋa ginˋcudˋhiadˋ	喻人做事莽撞，不會看適當時機或方向。

i

｛ i ｝

客家語詞	客語拼音	華語釋義
養兒正知報娘恩	iong´i`nang di´bo ngiong`en´	爲人子女者，通常都是在自己做了父母後，方知娘恩。
養蛇食雞	iong´sa`siid ge´	縱容壞人且傷到自己。
秧死薑歿	iong´xi`giong´mud`	薑苗死了，薑種也會跟著爛掉。
養子毋讀書，毋當畜大豬	iong´zii`m`tug su´, m`dong hiug`tai zu´	孩子如果不好好讀書，還不如養頭豬。
洋洋漾漾	iong`iong`iong iong	淹水且水勢很大。
揚尾滿天飛，大水就會到	iong`mi`man´tien´bi´, tai sui`qiu voi do	蜻蜓滿天飛舞的時候，就會下大雨。
羊肉無食著，打嶡一身騷	iong`ngiug`mo`siid do`, da`me id`siin´so´	沒吃到羊肉，反而沾上一身騷。喻未蒙其利，反受其害。
iu		
幼幼吔	iu iu e´	光滑平整的、細緻的。
幼幼秀秀	iu iu xiu xiu	非常精緻、光滑、美麗。
有狀元學生，無狀元先生	iu´cong ngian`hog sang´, mo`cong ngian`xin´sang´	指能教出狀元學生的老師，自己不見得是狀元。
有搭有碓	iu´dab`iu´doi	有義意、有模有樣。
有福分神助，無福分鬼誤	iu´fug`bun´siin´cu, mo` fug`bun´gui`ngu	喻人若有福分，就會有神明相助；若是無福分，連鬼都會來欺負。
有福之人在夫前，無福之人在夫後	iu´fug`zii´ngin`cai fu´ qien`, mo`fug`zii´ngin`cai fu´heu	喻有福氣的女人往生在丈夫之前。

i

｛ i ｝

客家語詞	客語拼音	華語釋義
有假子，無假孫	iuˊgaˋziiˋ, moˇgaˋsunˊ	收養的兒子不是親生的，但論孫子就無所謂真假了。
有機	iuˊgiˊ	動物已有受孕跡象。
有薑刨皮，想著無薑時	iuˊgiongˊpauˊpiˇ, xiongˇdoˋmoˇgiongˊsii	勸人要勤儉持家、節約愛物，以防萬一。
有功打無勞	iuˊgungˊdaˋmoˇloˇ	有功勳付出的事實，卻沒有得到讚賞或相當的對待。
有口	iuˊheuˋ	富有。
有雄官無愕萬富	iuˊhiungˇgonˊmoˇngogˋvan fu	常有呆癡的官員，卻沒有很笨的億萬富翁。
有好食笑呵呵，無好食兩面鑼	iuˊhoˋsiid seu hoˊhoˊ, moˇhoˋsiid liongˋmien loˇ	諷刺人無情──有得吃就笑呵呵的，沒得吃便馬上翻臉。
有好死，無好埋	iuˊhoˋxiˋ, moˇhoˋmaiˇ	（罵）（詛）指就算是好死也不見得很好埋（善後）。
遊野打蜗	iuˊiaˊdaˋguaiˋ	尋覓田野、河溪中的動物當食材。
有爺有娘金銀寶，無爺無娘路邊草	iuˊiaˊiuˊngiongˇgimˊngiunˇboˋ, moˇiaˊmoˇngiongˇlu bienˊcoˋ	有父母疼惜的孩子是珍寶，孤兒卻像路邊草。
有緣一人出一項，無情兩儕毋上床	iuˊianˇidˋnginˇcudˋidˋhong, moˇqinˇliongˋsaˊmˇsongˊcongˇ	指男女間相愛，有緣的才能共枕眠。
有一好就無兩好	iuˊidˋhoˋqiu moˋliongˋhoˋ	喻禍福相依，凡事有得就有失。

i

93

﹛ i ﹜

客家語詞	客語拼音	華語釋義
有樣跈樣，無樣看世上	iuˊiong tenˇiong, moˇiong kon sii song	指世人皆是有樣學樣。
憂憂煩煩	iuˊiuˊfanˇfanˇ	憂愁、煩惱多。
有孔無榫	iuˊkangˊmoˇsun`	喻不協調。
有理輕輕三兩重，無理萬人扛毋動	iuˊliˊkiangˊkiangˊsamˊliongˊcung`, moˇliˊvan nginˇgongˊmˇtung	（諷）有理就輕鬆可以解決問題；沒理就算萬人也抬不動。
有量正有福	iuˊliong nang iuˊfug`	人要有度量才會有福氣。
有罵有打正有惜，三日無打會上壁	iuˊma iuˊda`nang iuˊxiag`, samˊngid moˇda`voi songˊbiag`	喻子女要疼惜，但教育更應嚴明。
有耳無嘴	iuˊngiˇmoˇzoi	安靜聽話，不要多嘴。
有人做戲，就有人看戲	iuˊnginˇzo hi, qiu iuˊnginˇkon hi	有人演戲就有人看戲，意指一個巴掌打不響。
有千日个保官，無百日个砥腳	iuˊqienˊngid`ge bo`gonˊ, moˇbag`ngid`ge zag`giog`	指好賭者雖好賭，卻無百日之徒，莊家卻能千日做莊。
有錢	iuˊqienˇ	富有、闊氣。
有錢講話盡大聲，無錢講話人毋聽	iuˊqienˇgong`fa qin tai sangˊ, moˇqienˇgong`fa nginˇmˇtangˊ	指現實社會中多以錢來衡量人，有錢的就受尊重。
有錢係阿哥，無錢係猴哥	iuˊqienˇhe aˊgoˊ, moˇqienˇhe heuˇgoˊ	喻女人的現實，唯利是圖—有錢的就是情哥。
有錢一身香，毋使逐身裝	iuˊqienˇid`siiˊhiongˊ, mˇsii`giug`siinˊzongˊ	喻有錢人處處受人尊敬。
有錢買頭魠魚，無錢打豆油	iuˊqienˇmaiˊteuˇtog`ngˇ, moˇqienˇda`teu iuˇ	喻人虛榮、愛面子，做事不實在。

i

{　i　}

客家語詞	客語拼音	華語釋義
有錢硬吂吂， 無錢硬拖皮	iu´qienˇngang guag guag, moˇqienˇngang to´piˋ	喻有錢人信用較佳，窮人較會拖延還本息的日期。
有錢判生， 無錢判死	iu´qienˇpan sang´, mo´ qienˇpan xiˋ	形容黑心判官草菅人命。
有錢親阿哥， 無錢死孤盲	iu´qienˇqin´a´go´, moˇqienˇxiˋgo´moˇ	喻女人的現實，唯利是圖── 有錢的就是情哥。
有錢就猴形鬼樣，手窿腳窿；無錢就猴死目死，目紅鼻紅	iu´qienˇqiu heuˇhinˇgui` iong, su`nungˇgiog`nung`; moˇqienˇqiu heuˇxi´mug` xiˋ, mug`fung`pi fung`	喻人有錢時頤指氣使，沒錢時就愁眉苦臉。
有錢就做功德，無錢就拈開笐	iu´qienˇqiu zo gung´ded`, moˇqienˇqiu ngiamˇkoi´ ned`	富人可以濟世救人積功德，窮人也能撿刺修陰功。
有情	iu´qinˇ	很有情意。
有衫無褲	iu´sam´moˇfu	喻不對稱。
有三年个狀元公，無三年个好長工	iu´sam´ngianˇge cong ngianˇgung´, moˇsam´ ngianˇge ho`congˇgung´	喻要找一個好長工不容易。
有山就有水，有神就有鬼	iu´san´qiu iu´suiˋ, iu´siinˇ qiu iu´gui`	指山水、鬼神都是自然現象。
有聲有色	iu´sang´iu´sed`	喻表現不錯。
有食有補，無食空心肚	iu´siid iu´bu`, mo´siid kung´xim´du`	喻吃東西不要太挑剔，有得吃就好。
有食無食，寮到驚蟄	iu´siid moˇsiid, liau do giang´ciid	農民過年節，不管有無好日子過，都要偷閒到「驚蟄」。
有身	iu´siin´	懷孕。

i

{ i }

客家語詞	客語拼音	華語釋義
有萬全个藥方，毋當人个健康	iu´van qion˘ge iog fong´, m˘dong ngin˘ge kian kong´	身體健康比什麼良藥都還好。
有志毋驚日頭晒，有力毋驚肩頭挍	iu´zii m˘giang´ ngid`teu˘sai, iu´lid m˘giang´gian´teu˘kai´	人只要有志氣，不怕日曬、肩挑的苦，必定能成功。
有志成龍，無志成蟲	iu´zii siin˘liung˘, mo˘zii siin˘ cung˘	意指做人要有志氣，才能成功。
有膣無脧	iu´zii´mo´lin`	喻不協調。
有嘴話他人，無嘴話自家	iu´zoi va ta´ngin˘, mo˘zoi va qid ga´	只會說別人的短處，自己卻不會反省。
油鹽登對，粗茅成菜	iu˘iam˘den´dui, cu´mau˘siin˘coi	烹調用油鹽要適當，就算粗茅也可煮成菜。
遊遊于于	iu˘iu˘cog`cog`	到處閒逛。
油油湯湯	iu˘iu˘tong´tong´	食物油膩的樣子。
油漬漬著	iu˘ji ji do`	非常油膩。
油波扐激	iu˘po´led gieb	指廚房多油垢。

iui

呦呦滾	iui iui gun`	興奮驚叫聲；向遠方招呼聲。
呦呦嗬嗬	iui iui ho˘ho˘	大呼小叫，大聲喊叫。
呦人救	iui ngin˘giu	大聲呼救。
呦上呦下	iui song´iui ha´	到處大聲呼喊他人。

iun

潤潤吔	iun iun e´	溼潤的。

i

{ i }

客家語詞	客語拼音	華語釋義
匀匀吔	iunˇiunˇeˊ	均勻的。
iung		
用佢个泥膏佢个壁	iung iˇgeˊnaiˇgo iˇge biagˋ	喻羊毛出在羊身上。
壅塵打灰	iungˊciinˇdaˋfoiˊ	東西蒙上灰塵。
壅塵灰	iungˊciinˇfoiˊ	被灰塵蒙蓋。
絨加嫲	iungˇgaˊmaˇ	頭髮髒亂的女人。
絨帽褂袼	iungˇmo ga (gua) gabˋ	結婚時新郎所穿戴的絨帽子和褂袍。
鱅頭，鯇尾，鰱肚屎	iungˇteuˇ, vanˊmiˊ, lienˇduˋsiiˋ	鱅魚（大頭鰱）頭、草魚尾巴、鰱魚的肚子是最好吃的部位。

i

97

｛ j ｝

客家語詞	客語拼音	華語釋義
ji		
嘰咕頂碓	ji gu`dang`doi	耳朵重聽，説話常反覆。
濟脅下	ji hiab`ha´	搔人腋下。
吱吱滾	ji ji gun`	蟬鳴聲；電流震動聲。
吱吱啁啁	ji ji jio jio	魚類、家禽多，聲音吵雜。
吱吱吱吱	ji`ji`jid jid	非常吵鬧的聲音。
姊姊妹妹	ji`ji`moi moi	姊妹們。
jia		
借佛為名	jia fud vi´miang´	假借其他理由搪塞。
借風駛船	jia fung´sii`son´	借風力駕駛船隻，喻借力使力、順勢而爲。
借借滾	jia jia gun`	小孩的尖叫聲。
借錢遽遽求千聲，還錢緊緊走去屛	jia qien´giag`giag`kiu qien´sang´, van`qien´gin`gin`zeu`hi biang	喻無恥的人向人借錢時説盡好話，要還錢時卻躲起來了。
借錢輕輕講細聲，討錢恬恬詐無聽	jia qien´kiang´kiang´gong`se sang´, to´qien´diam´diam´za mo´tang´	喻人只知借錢，不知還錢。
姐仔都死歇忒，還擽轉去攋尿桶	jia`e`du´xi hed`e`, han´ngau zon`hi kuan ngiau tung`	喻大勢已去，何必流戀小物。
jiam		
尖尖利利	jiam´jiam´li li	東西非常尖銳。

{ j }

客家語詞	客語拼音	華語釋義
尖利利著	jiam´li li do`	十分尖銳的。
尖牙利齒	jiam´nga´li cii`	喻人口才很好。
尖上車	jiam´song´ca´	擠上車子。
尖上尖下	jiam´song´jiam´ha´	在人群中擠進擠出；用手指擠壓。
蘸上蘸下	jiam`song´jiam`ha´	沾著醬油或醬料吃東西。

jiang

泩轉來	jiang zon`loiˇ	將物品倒置、倒吊。
靚靚鬧鬧	jiang´jiang´nau nau	漂亮美麗。
靚裝	jiang´zong´	行頭打扮亮麗流行。

jib

嗶嗶滾	jib jib gun`	接吻或空嘴發出的聲音。

jid

汲汲浞浞	jid jid jiog jiog	腳踩在泥濘中發出的聲音。

jied

擳石頭	jied sag teuˇ	丟石頭。
擳上擳下	jied song´jied ha´	東西隨地亂扔。

jien

箭腳	jien giog`	墊高腳尖。

j

｛ j ｝

客家語詞	客語拼音	華語釋義
煎煎煮煮	jien´jien´zu`zu`	煎煮烹調食物。
剪腸捏肚	jien`cong´ned`du`	指非常傷心、難過的痛苦。

jim

客家語詞	客語拼音	華語釋義
唚唚嗻嗻	jim´jim´zod zod	接吻的親密樣子。
唚上唚下	jim´song´jim´ha´	到處親吻，表現親密的樣子。

jin

客家語詞	客語拼音	華語釋義
進爵進饌	jin jiog`jin con	三獻禮中敬酒敬菜的儀式。
精刁	jin´diau´	聰明、伶俐。
精仔食戇仔，戇仔食卡仔	jin´e`siid ngong e`, ngong e`siid kie´e`	形容現實社會弱肉強食的現況—大欺小、強凌弱。
精腳	jin´giog`	聰明、反應很快。
精穀有穀麼係穀，狗腟人講麼係肉	jin´gug`pang gug`ma´ he gug`, geu`zii´ngin´gong`ma´ he ngiug`	自我安慰的話—不好的東西也是東西。
精精緻緻	jin´jin´zii zii	精明伶俐。
揎門窗	jin´mun´cung´	關門窗。
精人騙戇人个錢，戇人買精人个田	jin´ngin´pien ngong ngin´ge qien´, ngong ngin´mai´jin´ngin´ge tien´	聰明人騙傻人的錢，傻人買聰明人的田，喻天理會昭彰，因果會報應。
精緻	jin´zii	聰明、優良。
揎錢頭	jin`qien´teu´	湊錢、分捐款項。

jio

j

{ j }

客家語詞	客語拼音	華語釋義
啾唷	jio io	任性、挑剔。
啾囉	jio lo˘	多孔的灑水器。
揪揪搡搡	jio´jio´sung`sung`	很多人推來推去，非常擁擠的樣子。
斜一片	jio`id`pien`	斜向一邊。
跏跏蹁蹁	jio`jio`fe`fe`	不正的樣子。

jiod

嗒田螺	jiod tien˘lo˘	用力吸吮田螺。

jiog

淈淈滾	jiog jiog gun`	腳或物體在泥中搓動發出的聲音。
淈泥打磚	jiog nai˘da`zon´	用腳踩踏泥漿製作土磚。
淈泥膏	jiog nai˘gau´	腳在泥漿中踩踏。
淈上淈下	jiog song´jiog ha´	腳在泥濘中行走的樣子。

jiong

將佢个拳頭，打佢个嘴角	jiong´i˘ge kian˘teu˘, da`i˘ge zoi gog`	用他的拳頭打他的嘴巴，即「以子之矛攻子之盾」之意。

jiu

皺股郎當	jiu gu`nong˘dong´	形容衣物不平整。
啾啾滾	jiu jiu gun`	鳥叫聲；形容人發怒的聲音。
皺螺風	jiu lo˘fung´	龍捲風。

j

{ j }

客家語詞	客語拼音	華語釋義
皺毛豬，皺毛羊，皺毛阿妹壞商量	jiu mo´zu´, jiu mo´iong˘, jiu mo´a´moi fai`song´liong˘	喻捲髮女孩脾氣不好。
皺䐿郎當	jiu zii´nong˘dong´	喻物品凌亂不整。
酒醉飯飽	jiu`zui fan bau`	喝醉酒、吃飽飯。
酒醉許人三間屋，酒醒伸著一條茅	jiu`zui hi`ngin˘sam´gian´vug`, jiu`xiang`cun´do`id`tiau˘mo˘	形容酒醉的人所說的話不可相信。
酒醉三分醒	jiu`zui sam´fun´xiang`	人酒醉時，通常還保有三分清醒。
酒醉吐真言	jiu`zui tu`ziin´ngian˘	人在喝醉時所說的，多半都是真心話。
酒醉心無醉	jiu`zui xim´mo˘zui	人雖然喝醉了，可是內心還是清醒的。
酒中有飯	jiu`zung´iu´fan	愛酒的人認為有酒就夠了。

jiug

足程	jiug`cang˘	水果或稻穀成熟。
足水	jiug`sui`	水果成熟飽滿。

jiung

縱狗傷人	jiung`geu`song´ngin˘	縱容壞人去傷人。
縱欲人	jiung`iug`ngin˘	縱容人做壞事。

j

{ k }

客家語詞	客語拼音	華語釋義
ka		
喀喀呸呸 枷手枷腳 喀天喀地	kaˇkaˇpui pui kaˇsu`kaˇgiog` kaˇtienˊkaˇti	常常咳嗽、吐痰。 手腳被綑綁；喻受到拘束。 喉嚨不舒暢，一直咳嗽。
kab		
磕磕吔	kab`kab`eˊ	賣力的。
kad		
刻刻吔	kad`kad`eˊ	態度堅定的。
kag		
搭拳頭 搭上搭下	kag kianˇteuˇ kag songˊkag haˊ	握拳頭。 不停的緊抓物體的樣子。
kai		
挨樵賣木 挨挨撞撞 挨尿打糞 挨上挨下 挨債 挨豬菜	kaiˊceuˇmai mug` kaiˊkaiˊcong cong kaiˊngiau da`bun kaiˊsongˊkaiˊhaˊ kaiˊzai kaiˊzuˊcoi	砍木柴去賣。 為了生活挑擔辛苦維生。 挑糞尿去施肥。 挑著東西到處走。 背負債務。 肩挑地瓜葉。

k

{ k }

客家語詞	客語拼音	華語釋義
kam		
崁頭山腳 堪食毋得 礖著手	kam teuˇsanˊgiogˋ kamˊsiid mˇdedˋ kamˋdoˋsuˋ	山腳、崁邊等區。 沒資格吃。 壓到手。
kau		
交啊轉 交上交下	kauˊa zonˋ kauˊsongˊ kauˊhaˊ	繞回來。 繞來繞去。
ke		
喫喫滾 契弟同年	keˊke gunˋ ke ti tungˇngianˇ	瓷器、玻璃破碎聲。 同庚結拜兄弟。
keb		
揜魚仔	kebˋngˇeˋ	用罩子由上往下網魚。
ked		
嘓嘓滾	ked ked gunˋ	開懷大笑聲。
keu		
橋斷路絕	keuˇtonˊlu qied	形容水災、風災後橋毀路斷的情形。

k

{ k }

客家語詞	客語拼音	華語釋義
ki		
企起來	ki´hi`loi˘	站起來。
欺欺翕翕	ki´ki´hib`hib`	非常欺負人的樣子。
欺弱翕細	ki´ngiog hib`se	欺負弱小。
欺山莫欺水	ki´san´mog ki´sui`	勸人小心謹慎 —— 水能載舟，亦能覆舟。
欺神騙鬼	ki´siin˘pien gui`	欺騙鬼神。
欺祖滅嘗	ki´zu`mied song˘	欺侮祖先又毀滅蒸嘗的禮儀。
棋仔跌落地，輸核一家濟	ki´e`died`log ti, su´hed`id`ga´ji	賭博者的口頭禪，諷刺別人的手氣。
騎馬怙杖	ki´ma´ku cong`	一邊工作一邊尋找另一工作；騎驢找馬。
kia		
擎頭帶腦	kia˘teu˘dai no`	帶頭領先。
擎膣上屌	kia˘zii´song diau`	把性行為及女性器官說出來罵人。
kiab		
挾豬菜	kiab zu´coi	用機器碾碎地瓜菜。
kiad		
蹶命	kiad miang	掙扎。

k

｛ k ｝

客家語詞	客語拼音	華語釋義
kiag		
屐著高啊留來看	kiag zog`go´a`liuˇloiˇkon	把木屐穿高些留下來看，喻等著看人笑話。
kiam		
蹡啊過	kiam a go	跨過去
蹡上蹡下	kiam song´kiam ha´	從東西上面跨來跨去。
鉗上鉗下	kiamˇsong´kiamˇha´	指人騎在車子上或動物交配的動作與模樣。
kian		
蒄畀香	kian bi`hiong´	用蔥、蒜爆香。
勸賭莫勸嫖	kian du`mog kian peuˇ	食、色乃人之天性，故勸人學好，先勸戒賭不用勸嫖。
褰菸葉	kian ian´iab`	用菸針穿過菸葉連成串。
牽牽連連	kian´kian´lienˇlienˇ	形容事情複雜，牽連很多人。
牽牛食水	kian´ngiuˇsiid sui`	當仲介。
牽牛搵浴	kian´ngiuˇvun iog	牽牛泡水。
牽頭帶腦	kian´teuˇdai no`	帶頭領先。
拳打腳踢	kianˇda`giog`ted`	手腳一起攻擊。
拳花攎天	kianˇfa´lug`tien´	擺出拳腳動作顯示武力、恫嚇他人。
虔虔誠誠	kianˇkianˇsiinˇsiinˇ	非常有誠意、誠懇。

k

{ k }

客家語詞	客語拼音	華語釋義
拳頭毋打笑面人	kianˇteuˇmˇda`seu mien nginˇ	拳頭不打笑臉人，指面帶笑容、處事謙和的人，比較不會讓人暴力相向。
kiang		
儆嘴	kiang zoi	謹慎的飲食習慣。
輕輕吔	kiang´kiang´e´	輕輕的。
輕輕鬆鬆	kiang´kiang´sung´sung´	很輕鬆。
輕連連著	kiang´lienˇlienˇdo`	輕飄飄的。
牽馬	kiang´ma´	說話重複、嘮叨，令人厭煩。
輕手輕腳	kiang´su`kiang´giog`	手腳動作輕盈。
kiau		
蹺蹊	kiau´hi´	爲人苛刻，不近人情。
kid		
矻飷	kid aˇ	做內餡。
矻矻搉搉	kid kid kog kog	袋內物體互相碰撞的聲音。
矻甜粄	kid tiamˇban`	把年糕邊煮邊攪拌均勻。
kie		
契弟多同年，婊仔多姐妹	kie ti do´tungˇngianˇ, beu`e`do´ji`moi	喻吃喝玩樂的酒肉朋友，姊妹淘很多。
卡卡戇戇	kieˇkieˇngong ngong	形容人癡呆的樣子。

{ k }

客家語詞	客語拼音	華語釋義
kien		
譴譴吔 譴死人	kien`kien`e´ kien`xi´ngin^	稍微生氣的。 氣死人。
kieu		
叩謝還願	kieu qia van^ngian	向神明還願叩謝。
撬鎖頭	kieu so`teu^	用工具撬開鎖。
蹺腳寮	kieu´giog`liau	把腳交叉休息。
嘐上嘐下	kieu´song´kieu´ha´	孩子纏著父母哭鬧的樣子。
嘐人	kieu^ngin^	十分煩人，非常會哭鬧。
嘐嚷頓	kieu^sai´dun	哭鬧要東西吃。
口筆兩利	kieu`bid`liong`li	口才好，反應快。
口短舌屈	kieu`don`sad`kud	喻口才不好。
口食天財	kieu`siid tien´coi^	喻有口福。
口 食 天 財， 緊食緊來	kieu`siid tien´coi^, gin`siid gin`loi^	形容有福氣的人不愁吃穿。
口無對心	kieu`vu^dui xim´	心口不一。
kim		
撳吔頭來尾 又翹	kim e^teu^loi^mi´iu kieu	喻首尾難兼顧，事情難兩全。
撳橫人	kim vang ngin^	把人壓倒在地上。
kin		

k

{ k }

客家語詞	客語拼音	華語釋義
鏗鏗鏘鏘	kin kin kong kong	敲擊金屬器具發出的聲音。

kioi

客家語詞	客語拼音	華語釋義
癐死人	kioi xiˋnginˇ	累死人了。

kiong

客家語詞	客語拼音	華語釋義
強來心臼毋成家，枉搵錢財水流沙	kiongˇloiˇximˇkiu mˇsangˇgaˊ, vongˋvudˋqienˇcoiˇsu iˋliuˇsaˊ	喻用不良手段得來的女人和財物，都不能當家產。

kiu

客家語詞	客語拼音	華語釋義
求平安，毋敢求添福壽	kiuˇpinˇonˊ, mˇgamˋkiuˇtiamˊfugˋsu	喻人只求平安就好，不敢妄求其他。

kiug

客家語詞	客語拼音	華語釋義
跼鴨仔	kiug abˋeˋ	把鴨子關起來。

kiun

客家語詞	客語拼音	華語釋義
近河多風，近山多雨	kiun hoˇdoˊfungˊ, kiun sanˊdoˊiˋ	在河邊風大，在山間多雨。
近河莫欺水，近山莫欺樵	kiun hoˇmog kiˊsuiˋ, kiun sanˊmog kiˊceuˇ	靠河生活的人不會輕視水；靠山生活的人不會亂砍柴。
近廟欺神	kiun meu kiˊsiinˇ	住家接近廟宇卻不相信神明。
近山多雨	kiun sanˊdoˊiˋ	靠近山區雨水較多。
近近吔	kiunˊkiunˊeˊ	距離很近的。

k

{ k }

客家語詞	客語拼音	華語釋義
勤儉	kiunˇ kiam	勤勞節儉。
勤儉人得福，懶尸人得苦	kiunˇkiam nginˇ ded`fug`, nanˊsiiˊnginˇ ded`ku`	勤儉的人可以獲得福氣，懶惰的人就會變得窮苦。
勤勤儉儉	kiunˇkiunˇkiam kiam	非常勤勞節儉。
裙惱帶也惱	kiunˇnauˊdai iaˊnauˊ	比喻恨一個人，連他身邊的人也受到牽連。
裙惱帶惱	kiunˇnauˊdai nauˊ	被恨的人連其親人都恨在內。

kiung

共竇同胎	kiung deu tungˇtoiˊ	同一胎生。
共爺各哀	kiung iaˇgog`oi`	同父異母。
共爺各哀係至親，共哀各爺像別人	kiung iaˇgog`oiˊhe zii qinˊ, kiung oiˊgog`iaˇ qiong pied nginˇ	同父異母與同母異父的兄弟姊妹，在家中的身分地位是不同的。
窮（富）無過三代	kiungˇ (fu) moˇgoˊsamˊ toi	不管是窮或富，通常都不會連續超過三代。
窮鬼少毋得餓鬼	kiungˇgui`seu`mˇded`ngo gui`	窮人不能欠飢餓者的錢財。
窮無六親	kiungˇmoˇliug`qinˊ	窮人沒親戚往來。
窮人多子	kiungˇnginˇdoˊzii`	窮人家通常有很多孩子。
窮人無窮山	kiungˇnginˇmoˇkiungˇ sanˊ	貧窮的人只要肯上山吃苦，就會有生存的機會。
窮人莫斷豬，富人莫斷書	kiungˇnginˇmog ton´zuˊ, fu nginˇmog ton´suˊ	窮人要靠養豬才能致富，富人要靠讀書才能轉富為貴。
窮人討弱妻	kiungˇnginˇto`ngiog qiˊ	貧窮人家難得討得好（富）妻子。

k

{ k }

客家語詞	客語拼音	華語釋義
ko		
靠傷	ko song´	水果碰傷、壓傷。
koi		
開陂作圳	koiˇbiˊzogˋzun	闢建蓄水的陂塘及河圳，以利灌溉。
開陂作圳，人人有份	koiˇbiˊzogˋzun, nginˇnginˇiuˊfun	指早期開墾、築圳都需要大家同心協力完成。
開竇	koiˊdeu	幼小動物被抱養走。
開壺酌酒	koiˊfuˇzogˋjiuˋ	開壺倒酒。
開容笑面	koiˊiungˇseu mien	笑口常開。
開朗	koiˊnongˋ	天氣晴朗；寬敞。
開頭聚賭	koiˊteuˇqi duˋ	在家中開賭場。
開齋食葷	koiˊzaiˊsiid funˊ	開始吃葷。
kon		
看啊牛死，抑係藤斷	kon a ngiuˇxiˋ, ia he tenˇtonˊ	指不是你死就是我亡。
看高無看低	kon goˊmoˇkon daiˊ	勢利眼、看不起貧窮弱勢的人。
看人講話看事卜卦	kon nginˇgongˋfa kon sii bugˋ gua	指做人處事都要審時度勢。
看人毋好嫌人短，討食三年有運轉	kon nginˇmˇhoˋhiamˇ nginˇdonˋ, toˋsiid samˊ ngianˇiuˊiun zon´	喻看人不可只看眼前，時來運轉，鐵也有成金的機會。

k

111

｛ k ｝

客家語詞	客語拼音	華語釋義
看生無看死	kon sang´moˇkon xiˋ	慰問喪家節哀的話，與「顧生莫顧死」同，意謂往者已矣，往後應爲活者著想。
kong		
康康健健	kong´kong´kian kian	非常健康。
慷慷慨慨	kong´kong´koiˋkoiˋ	大方，度量大。
ku		
拘束人	ku´sogˋnginˇ	約束別人。
跍上跍下	ku´song´ku´ha´	到處求人；到處忙著工作。
枯燥	ku´zau´	植物因太乾燥而枯萎。
苦生對死	kuˋsang´dui xiˋ	喻拼命的工作；喻對某人或事物死纏不放。
苦上苦下	kuˋsong´kuˋha´	爲生活日夜操勞的樣子。
苦天天著	kuˋtien´tien´doˋ	非常貧窮的樣子。
kuan		
摱人	kuan nginˇ	懷孕。
摱上摱下	kuan song´kuam ha´	提著東西到處走動。
摱大肚	kuan tai duˋ	懷孕。
摱胎	kuan toi´	懷孕（通常指動物）。
kuang		

k

{ k }

客家語詞	客語拼音	華語釋義
誑上誑下	kuang song´kuang ha´	到處自誇、吹噓。
誑嘴	kuang zoi	誇大其辭，自我膨脹。
哐嘴牯	kuang zoi gu`	指嘴快、話多又愛吹牛的人。
	kud	
屈擂屈錐	kud luiˇkud zui´	（罵）非常不合群。
屈尾牛好拂	kud mi´ngiuˇhau fid	喻沒能力卻愛表現。
	kui	
虧眾莫虧一	kui´zung mog kui´id`	不讓一人吃虧，有難共同承擔。
跪跪磕磕	kui`kui`ngab ngab	勤奮打拼；低聲下氣求人。
跪上跪下	kui`song´kui`ha´	到處下跪。
	kung	
空腹莫食酒，食多命毋久	kung´bud`mog siid jiu`, siid do´miang mˇgiu`	空腹不喝酒，喝多不長命。
空身尞跳	kung´siin´liau tiau	孑然一身。
孔子不留隔夜帖	kung`zii`bud`liuˇgag`ia tiab`	喻受人之託要忠人之事，不可延宕。

客家語詞	客語拼音	華語釋義
la		
罅擺理	la bai`li´	足夠了；很多瑣事要費心；一切事情皆已理清。
拉歌里唱	la´go´li`cong	邊工作邊唱歌。
邐家門	la´ga´mun`	男女相親後，女方家長專程至男方家拜訪。婚禮之一。
lab		
邋邋呷呷	lab lab gab gab	服裝儀容很邋遢。
蠟卵	lab non`	刻意誇讚人或物。
邋食猴	lab siid heu`	到處要吃、或免費白吃的人。
潔底落第	lab`dai`log ti	因成績不及格而留級。
潔底生	lab`dai`sen´	留級生。
落鉸毋著	lab`gau m`do`	喻合不攏、兜不攏。
lad		
辣叉叉著	lad ca´ca´do`	味道非常辛辣。
lag		
落樹仔	lag su e`	把樹木鋸開。
lai		
賴孵雞嫲毋知走（醒）	lai pu ge´ma`m`di´zeu` (xiang`)	母雞在孵蛋的時候是趕不走的，喻人專心做事。

1

{ 1 }

客家語詞	客語拼音	華語釋義
犁耙碌碡	lai˘pa˘lug cug	早期耕田用的農具。
拉屎尿	lai˘sii`ngiau	不小心拉出屎或尿。
犁田駛耙	lai´tien˘sii´pa˘	使用犁耙等農具耕田。
睞上睞下	lai`song´lai´ha´	到處偷瞄、偷看。

lau

落嚷牯	lau sai´gu`	到處找東西吃的人。
落上落下	lau song´lau ha´	到處尋找可吃或沒人要的物。
遶上遶下	lau´ song´lau´ ha´	到處旅遊。
遶田水	lau´tien˘sui`	巡視田裡的水。
撈上撈下	lau˘song´lau˘ha´	到水中來回撈取東西。

led

扐石頭	led sag teu˘	把石頭抱起。
扐上扐下	led song´led ha´	抱著東西到處走動。

leu

嘍雞也愛一把米	leu ge´ia´oi id`ia`mi`	喻天下沒有不勞而獲的事情，任何事都須付出代價。
嘍上嘍下	leu song´leu ha´	到處召喚家禽家畜。
漏膣漏叉	leu zii´leu ca	漏雨情況嚴重。
樓屋燒核吔，還去拈番釘	leu˘vug`seu´hed`e˘han`hi ngiam˘fan´dang´	樓房都被燒了，還去撿鐵釘，喻分不清事情的輕重。

li

{ 1 }

客家語詞	客語拼音	華語釋義
利鋒鋒著	li pung´pung´do`	十分鋒利的。
禮到人無到，人熟禮無熟	li´do ngin´mo`do, ngin`sug li´mo`sug	喻收到帖子，一定要送達賀儀。
醴豐	li´fung´	很愛炫耀。
醴豐檻送	li´fung´cang sung	威風、得意的樣子。
離家不離腔，過久還本樣	li´ga´bud`li´kiong´, go giu`han`bun`iong	離開家鄉再久，鄉音、語言腔調仍然不會遺忘。
裏裏外外	li´li´ngoi ngoi	裡面外面—全部。
離離犁犁	li`li`lai`lai`	很多人倒在地上；物品散落滿地。

lia

掠掠滾	lia lia gun`	石頭在瓦片上滾動的聲音。

liab

囥番刀	liab`fan´do´	暗藏番刀。

liag

擸山豬	liag san´zu`	用繩索、陷阱誘捕山豬。

liam

黏時起腳	liam`sii`hi´giog`	馬上出發、立刻行動。

liang

{　1　}

客家語詞	客語拼音	華語釋義
領人頭杯酒， 講人頭句話	liang´ngin`teu`bi´jiu`, gong`ngin`teu`gi fa	在酒筵上先被敬酒的人，要 先讚美人家或回敬人家。

liau

寮山花	liau san´fa´	遊山玩水。
寮上寮下	liau song´liau ha´	到處遊玩。
撩上撩下	liau˘song´liau˘ha´	四處去戲弄人家。
撩鳥	liau˘diau´	挑逗、戲弄人家。
撩撩鳥鳥	liau˘liau˘diau´diau´	挑逗、戲弄人家。
撩撩揆揆	liau˘liau˘dud`dud`	調皮而動手動腳捉弄他人。
撩手揆腳	liau˘su´dud`giog`	動手動腳去撩撥他人。
了錢看破	liau`qien`kon po	看破賠錢了事。
了田了地， 毋好了手藝	liau`tien`liau`ti, m`ho`liau`su`ngi	喻只要有一技在身，就不怕 沒飯吃。

lib

立心立意	lib xim´lib i	自我決定。

lid

礫鼓礫砣	lid gu`lid kid	凹凸不平。
礫礫砣砣	lid lid kid kid	路面多石頭而顯得不平坦。
嚦嚦癧癧	lid lid lag lag	身上的痱子因天熱而發癢。

lien

蹽草坪	lien co`piang˘	故意踐踏草坪。

1

{１}

客家語詞	客語拼音	華語釋義
斂猴仔食雞屎	lien heuˇeˋsiid geˊsiiˋ	指讓人受騙、受害。
斂又詏	lien iu tadˋ	以不正當手法騙取。
斂契哥餓當晝	lien ke go ngo dongˊzu	與人相約，卻又爽約失信。
斂上斂下	lien songˊlien haˊ	到處拐騙。
斂手	lienˊsuˋ	雙手交叉。
連本帶利	lienˇbunˋdai li	連同本金和利息。
漣崗	lienˇgongˊ	沙洲。
鱗鯉入屋	lienˇliˊngib vugˋ	穿山甲進入房屋；喻家庭運勢不佳之兆。
連峨接棟	lienˇngoˊjiabˋdung	形容房舍眾多；指事情連續的發生。
輪上輪下	lienˇsongˊlienˇhaˊ	不宜搬動的東西卻輕忽地加以搬動。
連頭並根	lienˇteuˇbin ginˊ	樹頭、樹根連在一起，喻一切。
輪豬菜	lienˇzuˇcoi	隨便攪動豬菜。
唲骨頭	lienˋgudˋteuˇ	把骨頭從口中吐出。

lim

臨月	limˇngiad	臨盆。
臨時著急	limˇsiiˇcog gibˋ	臨時想到或想要。

lin

膦屌郎當	linˋdiauˋnongˇdongˊ	指衣褲破爛不整，連下體都無法完整遮蔽。

客家語詞	客語拼音	華語釋義
膦仔堵著屎朏，覺著屎朏生加一塊肉	lin`e`du´do`sii vud`, gog`do`sii vud`sang´ga´ id`kuai ngiug`	喻熱臉去貼人冷屁股，自討沒趣。
膦火焰焰著	lin`fo`iam`iam`cog	形容氣得全身冒火。
膦管毋開	lin`gon`m`koi´	喻心情不好、不高興。
膦棍倒磨	lin`gun do mo	喻做蠢事。
膦棍挌石	lin`gun mag sag	喻愚蠢的行為。
膦棍頭	lin`gun teu`	（罵）喻愚笨。
膦毛尖過縫	lin`mo´jiam´go pung	喻很會計較又小氣的人。
膦毛瑣澀	lin`mo´so`seb`	喻小氣、愛計較。
膦毛扭皺	lin`mo´ngiu`jiu	喻人小氣又不合群。
膦戀傢伙了，膣戀分人屌	lin`ngong ga´fo`liau`, zii´ngong bun´ngin`diau´	指男人風流，會損錢財；女人隨便，會被人侮辱。
膦親來到無杯茶，膣親來到晃晃嘎嘎	lin`qin´loi`do m`bi´ca`, zii´qin´loi`do gong´gong´ ga`ga`	形容媳婦只重視娘家的親戚。
膦親來無半斤，膣親來擐到踜踜蹭蹭	lin`qin´loi`mo`ban gin´, zii´qin´loi`kuan do lin`lin`qin`qin´	喻媳婦較重視、禮遇娘家親戚。
膦親來冷鑊熄灶，膣親來嘰哩啾囉	lin`qin´loi`nang`vog` xid`zo, zii´qin´loi`ji li jio lo	指媳婦較重視娘家親戚。
膦親毋當膣親，膣親毋當飯碗親	lin`qin´m`dong zii´qin´, zii´qin´m`dong fan von`qin´	喻人與人之間的親疏，會因人或環境而改變。
膦細多毛	lin`se do´mo´	男性器官小卻多毛，喻做事過分小心、愛吹毛求疵。

1

{ 1 }

客家語詞	客語拼音	華語釋義
賸大眾人背	lin`tai zung ngin˘bi	有事、有憂大家一起分擔。

liog

略略吔	liog liog e´	稍微的。

lion

攣鈕釦孔	lion˘kieu kang´	縫鈕釦孔。

liong

涼涼吔	liong˘liong˘e´	輕鬆的、容易的。
良時吉日	liong˘sii˘gid`ngid`	良辰吉日。
兩尖錢，打人个目珠都毋瞎	liong`jiam´qien˘, da`ngin˘ge mug`zu´du´m˘had`	喻人不可仗勢欺人或盛氣凌人。
兩片相打愛人拖，雙方官司愛人和	liong`pien˘xiong´da`oi ngin˘to´, sung´fong´gon´sii´oi ngin˘fo˘	勸人和睦相處，和平共存的事都要有人出來做。
兩儕添鹽毋入味	liong`sa´tiam´iam˘m˘ngib mi	意指兩個仇敵，無論如何溝通協調都無效。
兩頭兩尾	liong`teu˘liong`mi´	指兼顧前後左右。

liu

溜皮溜骨	liu pi˘liu gud`	皮膚和骨頭因受傷而剝落。
遛上遛下	liu song´liu ha´	慢慢的到處走來走去。
溜溜漂漂	liu˘liu˘piu piu	到處流浪，遊手好閒。

客家語詞	客語拼音	華語釋義
噭死人	liu`xi`ngin˘	騙死人。

liug

陸陸續續	liug liug xiug xiug	一個接一個，連續不斷。
六畜	liug`hiug`	（罵）喻沒教養。
六畜興旺	liug`hiug`hin˘vong	六畜興旺。
六六畜畜	liug`liug`xiug`xiug`	形容說話、舉動粗野的樣子。
六月个日頭， 後哀个拳頭	liug`ngiad ge ngid`teu˘, heu oi˘ge kian˘teu˘	六月的太陽酷熱，彷彿是壞 心後母會毒打人一般。

liung

躘笐棚	liung˘ned`pang˘	穿越荊棘叢。
壟上壟下	liung˘song˘liung˘ha˘	在洞內或物體底下進進出出。

lo

摞藥膏	lo iog gau˘	塗抹藥膏。
落落吔	lo lo e˘	偶爾的、不密集的。
攞鹽食	lo˘iam˘siid	混著鹽巴吃。
攞攞合合	lo˘lo˘gab`gab`	東西混雜在一起。
攞攞交交	lo˘lo˘gau gau	東西混雜在一起，分不清了。
囉囉嗦嗦	lo˘lo˘so˘so˘	話很多，小麻煩也很多。
攞上攞下	lo˘song˘lo˘ha˘	指某人的行動和別人的行動 攪混在一起。
籮篙糞箕	lo˘gag`bun gi˘˘	農家用來盛物的竹製品。
羅經八卦	lo˘gin˘bad`gua	堪輿師的羅盤。

1

｛１｝

客家語詞	客語拼音	華語釋義
蘿蔔仔掰核吔，空本樣還在	loˇped eˇbangˊhed`eˇ, kangˊbun`iong han`coiˊ	暗喻女人雖紅杏出牆卻不影響生理狀況；指煙花女易被誘惑。
蘿蔔白菜蔥，多用大糞攻	loˇped pag coi cungˊ, doˊiung tai bun gungˊ	種植蘿蔔、白菜、蔥，要多用糞便施肥。
勞心擘肚	loˇximˊbag`du`	喻擔憂、牽掛。
老伯勞會捈弓，師父狗會打倒蹤	lo`bag`lo`voi iam giungˊ, siiˊfu geu`voi da`do jiungˊ	有經驗的伯勞鳥能避開陷阱，有經驗的獵狗會包抄。
老斧頭下山	lo`bu`teu`ha`sanˊ	喻家中或族中長老出面訓斥。
潦草	lo`coˊ	粗率、隨便。
老刀嫲無鋼	lo`do`maˊmoˇgongˊ	鈍刀無刃，喻人老力衰，昔日風光不再，影響力也大不如前。
老吔正學吹笛，學吔會來頭毛鬢白	lo`e`nang hog coiˊtag, hog e`voi loiˇteu`moˇxiˊpag	意指年紀大了才要學技藝，一切都稍晚了些。
老鋸鋸著	lo`gi gi do`	形容人或植物因太老而不易處理。
老敲敲著	lo`kau kau do`	植物纖維老化；食物太老而不易煮熟。
潦潦草草	lo`lo`coˊcoˊ	做事馬虎隨便。
老老嫩嫩	lo`lo`nun nun	年老的、年輕的都包含在一起。
老老細細	lo`lo`se se	老的、小的全部算在內。
老人成細	lo`nginˇsangˇse	老人的行爲有時像小孩般。
老牛下崁	lo`ngiuˇha`kam	老牛要下河岸，喻腳步不穩。
老牛食嫩草，貪青會橫倒，貪嫩會哽著	lo`ngiuˇsiid nun co`, tamˊqiangˊvoi vang do`, tamˊnun voi gang` do`	（罵）喻老男人好色一定會出事。

1

客家語詞	客語拼音	華語釋義
老嫩大細	lo`nun tai se	指各種年紀的人。
老成無蝕本	lo`siinˇmoˇsad bun`	做事老成不會吃虧。
老孱孱著	lo`zanˊzanˊdo`	形容人或植物老而長不大的樣子。

lod

捋上捋下	lod songˊlod haˊ	不停的搓擠物品。
落瀉	lod xia	逃得很快。
劣拙	lod` zod`	表現差勁。
落蒂脫弓	lod`di tod`giungˊ	植物果實成熟後掉落。
落落擐擐	lod`lod`kuan kuan	東西鬆散的樣子。
劣劣拙拙	lod`lod`zod`zod`	很差勁、不能幹。
劣拙貨	lod`zod`fo	愚笨、差勁的人。

log

樂板	log ban`	逍遙自在。
落雨落大大，懶人好自在；落雨落細細，懶人想無計	log i`log tai tai, nanˊnginˇho`cii cai; log i`log se se, nanˊnginˇxiongˇmoˇge	雨下得大，懶人好自在；雨下得小，懶人無計可施。此為諷喻懶人的順口溜。
落葉歸根	log iab guiˊginˊ	葉子掉落回歸根部，喻人不忘本。
落力	log lid	喻情況嚴重。
落落滾	log log gun`	石頭或硬物在木製容器內的滾動聲。
落馬	log maˊ	降低一階。
落身元洩	log siinˊngianˇxied	身體疲勞，失去元氣。

1

｛ 1 ｝

客家語詞	客語拼音	華語釋義
樂線	log xien	逍遙自在。
落選个現死，當選个淹啊死	log xien`ge xien´xi`, dong´xien`ge ngiem a xi`	指參與選舉的人，落選的馬上死，當選的慢慢死。
落注	log zu	下注。
絡硞車	log`kog`ca´	老舊難用的車。
樂樂吔	log`log`e´	輕鬆的、容易的。
犖犖硞硞	log`log`kog`kog`	指東西陳舊或破爛不堪。
絡來食	log`loiˇsiid	設法賺錢來糊口。
絡嚷掇食	log`sai´dod`siid	到處覓食。
絡食又想坐大位	log`siid iu xiong`co´tai vi	喻不知廉恥的人、喧賓奪主。
絡食宕人工	log`siid tong nginˇgung´	雜事雖非正業，總要個人工。
絡上絡下	log`song´log`ha´	到處覓食。

loi

來來去去	loiˇloiˇhi hi	往來頻繁；反覆不定。
來日方長	loiˇngid`fong´cong´	未來的日子還很長。
來月	loiˇngiad	月經來。
來洗	loiˇse`	月經來。

lu

鑢出血	lu cud`hiad`	擦傷流血。
露露罅罅	lu lu la la	服裝儀容不整，露出身體。
路毋行毋平，人毋學毋成	lu mˇhangˇmˇpiang´, nginˇmˇhog mˇsang´	路不走不會平坦；人不勤學習就不會成功。

1

客家語詞	客語拼音	華語釋義
路頭路尾	lu teuˇlu miˊ	在路途中。
滷鹹菜	luˊhamˇcoi	醃漬鹹菜。
攄褲腳	luˇfu giog`	把褲管提高。
攄脪綻胲	luˇlin`can zoiˊ	吵架時，男人故意把性器露出來侮辱對方。
攄攄扴扴	luˇluˇled led	兩人互相擁抱，非常親密。
攄手扡腳	luˇsu`lod giog`	捲起衣褲，準備行動。
魯死人	lu`xi`nginˇ	喻很折磨人。

lud

敊石屎	lud`sag sii`	山崖上的細石震落。
敊屎	lud`sii`	大便呈小顆粒狀拉出。

lug

熝粄仔	lug ban`e`	燙粄條。
摝博	lug`bog`	搗亂。
摝壞暗當	lug`fai`am dong	暗中破壞別人的計畫。
屋下無畜半隻貓，老鼠仔會做大竇	lug`kaˊmoˇhiug`ban zag`meu, no cu`e`voi zo tai deu	家中一定要養貓，否則就會有很多老鼠。
屋下無米煮，還毋願吃粥	lug`kaˊmoˇmiˊzu`, hanˇmˇngian siid zug`	喻人不願面對現實、承擔責任。
摝上摝下	lug`songˊlug`haˊ	攪拌流體往復多次；到處騷擾別人。
摝水毋汶	lug`sui`mˇvunˇ	喻能力不夠。
摝糖水	lug`tongˇsui`	攪拌糖水。

{ 1 }

客家語詞	客語拼音	華語釋義
	lui	
累累贅贅	lui lui zui zui	麻煩或拖累。
鋟蔗根	lui za gin´	用刀把甘蔗根削淨。
累贅	lui zui	多餘的、無用的。
雷公哐天	luiˇgung´kuang tien´	雷聲震天。
瘤瘤錐錐	luiˇluiˇzui´zui´	人的外貌長腫瘤或水果表皮不光滑。

1

{ m }

客家語詞	客語拼音	華語釋義
m		
毋挷草頭毋上坎	mˇbangˊcoˋteuˇmˇsongˊkam	不做痛苦的抉擇，就難有成功、達成目標的機會。
毋壁	mˇbiagˋ	不強、不能幹。
毋擔輸贏	mˇdamˊsuˊiangˇ	不願承擔責任、後果。
毋得結煞	mˇdedˋgadˋsadˋ	沒辦法結束，喻情況很糟糕。
毋得羊仔發鬳	mˇdedˋiongˇeˋbodˋluˊ	沒機會等到羊隻生鏽，喻人想借題發脾氣或找理由罵人。
毋得生死	mˇdedˋsangˊxiˋ	求生不得、求死不能，喻情況很糟糕。
毋得脫爪	mˇdedˋtodˋzauˋ	喻無法脫離困境。
毋知和尚先死，還係袈裟先爛	mˇdiˊfoˊsong xienˊxiˋ, hanˇhe gaˊsaˊxienˊnan	喻人生無常，生死難料。
毋知惱惜	mˇdiˊnauˊxiagˋ	不知道他人的愛憎感受。
毋知人个膦仔，生上也係生下	mˇdiˊnginˊge linˋeˋ, sangˊsongˊiaˊhe sangˊhaˋ	形容涉世未深、道行不夠者的膚淺。
毋知牛膦過多錢，還係煲仔過多錢	mˇdiˊngiuˇlinˋgo doˊqienˇ, hanˇhe boˊeˋgo doˊqienˇ	形容本末倒置、主從不分，輕重緩急都不知道。
毋知生死	mˇdiˊsangˊxiˋ	不知事情的嚴重性。
毋知頭天	mˇdiˊteuˇtienˊ	不知天高地厚。
毋知轉倒	mˇdiˊzonˋdo	不知悔改。
毋驚家中貧窮，就怕姐仔無笑容	mˇgiangˊgaˊzungˊpinˇkiungˇ, qiu pa jiaˋeˋmoˇseu iungˇ	喻人窮志不窮，必須樂觀進取，時時以笑容待人。

m

{ m }

客家語詞	客語拼音	華語釋義
毋驚老虎有三个嘴，就怕人有兩樣心	mˇ giangˊ no fuˋ iuˊ samˊ ge zoi, qiu pa nginˇ iuˊ liongˋ iong ximˊ	即使老虎有三張嘴也不可怕，就怕人們不能同心。
毋驚七月半个鬼，就驚七月半个水	mˇ giangˊ qidˋ ngiadˋ ban ge guiˋ, qiu giangˊ qidˋ ngiadˋ ban ge suiˋ	人不怕七月半的鬼，反而怕七月半的大水災。
毋係棺材就係草蓆	mˇ he gonˊ coiˇ qiu he coˋ qiag	情況再壞，總是要選一樣。
毋嫌自家臁仔歪，淨嫌他人尿桶漏	mˇ hiamˇ qid gaˊ linˊeˋ vaiˊ, qiang hiamˇ taˊ nginˇ ngiau tungˋ leu	喻自己有缺失卻不知檢討反省，只會怨天尤人。
毋曉得	mˇ hiauˋ dedˋ	不會、做不來。
無用倈仔一間角，毋當老公一隻腳	mˇ iung lai eˋ idˋ gianˊ gogˋ, mˇ dong loˋ gungˊ idˋ zagˋ giogˋ	指不肖的兒子再多也沒指望，唯有依賴自己的老伴。
毋堪身份	mˇ kamˊ siinˊ funˊ	（罵）不知自己是何等身份。
毋看家中老，淨顧自家好	mˇ konˊ gaˊ zungˊ loˋ, qiang gu qid gaˊ hoˋ	喻不孝的子女，只顧自己，不顧父母。
毋怕苦，毋怕窮，只怕朝朝睡到日頭紅	mˇ pa kuˋ, mˇ pa kiungˇ, ziiˋ pa zeuˊ zeuˊ soi do ngidˋ teuˇ fungˇ	不怕窮苦，只怕人偷懶貪睡不勤勞。
毋怕白露雨，最驚寒露風	mˇ pa pag lu iˋ, zui giangˊ honˇ lu fungˊ	農人不怕寒露時下雨，最怕寒露時颳颱風。
毋怕千人看，就驚一人識	mˇ pa qienˊ nginˇ konˊ, qiu giangˊ idˋ nginˇ siidˋ	喻真金不怕火煉，假（不好）的東西難逃行家法眼。
毋怕事難，就怕人懶	mˇ pa sii nanˇ, qiu pa nginˇ nanˊ	事情不怕困難，只怕無心偷懶。

m

{ m }

客家語詞	客語拼音	華語釋義
毋怕事情難，就怕人偷懶	mˇpa sii qinˇnanˋ, qiu pa nginˇteuˊnanˊ	不怕事情難做，只怕你自己偷懶。
毋病就毋病，一病就無老命	mˇpiang tu mˇpiang, idˋ piang tu moˇloˋmiang	平常不生病，一病就沒命。
毋曾過五月節，壞襖仔毋好丟核	mˇqienˇgo ng ngiadˋjiedˋ, faiˋoˋeˋmˇhoˊtiuˇhedˋ	未過端午，天氣還可能變冷，破舊的棉襖還有用，不可丟棄。
毋聲就毋聲，一聲就打爛盎	mˇsangˊqiu mˇsangˊ, idˋ sangˊqiu da`nan ang´	形容人不做不錯，一做就出錯。亦有「一鳴驚人」的意思。
毋使愁來毋使愁，一到雲開見日頭；水鮮就會見石頭，就有好日在後頭	mˇsii`seuˇloiˇmˇsii`seuˋ, idˋdo iunˇkoiˊgian ngidˋ teuˇ; sui`xienˊqiu voi gian sag teuˇ, qiu iuˊhoˋngidˋ caiheu teuˇ	安慰人災難、困難總會過去的。
毋食鹹魚嘴毋腥，毋會做賊心毋驚	mˇsiid hamˇngˊzoi mˇ xiangˊ, mˇvoi zo ced ximˊ mˇgiangˊ	不吃鹹魚，嘴巴不會有腥味；不去做賊，就不會膽戰心驚。
毋通人情	mˇtungˊnginˇqinˇ	不通人情。
毋會嫖毋會賭，死佢會變黃牛牯	mˇvoi peuˇmˇvoi du`, xi e`voi bien vongˇngiuˇgu`	不嫖、不賭，死後會變黃牛──不務正業或行為不正者的藉口。
毋死也愛脫一層皮	mˇxi`ia`oi todˋidˋcenˇpiˇ	指事情的傷害很大，損失慘重。
毋信風水毋會發，信佢風水了刮刮	mˇxin fungˊsui`mˇ voi fadˋ, xin e`fungˊsuiˇ liau`guadˋguadˋ	地理、風水雖可讓人興衰，但可信不可迷。

m

{ m }

客家語詞	客語拼音	華語釋義
ma		
罵多毋知聽，打多毋知驚	ma do´ m˘ di´ tang´, da` do´ m˘ di´ giang´	喻教養孩子，光靠打、罵是沒用的。
嗎嗎滾	ma ma gun`	大聲哭叫聲。
馬會失蹄	ma´ voi siid` tai˘	馬有失蹄的時候。
麻衣煞	ma´ i´ sad`	因參與喪事而有沖煞現象。
麻麻痺痺	ma˘ ma´ bi bi	麻木、無知覺。
嘛嘛滾	ma˘ ma˘ gun`	警報器鳴叫聲。
麻麥米豆	ma˘ mag mi` teu	麻、麥、米、豆四種糧食植物。
麼个都敢做，淨死毋敢	ma` ge du´ gam` zo, qiang xi` m˘ gam`	除了死以外什麼都敢做，喻人膽大妄為、無所不作。
mad		
抹著人	mad` do` ngin˘	被喪家穢氣影響到。
抹煞	mad` sad`	沖消、抵債。
mag		
挌上挌下	mag song˘ mag ha´	拿竹、棍到處打人。
挌死淋冷水	mag xi` lim˘ nang´ sui`	（罵）指把人打死後，還要澆冷水來洩恨。
挌死人	mag xi` ngin˘	用棍棒打死人。
mai		

m

{ m }

客家語詞	客語拼音	華語釋義
賣花个說花香，賣藥个說藥方	mai fa´ge sod`fa´hiong´, mai iog ge sod`iog fong´	每個人都會自賣自誇、自圓其說。
賣花說花香	mai fa´sod`fa´hiong´	喻自己說自己的好處。
買賣算分	mai´mai son fun´	買賣要計算清楚。
買賣算分，相請無論	mai´mai son fun´, xiong´ qiang`mo´nun	買賣歸買賣，與交際相請是不可混為一談的。
買墨搽臕都毋烏	mai´med ca`lin`du´m´vu´	形容人小氣吝嗇，就是給錢也是小錢，連買個墨塗黑下體都不夠。
買牛看牛嫲	mai´ngiu´kon ngiu´ma´	指要選取好的品種來傳宗接代，與「捉貓看貓嫲」同。
買衫愛看衫袖，討姐仔愛看母舅	mai´sam´oi kon sam´qiu, to`jia`e`oi kon mu´kiu´	喻買衣、娶妻都要仔細挑選，不可隨便。
買田起屋係造福，毋係造碌	mai´tien´hi`vug`he co fug`, m´he co lug`	買田置產、造宅是造福的事，不能有太多抱怨，也不要造是非。

man

慢行快到	man hang´kuai do	勸人慢慢走，安全第一。
慢慢吔	man man e´	慢慢的。
瞞官瞞人	man´gon´lien ngin´	欺騙官員及百姓。
滿天八地	man´tien´bad`ti	喻到處都是。
滿天放火	man´tien´biong fo`	喻到處傳播謠言。
滿子滿嬌嬌，無魚無肉毋吃朝	man´zii`man´gieu´gieu´, mo´ng´mo´ngiug`m´siid zeu´	形容么兒被寵壞了，連早餐都得大魚大肉，否則就不吃。

m

131

{ m }

客家語詞	客語拼音	華語釋義
蠻絞絲	manˇgau siiˊ	原指用力絞緊繩索，今喻用暴力使人屈服。
蠻蠻吔	manˇmanˇeˊ	稍微勉強的。
抿嘴脣	manˇzoi siinˇ	抿住嘴脣。

mang

吂學行先學走	mangˇhog hangˇxienˊhog zeuˋ	還沒學會走路，就想學跑步。
吂老，先生白毛	mangˇloˋ, xienˊsangˊpag moˊ	喻自己比別人先老。
吂曾來	mangˇqienˇloiˇ	還沒來。
吂曾買牛先打佬	mangˇqienˇmaiˊngiuˇ xienˊda`lai	喻人不作完善計畫，只有妄想，不實際。
吂曾食到六十六，莫笑人家个腳骨	mangˇqienˇsiid do liugˋ siib liugˋ, mog seu nginˇ gaˊge giogˋgudˋ	指年輕人不可以嘲笑老人家行動不靈活。
吂曾註生先註死	mangˇqienˇzu sangˊxienˊ zu xiˋ	生死是天定的，當你還沒有出生時，就已經註定何時死亡。

mau

貌飯菜	mau fan coi	把剩下的飯菜全部吃完。

med

末劫天年	med giab`tienˊngianˇ	天劫的日子來臨。

m

{ m }

客家語詞	客語拼音	華語釋義

men

恓著事	men`do`sii	想到事情。

meu

貓抄飯，縱成狗	meu cau fan, jiung`siin`geu`	喻付出心力的人沒有得到應得的結果，反是他人得利。
貓拁粢粑	meu ia`qi`ba`	貓爪沾粘上粢粑，無法甩開。
貓洗面，雨出現	meu se`mien, i`cud`hian	家貓若用爪在洗臉，是天將下雨的前兆。
貓死吊樹頭，狗死放水漂	meu xi`diau su teu`, geu`xi`biong sui`peu`	古時的風俗—將死貓掛在樹上，死狗則隨水漂流。
渺渺茫茫	meu`meu`mong`mong`	一切都很渺茫；無目標；看不清。

mi

覓蜆仔	mi han`e`	在水中撈河蜆。
尾仃仃著	mi`dang`dang`do`	尾巴硬挺而上翹；喻人得意驕傲的樣子。
尾拂拂著	mi`fid fid do`	喻人像狗一般乖巧聽話。
尾翹翹著	mi`kieu kieu do`	得意忘形的樣子。
彌彌蒙蒙	mi`mi`mang`mang`	形容包裝得密不透風。
抹抹摸摸	mi`mi`mio`mio`/ mia`mia`	東擦西抹，忙於打掃的樣子。
尾毛末節	mi`mo`mad jied`	喻小事情、枝微末節。
尾凹凹著	mi`ngiab`ngiab`do`	喻人不受歡迎或有失顏面而落寞走開的樣子。

m

{ m }

客家語詞	客語拼音	華語釋義
每日食飯三片薑，發病毋使藥方	mi´ngid`siid fan sam´ pien`giong´, bod`piang mˇsii`iog fong´	每天吃三片薑，就可以健康強身、不生病。
抹桌凳	miˇzog`den	擦桌椅。

mia

客家語詞	客語拼音	華語釋義
摸著核卵也係倈仔	mia´do`hag non`ia´he lai e`	諷刺話，不要以爲生的男孩就是有用的人。
摸螺挖蜆	mia´lo´iad`han´	到河、溪內尋找蚌、蜆、螺等水產。

miang

客家語詞	客語拼音	華語釋義
命帶癸光	miang dai gui gong´	八字中帶癸光字，喻好命。

mied

客家語詞	客語拼音	華語釋義
搣古搞怪	mied`gu`gau`guai	搞鬼搞怪。
搣古怪	mied`gu`guai	做出奇怪的動作或事情。
搣來搣去	mied`loi´mied`hi	弄來弄去。
搣上搣下	mied`song´mied`ha´	很忙碌卻搞不出名堂的樣子。

mien

客家語詞	客語拼音	華語釋義
面疤疤著	mien ba´ba´do`	臉上疤痕累累。
面臭臭著	mien cu cu do`	臭著臉；臉色非常難看。
面嘔嘔著	mien eu`eu`do`	因生病而臉色難看的樣子。
面紅濟借	mien fungˇji jia	臉色紅潤；因羞赧而臉紅。

{ m }

客家語詞	客語拼音	華語釋義
面紅紅著	mien fungˇfungˇdoˋ	臉色因羞愧而變紅。
面結結著	mien giadˋgiadˋdoˋ	臉因生氣而揪成一團的樣子。
面虛虛著	mien hiˊhiˊdoˋ	臉虛胖浮腫。
面項無血	mien hong moˇhiadˋ	（罵）喻與禽獸相同。
面地地著	mien iaˋiaˋdoˋ	臉因失眠或生病而無血色的樣子。
面皺皺著	mien jiu jiu doˋ	形容人臉部因痛苦難受而糾結在一起的樣子。
面落落著	mien lodˋlodˋdoˋ	面容憔悴。
面冇冇著	mien pang pang doˋ	因盛怒而臉色難看的樣子。
面青青著	mien qiangˊqiangˊdoˋ	臉色青黃無血氣。
面舐舐著	mien seˊseˊdoˋ	人因心虛、愧疚而不敢正面看人。
面黃黃著	mien vongˇvongˇdoˋ	臉色枯黃有病容。
面醉醉著	mien zui zui doˋ	臉部浮腫。
面腫腫著	mien zungˋzungˋdoˋ	臉部腫脹。
綿花食狗肉，爛做爛來醫	mienˇfaˊsiid geuˋngiugˋ, nan zo nan loiˇiˊ	形容人只顧眼前的享樂，不顧後果會如何。
綿浞浞著	mienˇjiog jiog doˋ	爛爛的；東西已不成形或不成塊。
綿綿吔	mienˇmienˇeˊ	細碎的、爛爛的。
綿綿浞浞	mienˇmienˇjiog jiog	東西已經碎爛、不成形。

min

眠床腳下加一雙鞋，會做到頭犁犁	minˇcongˇgiogˋhaˋgaˊi dˋsungˊhaiˇ, voi zo do teuˇlaiˇlaiˇ	形容男人成家有妻小之後，就要更努力做事。

m

{ m }

客家語詞	客語拼音	華語釋義
明明白白	minˇminˇped ped	非常清楚、明白。
眠懶睡瘍	minˇnanˇsoi kioi	（罵）好吃、懶做、貪睡。

mo

客家語詞	客語拼音	華語釋義
毛綻綻著	moˊcan caŋ doˋ	毛髮逆向生長的樣子。
毛釘釘著	moˊdangˊdangˊdoˋ	形容毛髮豎立的樣子。
毛絨絨著	moˊiungˇiungˇdoˋ	毛髮又多又長又鬆亂。
毛蘭拜箕	moˊnanˇbai giˊ	竹篾編製的平底圓籃和盛裝雜物的竹器。
毛蘭管畚箕，畚箕管箶箕	moˊnanˇgonˋbun giˊ, bun giˊgonˊcabˋgiˊ	喻客家人庭訓甚嚴，長幼尊卑不可亂序。
摸入無摸出	moˊngib moˇmoˊcudˋ	原意「有入無出」；客語「摸」諧音「毛」，俗話安慰吃到有毛的豬肉之類者。
毛蓬蓬著	moˊpangˇpangˇdoˋ	頭髮長而雜亂的樣子。
毛澀澀著	moˊsebˋsebˋdoˋ	毛髮粗糙、不平順的樣子。
無恁多閒錢補笊篱	moˊanˋdoˊhanˇqienˇbuˋzau leuˇ	指沒有多餘的金錢及精神做其他事。
無恁大个頭那，莫戴恁大頂个帽仔	moˊanˋtai ge teuˇnaˇ, mog dai anˋtai dangˋge mo eˋ	沒那麼大的頭，別戴那麼大的帽子，喻要衡量自己的能力做事。
無搭無碓	moˊdabˋmoˇdoi	不協調、不對稱、無意義，喻做事不積極、敷衍了事。
無底	moˊdaiˋ	沒根據的話。
無冬至都接圓粄仔，哪有冬至到佢無接	moˊdungˊzii duˊnoˊianˇbanˋeˋ, nai iuˊdungˊzii do eˋmoˇnoˇ	喻一個人的特長、嗜好，有非常突出的表現。

m

{ m }

客家語詞	客語拼音	華語釋義
無火無漿	moˇfoˋmoˇjiongˊ	昏暗、沒燈光。
無風毋會起浪	moˇfungˊmˇvoi hiˋnong	事出必有其因。
無合心	moˇgabˋximˊ	沒有真心相待。
無格	moˇgiedˋ	（罵）沒有人格。
無棺材莫恁好死	moˇgonˊcoiˇmog anˋhau xiˋ	（諷）喻要衡量自己的能耐，不可衝動莽撞。
無閒	moˇhanˇ	沒空。
無影無跡	moˇiangˋmoˇjiagˋ	沒蹤影，喻謊話連篇。
無樣無式	moˇiong moˇsiidˋ	沒有規矩、沒標準。
無油無臘	moˇiuˇmoˇlab	食物無油、缺少香氣。
無油難脫鑊	moˇiuˇnanˇtodˋvog	暗喻處理困難問題，若沒有花錢，無法順利辦妥。
無運不能自達	moˇiun budˋnenˇcii tad	人若沒有好運道，事情不會自動圓滿、發達起來。
無姐仔，膡仔莫恁好硬	moˇjiaˋeˋ, linˋeˋmog anˋhau ngang	（罵）喻要衡量自己的能力，勿打腫臉充胖子。
無蹤畫影	moˇjiungˊfa iangˋ	沒蹤影，喻謊話連篇。
無孔無鋝	moˇkangˊmoˇloi	沒有準則或根據。
無看過大蛇屙屎	moˇkon go tai saˋoˇsiiˋ	喻人很土、沒見過世面。
無糧兵毋行	moˇliongˇbinˊmˇhangˇ	喻做事要先有計畫和準備。
無命子帶三煞	moˇmiang ziiˋdai samˊsadˋ	不怕死的人，通常命中都帶有「三煞」的格。
沒名沒姓，去問钁頭柄；無定無著，去問大頭搉	moˇmiangˇmoˇxiang, hi mun giogˋteuˇbiang; moˇtin moˇcog, hi mun tai teuˇkog	指向人請教態度要謙恭；凡事要有主見。

m

137

{ m }

客家語詞	客語拼音	華語釋義
無面無皮	moˇmien moˇpiˇ	（諷）喻人不知羞恥、不要臉。
無日毋知當晝到，無鬚毋知人恁老	moˇngid`mˇdiˊdongˊzu go, moˊxiˊmˇdiˊnginˇan`loˋ	沒出太陽不知已到中午，沒留鬍子的人看不出年老。
無人管酌	moˇnginˇgon`zog`	無人管教。
無人承受	moˇnginˇsiinˇsu	無人管教。
無牛著駛馬	moˇngiuˇcog sii`maˊ	沒牛可用，則以馬代替，指湊合著用。
無牛駛馬	moˇngiuˇsii`maˊ	沒有牛，只好用馬替代。
無婆無卵	moˇpoˇmoˇnonˋ	沒有妻小。
無清無淨，食吔毋會病；屙屙糟糟，食吔過大箍	moˇqinˊmoˇqiang, siid eˇmˇvoi piang; oˊoˊzoˊzoˊ, siid eˇgo tai koˊ	不乾不淨，吃了沒病——早期批評過於講求衛生者的話。
無掔無集	moˇqiuˇmoˇqib	收拾得不夠整齊。
無嗄無頓	moˇsaiˊmoˇdun	沒得吃喝。
無聲無氣	moˇsangˊmoˇhi	不吭聲。
無舐著膣，打崎到一嘴	moˇseˊdo`ziiˊ, da`me do id`zoi	喻不要輕易去管閒事，以免招禍上身。
無時無節	moˇsiiˊmoˇjied`	不按時做事。
無食還係殗殗，食飽吔就沉沉	moˇsiid hanˇhe ngiem ngiem, siid bau`eˇqiu dem dem	喻懶惰無用的人，一無是處。
無頭無神	moˇteuˇmoˇsiinˇ	沒有主張、沒有精神。
無偎無憑	moˇva moˇpinˇ	無依無靠。
無王無法	moˇvongˇmoˇfab`	沒有王法。
無心無事	moˇximˊmoˇsii	精神無法專注，無心做事。

m

{ m }

客家語詞	客語拼音	華語釋義
無修	moˇxiuˊ	沒有修養；沒有良心。
無著褲緊種觔斗	moˇzog`fu gin`zung in deu`	形容不實在、不知羞恥又愛現的人。
無作用神	moˇzog`iung siinˇ	無用的男人，又稱「無用家神」。
無主家神	moˇzu`ga´siinˇ	原指無主的神明，今指人在家卻留不住。

mog

莫打青驚	mog da`qiang´giang´	不想驚動他人。
莫怨天莫怨地，愛怨自家無福氣；莫怨爺莫怨哀，只怨自家命毋該	mog ian tien´mog ian ti, oi ian qid ga´moˇfug`hi; mog ian ia´mog ian oiˊ, ziiˋian qid ga´miang mˇ goi`	婦女遇人不淑時的自我安慰語。
莫笑他人老，自家吂曾到	mog seu ta´nginˇloˋ, qid ga´mangˇqienˇdo	不要笑人老，因爲自己將來也會有那樣的時候。
莫食卯時酒，莫打寅時妻	mog siid mau´siiˇjiuˋ, mog da`iˇsiiˇqi´	聰明有用的男人，是不能卯時飲酒、寅時打妻子的。
莫做媒人莫做保，莫做中人縈牽無	mog zo moiˇnginˇmog zo bo`, mog zo zung´nginˇiang´kian´mo	勸人不要當媒人、替人擔保，或做中介。

moi

妹多閒纏	moi do´hanˇcanˇ	女兒多，閒話也多。
妹死婿郎絕	moi xi`se nongˇqied	嫁出去的女兒已死，女婿就沒有來往了。

m

{ m }

客家語詞	客語拼音	華語釋義
媒人婆竹葉嘴，人講毋好佢就愛	moiˇnginˇpoˇzug`iab zoi, nginˇgong`mˇho`iˇqiu oi	喻媒人的嘴巴很會講話。
糜檳榔	moi`bin´nongˇ	無牙齒者用咀嚼方式吃檳榔。

mong

望天食著	mong tien´siid zog`	吃、穿都要仰賴老天。

mu

暮固	mu gu	沉默、木訥。
暮固沉毒	mu gu ciimˇtug	行事冷漠、狠毒。
暮固狗咬死人	mu gu geu`ngau´xi`nginˇ	不會叫的狗才會咬人。
暮暮固固	mu mu gu gu	木訥寡言。

mud

沒頭絞髻	mud teuˇgau`gi	努力以赴，專心做事。
歿東西	mud`dung´xi´	（罵）壞爛的東西。
歿浞浞著	mud`jiog jiog do`	物品完全腐爛的樣子。

mug

目擘擘著	mug`bag`bag`do`	沒有睡意而雙眼睜開。
目瞌瞌著	mug`dab`dab`do`	因疲倦、睡意濃而睜不開眼睛。
目紅鼻紅	mug`fungˇpi fungˇ	欲哭無淚、傷心欲泣。

m

{ m }

客家語詞	客語拼音	華語釋義
目弇弇著	mug`giem´giem´do`	雙眼因疲勞而緊閉。
目金金著	mug`gim´gim´do`	睜大眼睛看東西。
目陰目陽	mug`im´mug`iong`	閉眼欲睡未睡時。
目麻斷暗	mug`ma`ton´am	傍晚昏暗時分。
目眉毛會打算盤	mug`mi´mo´voi da`son pan`	喻人很會計較，很小氣。
目摸目撞	mug`mo´mug`cong	在黑暗中行走或做事。
目矋矋著	mug`ngiab`ngiab`do`	人因驚慌而眨眼；喻可憐的樣子。
目爬拭淚	mug`pa`siib lui	哭哭啼啼。
目暰仔，會有目光仔牽	mug`pu´e`, voi iu´mug`gong´e`kian´	喻天無絕人的路。
目聚聚著	mug`qi qi do`	眼皮因疲睏不堪而瞇成細縫的樣子。
目眨眨著	mug`sab`sab`do`	因疲勞而閉眼。
目睡鳥飛來蟲	mug`soi diau´bi´loi´cung`	閉目睡覺的鳥也有自己撞來的蟲可吃，喻遇到好運。
目西西著	mug`xi´xi´do`	剛睡醒還沒完全清醒。
木匠師父斧頭一摧，豬肉論大鑊	mug`xiong sii´fu bu`teu`id kog, zu´ngiug`nun tai vog	指早期的木匠可以過滿好的日子。
木匠師父驚榫腳，泥水師父驚壁角	mug`xiong sii´fu giang´sun`giog`, nai`sui`sii´fu giang´biag`gog`	榫腳、壁角都是考驗技術的地方，連老師傅也害怕。
木匠師父無眠床，泥水師父無浴堂，風水先生驚無火葬場	mug`xiong sii´fu mo´min`cong`, nai`sui`sii´fu mo´iog tong`, fung´sui`xin´sang`giang´mo´fo`zong cong`	木匠自己沒床睡，泥水匠沒浴室用，風水師則怕沒有火葬場——形容只顧著他人的需要，自己所需卻一無所有。

m

{ m }

客家語詞	客語拼音	華語釋義
目側側著	mug`zed`zed`do`	斜眼看人，喻輕視的樣子。
目汁流上上	mug`ziib`liuˇsongˇsongˇ	喻人不知深謀遠慮，吃苦時才後悔莫及。
目汁闌串	mug`ziib`namˇcon	哭到眼淚、鼻涕直流。
目珠花花，瓠仔覺著菜瓜；目珠烏烏，拉朳仔覺著蓮霧	mug`zuˊfaˊfaˊ, puˇeˊgog`do`coi guaˊ; mug`zuˊvuˊvuˊ, laˇpad eˊgog`do`lienˇfuˇ	怨嘆自己運氣不好，時運不濟。
目珠毛企企，毋係好東西	mug`zuˊmoˊki`ki`, mˇhe ho`dungˊxi`	面相學言：眉毛翹立的人，絕非善類。
mun		
門樓橫屋	munˇleuˇvangˇvug`	客家夥房中的門樓與左右廂房。
mung		
濛濛吔	mungˇmungˇeˊ	看不清楚的。
濛濛烏烏	mungˇmungˇvuˊvuˊ	不透明、不清楚。
懵懵懂懂	mung`mung`dung`dung`	什麼都不懂、糊里糊塗。
捧豆油分你搵，連豆油碟仔都想捧走	mung`teu iuˇbunˊngˇvun, lienˇteu iuˇtiab eˊdu`xiongˊmung`zeuˊ	喻人得寸進尺、貪得無厭。

m

142

{ n }

客家語詞	客語拼音	華語釋義
nad		
爇腸肚	nad`cong˘du`	灼傷腸肚；喻非常饑餓。
nag		
捺褲頭	nag fu teu˘	腰帶太緊，形成壓痕。
嘘嘘滾	nag nag gun`	皮膚痛癢的感覺。
嘘壞人	nag`fai ngin˘	笑死人。
nai		
泥泥板板	nai˘nai˘ban`ban`	做事反應遲鈍。
nam		
濫巴漬淖	nam ba˘ji jiog	地上泥濘不堪。
濫淖淖著	nam jiog jiog do`	泥濘難行的樣子。
濫泥田	nam nai˘tien˘	多水難耕的泥田。
濫濫淖淖	nam nam jiog jiog	泥濘的樣子。
濫濫竹頭出好筍	nam nam zug`teu˘cud`ho`sun`	比喻不出色的父母，卻生養出優秀的子女。。
嚂漦	nam´xiau˘	非常差勁。
濫漦合愕琢，賁皮鬥硬殼	nam´xiau˘gag`ngog`dog`, pun´pi˘deu ngang hog`	形容兩個人個性的極度反差。
男哼晴，女哼雨	nam˘bud qiang˘, ng`bud i`	男嬰口吐沫時是晴天，女嬰口吐沫則會下雨。
男驚運頭	nam˘giang˘iun teu˘	男人怕各種運勢的開始。

n

{ n }

客家語詞	客語拼音	華語釋義
男男女女	nam' nam' ng` ng`	男女人多混雜。
男人个錢包，女人个乳包	nam' ngin' ge qien` bau´, ng` ngin' ge nen bau´	男人的錢包和女人的乳房一樣重要，不可亂摸。
男人个字簿，女人个乳姑	nam' ngin' ge sii pu´, ng` ngin' ge nen gu´	男人的帳簿和女人的乳房一樣重要，不可亂摸。
男人命帶癸光，逐鬼喝閻王	nam' ngin' miang dai kui' gong´, giug` gui` hod` iam' vong'	形容男人命中帶癸光者是吉相。。
男人無志毋成家，女人無志生離嫲	nam' ngin' mo' zii m' sang ga´, ng` ngin' mo' zii sang´ li' ma´	男女如果不立志，均無法成家，喻人都要立志奮發，否則不會有好結果。
男人手痛好過家，女人腳痛好繡花	nam' ngin' su` tung ho` go ga´, ng` ngin' giog` tung ho` xiu fa´	農業社會的笑語，男人手痛時可以休息串門子，女人腳痛時就繡花。
男人嘴大食四方，女人嘴大食苦郎	nam' ngin' zoi tai siid xi fong´, ng` ngin' zoi tai siid ku` nong'	男人嘴大是富貴相，女人嘴大反是窮苦相。
蝻蛇咬人壞看相	nam' sa' ngau' ngin' fai` kon xiong	（罵）以貌取人、欺負弱小。
摛稈入牛欄	nam` gon` ngib ngiu' nan`	喻吃相粗魯，很像攬稻稈一般。
濫糝來	nam` sam` loi'	隨隨便便動手、胡來。
摛上摛下	nam` song´ nam` ha´	抱著人或東西四處走動。

nan

爛菜籃拈起來鬥耳	nan coi nam' ngiam´ hi` loi' deu ngi`	人家丟棄的物品還撿來修理使用，喻惜物。
爛鞋好墊腳	nan hai' ho` tiab` giog`	壞鞋子還是可以拿來墊腳，比喻不要隨便拋棄東西或朋友。

n

{ n }

客家語詞	客語拼音	華語釋義
爛衫爛褲莫亂丟（擺），留來急難好遮羞（著）	nan sam´nan fu mog non tiu`(vog`), liu´loi´gib`nan ho`za´xiu´(zog`)	勸人要節儉，破舊衣物不要丟棄，以備不時之需。
爛膣爛攞	nan zii´nan kuan	東西已鬆散、不整。
懶懶尸尸	nan´nan´sii´sii´	懶惰，不努力。
懶人嘔死力	nan´ngin´eu´xi`lid	懶人做事貪快、不實在，往往浪費力氣。
懶人屎尿多，懶牛好捱磨	nan´ngin´sii`ngiau do´, nan´ngiu´hau iai´mo	喻懶惰的人花樣多，做事不專注，還藉故偷懶。
懶怠	nan´tai	懶惰。
難捱	nan´ngai	難以忍受。

nang

躪上躪下	nang song´nang ha´	踩來踩去。
冷氣搏燒氣	nang´hi bog`seu´hi	因生氣而呼吸不順。
冷冷吔	nang´nang´e´	冷冷的、冷淡的、暗中的。
零零星星	nang´nang´sang´sang´	零頭數目，喻數量少。
冷冷食到滾	nang´nang´siid do gun`	吃冷飯冷菜者的自我安慰話；有豬吃東西的隱喻。
冷冷斡斡	nang´nang´vad`vad`	形容食物或身體已經冰涼。
冷冷颼颼	nang´nang´xiuˇxiuˇ	形容天氣寒冷。
零星怕算	nang´sang´pa son	零星的數目累積多了也很可怕。
冷斡斡著	nang´vad`vad`do`	食物或東西冰冷的樣子。
冷鑊熄（死）灶	nang´vog xid`(xi`) zo	沒有生火烹煮的樣子，喻一切事情停擺下來了。
冷颼颼著	nang´xiuˇxiuˇdo`	天氣寒冷刺骨的樣子。

n

{ n }

客家語詞	客語拼音	華語釋義
伶俐	nang`li	乾淨；無欠債。
伶伶俐俐	nang`nang`li li	直爽、乾脆；很愛乾淨的樣子。
零零落落	nang`nang`log` log`	東西脫落散去。
零零屙屙	nang`nang`lud` lud`	東西掉落。
孿上孿下	nang`song`nang`ha`	本指狗交配後，性器仍相連著便到處走動，今喻人到處亂攀關係。
零頭碎角	nang`teu`sui gog`	零星的物料、小配件。

nau

鬧斗	nau deu`	指女人穿著漂亮，打扮亮麗。
鬧熱	nau ngiad	熱鬧。
惱死人	nau´xi`ngin`	令人厭恨、令人煩。
獒頭頓頸	nau`teu`dun`giang`	（罵）態度不好或粗魯。

ne

膩膩細細	ne ne se se	指做事態度過於謹慎，不敢放手去做。
呢呢呢呢	ne`ne`ne ne	說話含糊不清的樣子。

nem

抻東西	nem`dung´xi`	從袋中偷東西。

nen

乳撐撐著	nen cang cang do`	乳房堅挺突出的樣子。

n

{ n }

客家語詞	客語拼音	華語釋義
乳釘釘著	nen dang´dang´do`	乳房硬挺高聳的樣子。
乳漕漕著	nen zo zo do`	喻母乳充足的樣子。
寧賣祖宗田，不忘祖宗言；寧賣祖宗坑，不忘祖宗聲	nenˇ mai zu`zung´tienˇ, bud`vong zu`zung´ngianˇ; nenˇ mai zu`zung´hang´, bud`vong zu`zung´sang	寧賣祖產，也不能遺忘母語；寧賣祖地，也不能忘掉母語聲韻。
寧可毋識字，不可毋識人	nenˇko`mˇsiid`sii, bud`ko`mˇsiid`nginˇ	識字不多沒關係，識人不明問題大。
寧可同人比耕田，不可同人比過年	nenˇko`tungˇnginˇbi`gang´tienˇ, bud`ko`tungˇnginˇbi`go ngianˇ	喻不要經常與人比較。

neu

釃膠膠	neuˇga´ga´	濃稠貌。
釃釃膠膠	neuˇneuˇga´ga´	食物或液體濃稠黏膩。
扭鬼仔分鬼扭去	neuˇgui`eˇbun´gui`neuˇhi	抓鬼的人卻被鬼抓去。
扭鬼係你，放鬼也係你	neuˇgui`he ngˇ, biong gui`ia´he ngˇ	（罵）指壞人愛撥弄是非。

ng

你敢行，偓就敢跈	ngˇgam`hangˇ, ngaiˇqiu gam`tenˇ	形容敵對的兩人都不服輸，願奉陪到底。
你甘偓願	ngˇgam´ngaiˇngian	你情我願。
你看偓烏烏，偓看你濛濛	ngˇkon ngaiˇvu´vu´, ngaiˇkon ngˇmung´mung´	指你若看不起人家，人家也同樣看不起你。
魚魚肉肉	ngˇngˇngiug`ngiug`	大魚大肉，食物豐盛的樣子。

n

{ n }

客家語詞	客語拼音	華語釋義
魚傍水，水傍魚	ngˇ pong suiˋ, suiˋ pong ngˇ	互相幫忙，相互爲用。
魚生火，肉生痰，青菜蘿蔔保平安	ngˇ senˊ foˋ, ngiugˋ senˊ tamˇ, qiangˊ coi loˋ ped boˋ pinˇ onˊ	魚會生燥火，吃肉會生痰，青菜、蘿蔔較能保平安。
你想人家个利，人就想你个頭	ngˇ xiongˋ nginˇ gaˊ ge li, nginˇ qiu xiongˋ ngˇ ge teuˇ	喻貪高利者往往會因小失大，連本都要不回來。
五花八色	ngˋ faˊ badˋ cedˋ	指顏色繁多。
五嗸六綻	ngˋ ngauˇ liugˋ can	指彼此不和睦。
五年有兩閏，好壞運也會照輪	ngˋ ngianˇ iuˊ liongˋ iun, hoˋ faiˋ iun iaˊ voi zeu linˇ	喻人的運氣是會輪流轉的。
女人命帶癸光，餵豬毋使掞糠	ngˋ nginˇ miang dai kuiˇ gongˊ, vi zuˊ mˇ siiˋ iam hongˇ	形容女人命中帶癸光者是富相。

nga

伽車油	n̄ga caˊ iuˇ	把潤滑油加在轉軸上。
牙離牙狺	ngaˇ liˇ ngaˇ senˇ	喻物品尖端很銳利。
牙研目皺	ngaˇ ngianˇ mugˋ jiu	因生氣或痛苦而咬牙、皺眉頭。
牙射射著	ngaˇ sa sa doˋ	開心露齒的樣子。
牙射鬚射	ngaˇ sa xiˊ sa	嬉皮笑臉的樣子。
牙生耳齒	ngaˇ senˊ ngiˊ ciiˋ	嬰兒小病呻吟的樣子。
牙狺狺著	ngaˇ senˇ senˇ doˋ	形容狗露牙猙獰的樣子。
牙哂哂著	ngaˇ xiˇ xiˊ doˋ	心情愉快，牙齒微露的樣子。
牙渣膦筋	ngaˇ zaˊ linˋ ginˊ	喻人小氣又不好相處。

{ n }

客家語詞	客語拼音	華語釋義
瓦屋簷前水， 點點跌本跡	nga`vug`iam´qien´sui`, diam`diam`died`bun`jiag`	屋簷滴水位置是不會改變的。 警告世人要孝順父母，否則 下一代也會有樣學樣。

ngad

齾緪吧	ngad hen´e´	卡死了、卡緊了。
齾牙擤齒	ngad nga´sen cii`	咬牙切齒。
軋軋滾	ngad ngad gun`	門軸不滑潤產生的摩擦聲。
齾察	ngad`cad`	吝嗇、小氣。
齾察膦毛	ngad`cad`lin`mo´	喻非常小氣。
齾察四	ngad`cad`xi	（罵）吝嗇、小氣的人。

ngai

挨毋歇	ngai m´hed	忍耐不住。
偓个核卵皮 比若耳公皮 過賁	ngai´ge hag non`pi´bi` ngia´ngi`gung´pi´go pun`	自誇我的福分比你大。
偓係你肚屎 裡个豺蟲	ngai´he ng´du`sii`li´ge sai`cung´	我是你肚子裡的蚵蟲，喻別 人在想什麼，他都知道。
偓乜愛	ngai´me oi	我也要。
偓莫嫌你一 隻目，你莫 嘘偓穿鑿屋	ngai´mog hiam´ng´id` zag`mug`, ng´mog hiam´ ngai´con´cog`vug`	喻我不嫌你殘缺，你也不要 嫌我貧窮。
偓就係你肚 屎裡背个豺 蟲	ngai´qiu he ng´du`sii` di´ boi ge sai´cung`	喻心中所想的事，被摸得一 清二楚。

n

{ n }

客家語詞	客語拼音	華語釋義
ngam		
喏著壁	ngam´do`biag`	碰撞到牆。
喏生撞死	ngam´sang´cong xi`	強烈反應或碰撞。
喏上喏下	ngam´song´ngam´ha´	到處忙碌奔波的樣子。
頷上頷下	ngam`song´ngam`ha´	到處向人鞠躬敬禮。
頷頭唱喏	ngam`teu˘cong ia´	敬禮上香祭拜。
ngan		
夭屏頭	ngan´zan´teu˘	長不大的老樹木；不明的人。
刓刓屏屏	ngan˘ngan˘zan´ zan´	不乾脆、不合群；長不高、長不大。
ngang		
硬程	ngang cang˘	很堅硬，喻人個性剛直、忠實。
硬斗	ngang deu`	困難。
硬釘釘著	ngang diang˘diang˘do`	硬梆梆的。
硬鋏鋏著	ngang gau gau do`	手腳生硬不靈活。
硬頸個，先分火車逴死	ngang giang´ge, xien´bun´ fo`ca´cog`xi`	喻過剛易折，太過固執難成事。
硬砉砉著	ngang guag guag do`	東西堅硬難以咬碎的樣子。
硬殼	ngang hog`	固執、剛直。
硬門	ngang mun˘	困難。
硬硬吔	ngang ngang e´	堅硬的、堅持的。

n

{ n }

客家語詞	客語拼音	華語釋義

ngau

撽轉來	ngau zon`loiˇ	轉頭、回轉。
咬薑啜醋	ngauˊgiongˊcod cii	喻生活困苦。
咬膦毋咬膦，詩句碌碌	ngauˊlin`mˇngauˊlin`, siiˊgi lug`lug`	喻半路出家又不承認外行；喻虛有其表。
咬膦愛咬頭口	ngauˊlin`oi ngauˊteuˇheu`	做事或做生意，都要搶先他人一步。
咬牙切齒	ngauˊngaˇqied`cii	非常痛恨的樣子。
獒梨蹁瓜	ngauˇliˇfe`guaˊ	喻瓜果、植物長得奇形怪狀。
獒梨，正柚，駝背楊桃	ngauˇliˇ, zang iu, toˇboi iongˇtoˇ	長的歪歪的梨、方正的柚子、彎曲的楊桃是較好吃、較甜的水果。
獒膦蹁朘	ngauˇlin`fe`zoiˊ	喻瓜果、植物長得奇形怪狀。
獒門	ngauˇmunˇ	喻與人相處不睦；兄弟不睦。
獒獒蹁蹁	ngauˇngauˇfe`fe`	形容東西歪斜不正的樣子。
獒上獒下	ngauˇsongˊngauˇ haˊ	喻人或東西歪來歪去；隨意把方向盤左右轉動。
獒嘴雞	ngauˇzoi geˊ	歪嘴雞。
獒嘴雞揀骨頭	ngauˇzoi geˊgian`gud`teuˇ	喻人不自我檢討，還要挑三揀四、怨天尤人。與「獒嘴雞揀穀食」意同。
獒嘴雞揀穀食	ngauˇzoi geˊgian`gug`siid	喻人不自我檢討，還要挑三揀四、怨天尤人。

ngi

耳聾頂碓	ngi`nungˊdang`doi	耳朵重聽。

n

151

{ n }

客家語詞	客語拼音	華語釋義
耳吊吊無米糶，耳砣砣萬富豪	ngi`diau diau mo˘mi`tiau, ngi`to˘to˘van fu ho˘	面相學言─耳朵吊縮是窮苦相，耳垂長厚會很有錢。
耳脛脛著	ngi`guang˘guang˘do`	耳背、重聽的樣子。
耳閑閑著	ngi`hia hia do`	耳朵豎起來的樣子。
耳靴靴著	ngi`hio hio do`	馬耳東風、不把他人說的話當一回事。
耳聾个醫生，無聽病人呻	ngi`lung˘ge i˘sen˘, mo˘ tang˘piang ngin˘cen˘	喻能把自己當耳聾了，不去聽任何是非流言是最好的。
耳聾毋驚銃	ngi`nung˘m˘giang˘cung˘	聾子聽不到聲音，所以不怕槍響，也無從怕起。
耳背背著	ngi`poi poi/ boi boi do`	耳背。

ngia

惹高天	ngia go˘tien˘	手腳向上翹。
惹惹翹翹	ngia ngia hieu hieu	木棍或木柴等堆放不整齊。
惹惹餳餳	ngia˘ngia˘xiang˘xiang˘	到處引誘人家。
惹毋橫	ngia`m˘vang	應付不來。
惹惹扯扯	ngia`ngia`ca`ca`	爭吵拉扯。

ngiab

攝褲腳	ngiab`fu giog`	捲起褲管。
瞌目滴剁	ngiab`mug`did dog	眼睛不停的眨動。
瞌目珠	ngiab`mug`zu˘	眨眼睛。

ngiad

{ n }

客家語詞	客語拼音	華語釋義
熱活活著	ngiad fad fad do`	非常炎熱的樣子。
月光都無好望，哪有還想望星仔	ngiad gong´du´mo`ho`mong, nai iu´han`xiong`mong sen´e`	近的、大的（月亮）都無法期待了，哪有可能去奢望更遠、更小的（星星）。
熱吱吱著	ngiad ji ji do`	天氣炎熱；喻對事情非常投入。

ngiam

客家語詞	客語拼音	華語釋義
念咒拗訣	ngiam zu au`giad`	唸咒又打手訣，均指詛咒他人的行為。
拈番薯仔愛拈田角，同學老嫲愛屏山腳	ngiam´fan´su´e` oi ngiam´tien`gog, `tung`ho lo`ma´oi biang san´giog`	撿番薯，在田角處較多；外遇約會要在偏僻處，較不會被人發現。
拈鬮分撥	ngiam´kieu´bun`bad`	抽籤分配。
拈瓦整屋	ngiam´nga`zang vug`	檢修瓦片，整理屋頂。
拈籤卜卦	ngiam´qiam`bug` gua`	求籤卜卦。
拈籤卜卦，賭朕造化	ngiam´qiam`bug`gua, du`lin`co fa	算命者說話，有時毫無根據。
拈燒怕冷	ngiam´seu´pa nang´	畏首畏尾。
拈摺裙	ngiam´zab`kiun`	摺裙。
黏合加	ngiam`gab`ga´	黏合在一起。
嚴官出惡賊	ngiam`gon´cud`og`ced	比喻管得越嚴，盜賊越多、犯案越嚴重。
黏爺也係一日，黏哀也係一日	ngiam`ia´ia´he id`ngid`, ngiam`oi´ia´he id`ngid`	夫妻離異時，子女隨父或隨母，吃飯都一樣。
黏牙帶齒	ngiam`nga`dai cii`	語音含糊，講話不清楚。
黏黏浹浹	ngiam`ngiam`giab`giab`	涇涇黏黏的。

n

{ n }

客家語詞	客語拼音	華語釋義
唸唸唸唸	ngiamˇngaimˇngiam ngiam	嘮叨個不停。
黏上黏下	ngiamˇsongˊngiamˇhaˋ	形容兩人形影不離的樣子。
閻王詐鬼轉	ngiamˇvongˇza guiˋzonˋ	指官官相護，共同欺壓百姓。

ngian

年怕過中秋，人驚過四九	ngianˇpa go zungˊqiuˊ, nginˇpa go xi giuˊ	過了中秋就快過年了；人過了四十九歲就進入老年了。
年三夜四	ngianˇsamˊia xi	歲末年終。
年宵五節	ngianˇseuˊngˋjiedˋ	過年與各重大節日。
眼暴暴著	ngianˋbau bau doˋ	雙眼睜大像要凸出來的樣子。
眼盯盯著	ngianˋdangˊdangˊdoˋ	睜大眼睛看東西。
眼鬥鬥著	ngianˋdeu deu doˋ	雙眼凝視看人
眼火心著	ngianˋfoˋximˊcog	氣憤難耐；看到某人或某事就生氣。
眼金金著	ngianˋgimˊgimˊdoˋ	睜大雙眼看人或物。
眼桄桄著	ngianˋguangˊguangˊdoˋ	因睡不著而睜大雙眼。
眼瞎	ngianˋhadˋ	不明事理；失明。
眼卡卡著	ngianˋkieˇkieˇdoˋ	在驚嚇或有醉意時癡呆看人的樣子。
撚鼻公	ngianˋpi gungˊ	用手指夾壓鼻子。
眼刺刺著	ngianˋqiagˋqiagˋdoˋ	怒目看人，想攻擊人的樣子。
眼狴狴著	ngianˋsenˇsenˇdoˋ	怒目瞪視的樣子。
眼視眼物	ngianˋsii ngianˋvud	用斜眼或睜眼看人。
眼視視著	ngianˋsii sii doˋ	怒目瞪視的樣子。
眼大不見山	ngianˋtai budˋgian sanˊ	（罵）粗略、不用心，明明一眼就可看到的東西卻沒看到。

n

｛ n ｝

客家語詞	客語拼音	華語釋義
眼黃鼻花	ngian`vong˘pi fa´	喻臉部被毆打得很嚴重，以致眼冒金星、鼻子流血。

ngiang

迎親嫁娶	ngiang˘qin´ga qi`	男女婚嫁。

ngiau

尿岔岔著	ngiau ca ca do`	尿急而量多的樣子。
尿汀汀著	ngiau din din do`	頻尿的樣子。
尿臟上臍，神仙難醫	ngiau gu`song´qi˘, siin˘ xien´ nan˘i´	尿路不通所引發的疾病，神仙也難醫治。
尿漕漕著	ngiau zo˘zo˘do`	頻尿的樣子。
繞腳行	ngiau`giog`hang˘	跛腳走路。

ngib

入莊從俗	ngib zong´qiung˘xiug	入境隨俗。

ngid

軋軋齾齾	ngid ngid ngad ngad	開門關門所發出的門軸聲。
日長月久	ngid`cong˘ngiad giu`	經年累月。
日曆通書	ngid`lag tung´su´	命相師算命、擇日等所用的工具書。
日日夜夜	ngid`ngid`ia ia	每天從早到晚。
日日月月	ngid`ngid`ngiad ngiad	時間很長久。

n

{ n }

客家語詞	客語拼音	華語釋義
日時頭毋好講人，暗晡頭毋好講鬼	ngid`sii´teu´m´ ho`gong`ngin´, am bu´teu´m´ho`gong`gui`	白天不要說人，夜晚不要提鬼，此即俗謂「說人人到，說鬼鬼到」之意。
日頭落山	ngid`teu`log san´	夕陽西下。

ngie

蟻公搬家魚反塘，三日大路變陂塘	ngie gung´ban´ga´ng´fan tong`, sam´ngid`tai lu bien bi´tong`	螞蟻搬家、池塘中的魚不安的跳躍，都有大雨成災的可能。

ngiem

殗雞仔	ngiem ge e`	病弱無氣的雞。
殗雞仔割無血	ngiem ge´e`god`mo`hiad`	病雞割不出血來，喻窮人拿不出錢。

ngin

人不風流只因貧	ngin`bud`fung´liu`zii` in´pin´	人都會風流，如果不風流，就是已經貧窮了。
人在人情在，人亡人情亡	ngin`cai ngin`qin`cai, ngin`mong`ngin`qin` mong`	人情的深淺厚薄，是隨著人的存在與否而改變的。
才人無貌	ngin`coi`mo`mau	人才大多無姣好的外貌，喻人不可貌相。
人丁薄弱	ngin`den´pog ngiog	人丁單薄。
人多閒言	ngin`do`han`ngian`	人多閒話也多。
人多好耕田，人少好分錢	ngin`do`ho`gang´tien`, ngin`seu`ho`bun´qien`	耕田的時候人越多越好，分錢時人越少越好。

{ n }

客家語詞	客語拼音	華語釋義
人多無大客	nginˇdoˊmoˇtai hagˋ	指辦喜事時，因人多場面大，無法向客人一一招呼而感到抱歉。
人多嘴多	nginˇdoˊzoi doˊ	人多意見就多。
人家在該愛繡頸，覺著在該吊晃楨	nginˇgaˊtiˊge oi tagˋgiangˋ, gogˋdoˋtiˊge diau gongˇgong	指別人正在不如意、喪氣時，還誤認為是在得意、歡樂。
人驚分著無，毋驚分著少	nginˇgiangˊbunˊdoˇmoˇ, mˇgiangˊbunˊdoˇseuˋ	人都有「怨無不怨少」的心理，做事若公平就會少怨言。
人驚出名	nginˇgiangˊcudˋmiangˇ	人怕出名。
人驚出名，豬驚肥	nginˇgiangˊcudˋmiangˇ, zuˊgiangˊpiˇ	人出了名是非就多，豬肥了就會被宰來吃。
人驚尷尬，雨驚沛沛	nginˇgiangˊgamˊge, iˋgiangˊzeˇze	人怕不可理喻，雨怕落個不停。
人敬有錢儕，狗敬屙屎儕	nginˇgin iuˊqienˇsaˇ, geuˋgin oˊsiiˋsaˇ	現實社會中，人們多半會向有錢人敬酒、奉承。
人腳	nginˇgiogˋ	（罵）差勁。
人腳有肥	nginˇgiogˋiuˊpiˇ	指人氣很旺。
人嚇人，嚇死人	nginˇhagˋnginˇ, hagˋxiˋnginˇ	人不可裝鬼嚇人，會真的嚇死人。
人係甘願做牛，毋使驚無犁好拖	nginˇhe gamˊngian zo ngiuˇ, mˇsiiˋgiangˊmoˇlaiˇhoˋtoˊ	喻只要肯吃苦，就不怕沒事可做。
人係正就高三尺，人毋正就腔劑額	nginˇhe zang qiu goˊsamˊcagˋ, nginˇmˇzang qiu ziiˊcanˋngiagˋ	地理師的順口溜——人正或邪，他所使用的丁蘭尺、文公尺便不一樣。
人害人肥伻伻，天害人一把骨	nginˇhoi nginˇpiˇdudˋdudˋ, tienˇhoi nginˇidˋbaˋgudˋ	（諷）指天理昭彰，惡事做絕，會遭天譴。

n

157

｛ n ｝

客家語詞	客語拼音	華語釋義
人有怙杖跌毋倒，事有商量錯毋了	nginˇiuˊku congˋdiedˋmˇdoˋ, sii iuˊsongˊliongˇco mˇliauˋ	指做事情要穩當，就要與人商量，不要獨斷獨行。
人靚不如命靚，跛腳嫁先生	nginˇjiangˊbudˋiˇmiang jiangˊ, baiˋgiogˋga xinˊsang	喻人長得漂亮，不如八字好。
人牽人毋行，鬼牽就緊行	nginˇkianˊnginˇmˇhangˇ, guiˋkianˊqiu ginˋhangˇ	喻做事黑白、好壞不分，交友不慎。
人勤地生寶，人懶地生草	nginˇkiunˇti sang boˋ, nginˇnanˊti sangˊcoˋ	喻人只要勤勞，便能成功；好吃懶做，便一事無成。
人窮力出	nginˇkiungˇlidˋcudˋ	人窮要努力。
人窮力出，山崩石出	nginˇkiungˇlidˋcudˋ, sanˊbenˊsag cudˋ	指人窮就要賣苦力，才能生存下去。
人窮無志	nginˇkiungˇmoˇzii	人窮了便無志氣。
人窮志不窮，無志就一世窮	nginˇkiungˇzii budˋkiungˇ, moˇzii qiu idˋsii kiungˇ	人要立志，才不會一生窮困。
人窮志願有，毋驚汗來腌目珠	nginˇkiungˇzii ngian iuˊ, mˇgiangˊhon loiˇiabˋmug zuˊ	人窮並不可怕，只要立志做事，不怕汗水滴入傷眼睛。
人窮嘴冇	nginˇkiungˇzoi pang	人雖窮卻表現出很自大的樣子。
人困馬渴	nginˇkun maˊhodˋ	喻全體都已疲憊不堪。
人寮久就起懶根，睡久就會發頭慇	nginˇliau giuˋqiu hiˋnanˋginˋ, soi giuˋqiu voi bodˋteuˇinˊ	喻人不可終日無所事事，閒散久了會變懶、生病。
人撩鬼弄	nginˇliauˇguiˋnung	指運氣不好，遇上小人。

n

｛ n ｝

客家語詞	客語拼音	華語釋義
人老有三歪：行路頭犁犁，屙尿濺著鞋，打屁攞屎拉	nginˇloˇiuˊsamˊvaiˊ, hangˇlu teuˇlaiˇlaiˇ, oˊngiau beuˇdo`hai`, da`pi lo`siiˇlaiˇ	年紀大了有三項缺點：走路抬不起頭來、小便濺濕鞋、放屁連大便一起出來。
人毋係「生而知之」，係「學而知之」	nginˇmˇhe sengˊiˊziiˊ zii`he hog iˇziiˊzii`	人不是出生就知道，是因學習而獲得知識的。
人毋成人，鬼不成鬼	nginˇmˇsang nginˇ, gui`mˇsangˇgui`	（罵）人不成人樣，鬼也不像鬼樣。喻不像樣。
人無自私，同雷公共下睡得	nginˇmoˇcii siiˊ, tungˇluiˇgungˊkiung ha soi ded`	人若無私心，便可與雷公共處，此與「人不自私，天誅地滅」意思同。
人無運，狗咬膥棍	nginˇmoˇiun, geu`ngau`linˇgun	喻人正在走霉運，處處都不順利。
人無年年十八，再過幾年，就會翻煲缽	nginˇmoˇngianˇngianˇsiib bad`, zai go gi`ngianˇ, qiu voi fanˊbo`bad`	人都是會老的，不可能年年都十八歲。
人望你上天，覺著人望你沒地	nginˇmong ngˇsongˊtienˊ, gog`do`nginˇmong ngˇmud ti	喻不了解別人的好意。
人戇清苦，人精歿肚	nginˇngong qinˊku`, nginˇjinˊmud`du`	人傻，很辛苦；有些小聰明的，卻又處處想害人。
人愛噯你，覺著愛咬你	nginˇoi jimˊngˇ, gog`do`oi ngauˊngˇ	喻疑心太重——人家有心幫忙，反被誤認爲有心害你。
人愛人打落，火愛人燒著	nginˇoi nginˇda`log, fo`oi nginˇseuˊcog	喻被人輕視、看不起，是勤奮做事、力爭上游的一種推動力。
人怕粗魯鬼怕法	nginˇpa cuˊluˇgui`pa fab`	指對付非常人，要用非常的手段才有效。

n

159

{ n }

客家語詞	客語拼音	華語釋義
人怕肖，字怕吊	nginˇpa xiau, sii pa diau	人最怕瘋癲、不正常，字最怕被吊起來看。
人破樵莫行上前，人相打莫去添言	nginˇpo ceuˇmog hangˇso ngˇqienˇ, nginˇxiongˊdaˋmog hi tiamˊngianˇ	人在劈柴時勿太靠近，有人爭吵時不要去加油添醋。
人親不如土親，親不親故鄉人	nginˇqinˊbud`iˇtuˇqinˊ, qinˊbud`qinˊgu hiongˊnginˇ	人親不如土親，親不親都是故鄉人，強調同鄉的情誼。
人情面目	nginˇqinˇmien mugˋ	指人際之間的情面。
人情愛長，事愛短結	nginˇqinˇoi congˇ, sii oi don`giadˋ	人情要長長久久，金錢往來、帳目則要清清楚楚。
人情事故陪啊到，焗鑼鑊頭都會無	nginˇqinˇsii gu piˇa do, puˇloˇvog teuˇduˊvoi moˇ	喻人情世故如果要全面兼顧，就可能影響家計。
人情事務	nginˇqinˇsii vu	指人際之間的來往。
人生路不熟	nginˇsangˊlu bud`sug	到了陌生的環境，人與路都不熟悉。
人細膡大	nginˇse lin`tai	指人的長相與年紀不相稱。
人細聲烈	nginˇse sangˊladˋ	人小聲音大。
人衰鬼弄	nginˇsoiˊgui`nung	指運氣不好，遇上小人。
人衰鬼順	nginˇsoiˊgui`sun	喻運氣不好。
人衰無濫糝衰	nginˇsoiˊmoˇnam`sam`soiˊ	指人在走壞運，必有其原因。
人大分家	nginˇtai bun'ga'	兄弟大了終要分家。
人為財死	nginˇvi coiˇxi`	人為錢財而死。
人會失手，馬會失蹄	nginˇvoi siid`su`, maˊvoi siid`taiˇ	指人必然會有犯錯或失敗的時候，不足為奇。
人會算，天會斷	nginˇvoi son, tienˊvoi don	暗喻不怕人很會算計，上天自有公斷。

n

{ n }

客家語詞	客語拼音	華語釋義
人死情滅	nginˇxiˋqinˇmied	人死後情份也沒了。
人死債消	nginˇxiˋzai seuˊ	人去世後債務就不存在了。
人詐人轉，鬼詐鬼轉	nginˇza nginˇzonˋ, guiˋza guiˋzonˋ	喻自己人會維護自己人的利益，與「人同人好，鬼同鬼好」同義。
人做初一分𠊎，𠊎就愛做十五還人	nginˇzo cuˊidˋbunˊngaiˇ, ngaiˇqiu oi zo siib ngˋvanˇnginˇ	形容人際關係是禮尚往來、互相尊重的。

ngio

揉鹹菜	ngioˊhamˇcoi	用手搓揉鹹菜。

ngiog

搦鳥仔	ngiogˋdiauˊeˋ	用網捕鳥。
虐虐削削	ngiogˋngiogˋxiogˋxiogˋ	皮膚很癢又搔不到的感覺。

ngion

軟撿	ngionˊgiamˋ	輕易獲得，輕易通過。
軟濟濟著	ngionˊjiˇjiˇdoˋ	軟綿綿的。
軟入	ngionˊngib	軟中帶韌、軟Q。
軟軟吔	ngionˊngionˊeˊ	輕易的、簡單的。
軟軟硬硬	ngionˊngionˊngang ngang	軟硬兼施。
軟頭扁摺	ngionˊteuˇbienˋzabˋ	喻無精打彩的樣子。

ngiong

n

{ n }

客家語詞	客語拼音	華語釋義
讓陣寮	ngiong ciin liau	作伴一起玩、陪伴人。
仰得結煞	ngiong ded`gad`sad`	不知該如何應對。
仰仔个藤就結仰仔个瓜，仰仔个人就講仰仔个話	ngiong`e ˇge ten`qiu giad`ngiong`e ˇge gua´, ngiong e ˇge ngin`qiu gong`ngiong`e ˇge fa	什麼藤就結什麼瓜，什麼人就講什麼話。

ngiu

扭皺	ngiu`jiu	愛挑剔；多變。
牛奮挷	ngiuˇbin`lod`	牛掙脫繮繩。
牛腸馬肚	ngiuˇcong`ma´du`	喻食量大。
牛筋從牛背囊項扯	ngiuˇgin´qiungˇngiuˇboi ngongˇhong ca`	原想從他人處取得非分之物，沒想到他人所花用的都是自己所有的。
牛鬼蛇神	ngiuˇgui`sa´siin`	抓人到陰府的鬼神；喻不務正業的人。
牛牽到廣東也還係牛	ngiuˇkian´do gong`dung´ia´hanˇhe ngiuˇ	（罵）指一個人剛愎又固執，不聽人勸說。
牛老車耗	ngiuˇlo`ca´ho`	東西或人已老舊。
牛毋做，賊毋做，橫打直過	ngiuˇm´zo, ced m´zo, vangˇda`ciid go	比喻人只要不做壞事，就可以抬頭挺胸，勇往直前。
牛欄豬寮	ngiuˇnan`zu´liauˇ	牛欄、豬舍。
牛頭馬面	ngiuˇteuˇma´mien	（罵）心術不正、面目可憎的人。
牛膣馬面	ngiuˇzii´ma´mien	（罵）心術不正、面目可憎的人。
扭扭皺皺	ngiu`ngiu`jiu jiu	性情不穩定；愛挑剔。

n

{ n }

客家語詞	客語拼音	華語釋義
扭屎朏花	ngiu`sii fud`fa´	扭屁股。
扭上扭下	ngiu`song´ngiu`ha´	向上下左右用力拉扭。

ngiug

肉脆脆著	ngiug`coi coi do`	食物脆嫩可口的樣子。
肉緊攂	ngiug`gin`dui`	肌肉在不停的抽動。
肉肯分人食，骨毋肯分人戕	ngiug`hen`bun´ngin`siid, gud`m`hen`bun´ngin`lod`	喻人的忍讓是有限度的，豈肯任人欺壓、宰割。
肉粽粽著	ngiug`zung zung do`	體態豐盈的樣子。

ngiun

韌韌吔	ngiun ngiun e´	柔韌的、鬆鬆的。
忍氣留財	ngiun´hi liu`coi`	忍氣吞聲只為錢財。
忍氣吞聲	ngiun´hi tun`sang´	忍受他人的氣燄而不敢出聲。
銀簪手環	ngiun`zam´su`kuan`	出嫁新娘配戴的金飾。

ngo

臥起來	ngo hi`loi`	把頭向上仰。
餓嘍圖嘽	ngo lo`tu`sai´	指嘴饞、貪吃。

ngog

愕愕琢琢	ngog`ngog`dog dog`	呆呆的、很笨拙。
愕愕吔	ngog`ngog`e´	愚笨的、差勁的。

n

{ n }

客家語詞	客語拼音	華語釋義
ngoi		
外甥嘗母舅，親像鴨嫲吞豆腐	ngoi sen´sai´mu´kiu´, qin´qiong ab`ma´tun´ teu fu	外甥欺負舅舅，就像鴨子吃豆腐一般。
外孫指墓墩	ngoi sun´zii`mung dun´	外孫長大後無奉養祖父母的責任，所以不用太過疼惜。
ngong		
戇到死，清明毋插穀雨	ngong do`xi`, qiang´miang´m´cab`gug`i`	清明時不希望下大雨，如要下雨最好到穀雨之日。
戇雞嫲孵鴨春，戇阿婆惜外孫	ngong ge´ma`pu ab`cun´, ngong a´po`xiag`ngoi sun´	客家人重男輕女——認爲外婆疼外孫是愚笨的、沒有用的。
戇狗逐飛鳥	ngong geu`giug`bi´diau´	笨狗追飛鳥，永遠都追不上。
戇狗想食羊核卵	ngong geu`xiong`siid iong´hag non`	與「癩蛤蟆想吃天鵝肉」意思同，均指妄想不可能的事。
戇人多福	ngong ngin´do´fug´	傻人有傻福。
戇人有戇福	ngong ngin´iu´ngong fug`	傻人有傻福。
戇戇呆呆	ngong ngong de´de`/ ngoi`ngoi`	傻乎乎的樣子。
戇戇吔	ngong ngong e´	傻傻的。
戇膣擺餵野豬哥	ngong zii´bai`vi ia´zu´go´	（罵）喻女孩子不聽父母之言、亂交男人而遭遺棄。
ni		

n

｛ n ｝

客家語詞	客語拼音	華語釋義
呢呢挼挼	niˇniˇnoˇnoˇ	嘀嘀咕咕，不高興不情願的樣子。

no

老鼠毋留隔夜糧	noˋcuˋmˇliuˇgagˋia-liongˇ	喻貪心的小人無眼光，不會未雨綢繆。
老虎恁精也會啄目睡	no fu`an`jinˊiaˊvoi dugˋmugˋsoi	老虎再厲害也有打瞌睡的時候，喻「智者千慮，必有一失」。
老虎愛屏爪	no fu`oi biang iau`	老虎會把利爪藏起來，勸人不可鋒芒太露。
老虎食蚊仔——有嚙無吞	no fu`siid munˇeˋ——iuˊceu moˇtunˇ	老虎吃蚊子——有吃無吞，喻沒有分量。
老虎再惡毋食子	no fu`zai ogˋmˇsiid ziiˋ	與「虎毒不食子」同義，喻再惡毒的人也不會傷害自己的子女。
磨斧洗鋸	noˇbu`se`ki	磨利鋸齒與斧頭，喻工欲善其事，先利其器。
磨刀嫲	noˇdoˊmaˇ	將柴刀磨利。
挼蔴索	noˇmaˊsogˋ	將蔴絲搓成繩索。

non

亂箸箭天	non gau jien tienˊ	因心急而手腳慌亂。
亂緊緊著	non gin`gin`do`	慌慌張張的樣子。
亂秷搥綿	non gon`cuiˊmienˇ	將稻草剁碎混入土中以製作土磚；喻手忙腳亂。
亂理蔴合	non liˊmaˇgab`	喻非常忙亂。

n

{ n }

客家語詞	客語拼音	華語釋義
亂臟屌壞膣	non lin`diau`fai zii´	（罵）喻莽撞；指做事要小心、謹慎，才不會失敗。
暖龍	non´liung´	（諷）以熱水擦拭私處。

nong

浪想	nong xiong`	小禮物。
宸宸康康	nong´nong´kong´kong´	地方空曠、寬廣。
晾花鬚散	nong˘fa´xi´san	喻到處凌亂不堪。
狼狼賴賴	nong˘nong˘lai lai	東西隨便擺放、凌亂不堪。
晾衫褲	nong˘sam´fu	晾衣服。

nu

努肉線	nu`ngiug`xien	傷口發炎後長出的新肉。

nug

忸一下	nug id`ha	受驚、嚇一跳。
忸忸吔	nug nug e´	擔心受怕的。
蠕蠕吔	nug`nug`e´	不停蠕動的。

nui

內內外外	nui nui ngoi ngoi	裡裡外外。

nun

嫩習習著	nun xib`xib`do`	非常脆嫩的。

n

{ n }

客家語詞	客語拼音	華語釋義
搵螺絲	nun`lo˘sii´	用手指轉動螺絲。
搵上搵下	nun`song´nun`ha´	像陀螺似的四處遊蕩。

nung

礱穀偷米	nung˘gug´teu´mi`	碾米廠會偷減顧客託碾的米。
礱糠無油	nung˘hong´mo´iu`	稻穀搾不出油。
礱糠炸毋出油	nung˘hong´za m˘cud`iu`	礱糠沒有油，你用任何方法也搾不出油，喻窮人沒錢。
窿窿空空	nung˘nung˘kung´kung´	形容兩頭中空、穿透無阻礙。
噥噥噥噥	nung˘nung˘nung nung	低聲嘀咕埋怨。
濃山秀水	nung˘san´xiu sui`	山明水秀。
膿頭	nung˘teu˘	發膿部位的上端或結痂處，喻帶頭做壞事者。
膿頭孽生	nung˘teu˘ngiag`sen´	指帶頭做壞事者。
弄捶鬖絨	nung`dung`xi´iung˘	喻物品擺放凌亂。

n

{ o }

客家語詞	客語拼音	華語釋義
	o	
嘔嘔滾	o o gun`	反胃嘔吐聲。
屙糟	o´ zo´	不乾淨、骯髒。
阿核吔	o´ hed`e`	倒塌了、垮掉了。
噢囉大呼	o´ lo˘ tai fu´	大聲喊叫。
屙尿澎	o´ ngiau beu`	射出尿。
屙尿對牐照（笑）	o´ ngiau dui lin`zeu (seu)	洒尿自照，喻能如此這般，就應該知足、暗地裡偷笑了。
屙尿照鏡	o´ ngiau zeu giang	喻看清自己的面目，反省自己。
屙膿	o´ nung˘	說話不實在。
屙膿合血	o´ nung˘ gab`hiad`	說話不正經。
屙膿屙血	o´ nung˘ o´ hiad`	（罵）說話無根據、隨便亂說。
屙膿滑丟	o´ nung˘ vad diu	說話不正經。
屙膿滑血	o´ nung˘ vad hiad`	說話不正經。
屙屙巴巴	o´ o´ ba˘ba˘	說話不實在，愛吹牛。
屙屙哼哼	o´ o´ bud bud	胡亂說話、胡說八道。
屙屙糟糟	o´ o´ zo´zo´	很髒亂，不乾淨，不整潔。
屙屎都無閒摒	o´ sii`du´mo˘han˘bin`	上廁所都沒時間擦屁股，喻太忙了。
屙屎毋出	o´ sii`m˘cud`	喻事情不順暢。
屙屎毋出怨屎缸，毋會賺錢怨爺娘，毋會出頭怨屋場	o´ sii`m˘cud`ian sii`gong`, m˘voi con qien˘ian ia˘ngiong˘, m˘voi cud`teu˘ian vug`cong˘	大便不出怨廁所，不會賺錢怨父母，不能出頭怨場所，指人總愛怨天尤人。

o

{ o }

客家語詞	客語拼音	華語釋義
屙屎毋知徙位	oˊsii`mˇdiˊsai`vi	連大便都不知道移動位置，喻人太固執，不知變通。
屙屎毋硬	oˊsii`mˇngang	喻能力不夠。
屙衰人	oˊsoiˊnginˇ	説話使人喪氣或倒楣。
屙糟糟	oˊzoˊzoˊ	骯髒、不乾淨。
睚囉	oˇloˇ	喻非常飢餓；貪吃。
睚囉搏塞	oˇloˇbog`sed`	指東西亂放，走動不便。

og

惡擎擎著	og`kiaˇkiaˇdo`	非常凶惡的樣子。
惡蹶蹶著	og`kiad kiad do`	行為凶暴、欺人太甚的樣子。
惡馬自有惡人騎	og`maˊcii iuˊog`nginˇkiˇ	喻人外有人，天外有天，一物剋一物。
惡人無膽	og`nginˇmoˇdam`	凶惡的人沒膽量。
惡絕絕著	og`qied qied do`	凶狠、脾氣暴躁的樣子。
惡蛇一尾，當過草䲍蛇七八尾	og`saˇid`miˊ, dong go coˇ baiˊsaˇqid`bad`miˊ	喻一個好的勝過一堆不好的。
惡事做絕	og`sii zo qied	幹盡壞事。
惡手毋當倆	og`su`mˇdongˊliongˇ	喻雙拳難敵四手，好漢不敵人多。

oi

愛嫁老公毋驚脢大	oi ga lo`gungˊmˇgiangˊlin`tai	喻要面對現實，與「要做牛就毋驚拖犂」同。
愛噭又無目汁	oi gieu iu moˇmug`ziib`	很想哭，卻掉不出眼淚，喻非常悲痛。

o

｛ o ｝

客家語詞	客語拼音	華語釋義
愛學好手藝，愛過師父介生龍口	oi hog ho`su`ngi, oi go sii´fu ge sang´liung´heu`	喻要學得好功夫，必須得到師父的口訣及指點方可得。
愛搭又驚搭死，愛放又驚飛走	oi kag iu giang´kag xi`, oi biong iu giang´bi`zeu`	喻做人無主張，優柔寡斷。
愛跔好自家个雞嫲，莫怨他人个雞公頭	oi kiug ho`qid ga´ge ge´ma`, mog ian ta´ngin´ge ge´gung´teu`	喻要管好自己的女兒，不要只怪別人的兒子。
愛餓死毋當撐死	oi ngo xi`m`dong cang xi`	餓死不如飽死，喻兩害相權取其輕。
愛食麻油酒，就愛掙力	oi siid ma`iu`jiu`, qiu oi zang lid	（警）指要努力才有好成果。
愛死吔，還打一粒屁卵	oi xi`e`, han`da`id`liab pi non`	（罵）喻人即將死亡還不知覺悟，還留一些麻煩給人。
愛做婊仔又毋靚，愛做阿旦又腌聲	oi zo beu`e`iu m`jiang´, oi zo a´dan iu iab`sang´	喻一個人無論做什麼事都不得體或不適任。
愛做猴仔分人牽	oi zo heu`e`bun´ngin´kian´	（罵）喻做不正當、不正經的事。
愛做新娘毋驚膣痛	oi zo xin´ngiong´m`giang´ zii´tung	喻要面對現實，與「要做牛就毋驚拖犁」意同。
哀哀喲喲	oi´oi´io`io`	受傷疼痛的呻吟聲。
哀哀哉哉	oi´oi´zoi`zoi`	痛苦的呻吟聲；很可憐的樣子。
哀哉	oi´zoi`	可憐。

on

〔 o 〕

客家語詞	客語拼音	華語釋義
安仔嫂坐巴士 —— 無卡爭	on´e`so`co`ba sii˘ —— mo˘kag zang´	安仔嫂搭公車 —— 沒用。喻白忙一場、徒勞無功
安名提謚法	on´miang˘ti˘sii fab`	生死的禮儀。指人被取名或提謚是根據他的行為表現而定。
安安靜靜	on´on´qin qin	十分安靜；安逸悠閒。
安安全全	on´on´qion´qion˘	非常安全。

ong

央央撞撞	ong ong cong cong	很不聽話、很會頂撞。
央央幫幫	ong´ong´bong´bong´	形容互相體諒，不占便宜、不虧欠。
尪著腰	ong`do`ieu´	腰碰撞到硬物。
尪腰	ong`ieu´	腰脊向後彎曲。
尪傷	ong`song´	腹腰部撞傷。

o

{ p }

客家語詞	客語拼音	華語釋義
pa		
划飯食	pa˘fan siid	用筷子扒飯入口。
爬山吊崀	pa˘san´diau gien	翻山越嶺。
爬上跌落	pa˘song´died`log	爬上跳下的不停工作。
pad		
撥塵灰	pad ciin˘foi´	拂拍灰塵。
伐草頭	pad`co`teu˘	用鐮刀割草。
撥扇仔	pad`san e`	搧扇子。
撥上撥下	pad`song´pad`ha´	用扇子不停的搧動。
潑上潑下	pad`song´pad`ha´	向四處潑水。
pag		
白浪	pag nong	白胖可愛。
白雪雪著	pag xied`xied`do	雪白的。
白紙烏字	pag zii`vu´sii	在白紙上寫黑字，喻記載分明。
pan		
攀床扡蓆	pan´cong˘ia`qiag	痛苦的在床上掙扎。
攀籬吊壁	pan´li˘diau biag`	小孩活動力強，喻調皮。
攀上攀下	pan´song´pan˘ha´	到處攀爬、爬上爬下。
拌死佢	pan´xi`i`	把它摔死。
攀擎	pan˘kia˘	很頑皮，非常能攀爬。

p

{ p }

客家語詞	客語拼音	華語釋義
pang		
冇頭	pang teuˇ	虛浮、不實在。
冇頭狗	pang teuˇgeuˇ	不踏實、不學無術的人。
冇頭狗毋成人	pang teuˇgeuˇmˇsangˇngin⌄	（罵）形容浮躁、不實在的人。
嗙胲嫲	pang´goi´ma⌄	（罵）說話大聲的女人。
棚頂項	pangˇdang`hong	樓板上、樓上。
棚乘屋頂	pangˇsiin vug`dang`	閣樓與屋頂。
pau		
拋花作浪	pau´fa´zog`nong	東西煮沸時的情景。
拋拋滾	pau´pau´gun`	水沸騰冒泡的樣子。
刨手撮腳	pauˇsu`cod`giog`	偷工減料、佔人便宜。
刨手削腳	pauˇsu`xiog`giog`	偷工減料、佔人便宜。
pen		
塴頭圳尾	penˇteuˇzun mi´	堤岸或圳溝前後。
peu		
浮浮冇冇	peuˇpeuˇpang pang	東西在水面上漂浮的樣子。
浮甜粄	peuˇtiamˇban`	油炸年糕。
漂漂吔	peu`peu`e´	淡淡的描述說明。

p

{ p }

客家語詞	客語拼音	華語釋義
	pi	
鼻九九著	pi ang ang do`	因鼻塞而使說話聲音改變。
鼻剷剷著	pi can`can`do`	鼻子朝天的樣子。
鼻峎峎著	pi gien gien do`	鼻子高挺的樣子。
鼻艮膣好摌	pi gien zii´ho`sen	依麻衣相法，女人鼻子挺的人，其生殖器亦較佳。
鼻流流著	pi liu˘liu˘do`	鼻涕沾臉的樣子。
潷流毋知摌	pi liu˘m`di´sen	喻人有缺點卻不知道改進，有不知上下的意思。
鼻翹翹著	pi ngieu ngieu do`	驕傲、趾高氣昂的樣子。
鼻人膦管	pi ngin˘lin`gon`	喻決鬥後服輸。
鼻塞塞著	pi sed`sed`do`	鼻塞不通；喻人腦筋不靈活。
鼻摌摌著	pi sen sen do`	形容臉上掛著鼻涕的樣子。
鼻屎好食，鼻囊艮也想	pi sii`ho`siid, pi nang˘gen ia´xiong`	（罵）喻人得寸進尺。
肥跕跕著	pi˘deb deb do`	因過胖而腳步沉重的樣子。
肥沉沉著	pi˘dem dem do`	肥胖、行動遲緩的樣子。
肥腜腜	pi˘dung dung	肥肥壯壯的。
肥腜腜著	pi˘dung dung do`	非常肥胖的樣子。
疲爬極蹶	pi˘pa˘kid kiad	喻人已非常疲憊，還得繼續工作。
肥肥吔	pi˘pi˘e´	肥肥的、胖胖的。
疲疲寒寒	pi˘pi˘hon˘hon˘	疲憊又寒冷。
肥膨	pi˘pong	肥胖；身材豐滿。
陪上陪下	pi˘song´pi˘ha´	陪伴同行。
鄙視人	pi`sii ngin˘	看不起人。

p

{ p }

客家語詞	客語拼音	華語釋義

piag

| 劈菅倒樵 | piag`gon´do`ceuˇ | 劈菅草、砍柴。 |

piang

病多難死	piang do´nanˇxi`	常患小病的人較難死亡。
平高平大	piangˇgo´piangˇtai	一樣高大；指身分平等，無上下之分。
平平展展	piangˇpiangˇzan`zan`	地勢十分平坦。

pied

別人食鹹魚仔，自家在該作渴	pied nginˇsiid ham´ngˇe`, qid ga´ti ge zog`hod`	喻愛管閒事。
別人个孝服拿來同	pied nginˇge hau fug na´loiˇdung´	喻愛管閒事，吃力不討好。
別頭	pied teuˇ	指男人行頭、打扮時尚而特別。
別姓二道	pied xiang ngi to	親友以外的人。

pien

片背殺皇帝	pien boi sad`fongˇti	指在背後說人壞話、批評人家。
片背殺人	pien boi sad`nginˇ	在背後下毒手。
便買便賣	pien mai´pien mai	隨買隨賣。
騙人毋識	pien nginˇmˇsiid`	因他人不懂而加以欺騙。

p

175

{ p }

客家語詞	客語拼音	華語釋義
偏著腳	pien´do`giog`	扭傷腳踝。
便宜無好貨	pienˇngiˇmoˇho`fo	價錢低，自然品質就較差。
便便宜宜	pienˇpienˇngiˇngiˇ	價格非常便宜。

pin

乒乒乓乓	pin pin pang pang	爆炸聲；敲門聲；打架拳腳聲。
併蔗根	pin za gin´	用刀快速砍去蔗根。
平平白白	pinˇpinˇpag pag	平白無故。
平平靜靜	pinˇpinˇqin qin	非常平靜，無人干擾。
聘魂	pin`fun`	事先約定；故作鎮靜狀。

piog

贌田耕	piog tienˇgang´	承租田地耕種。
贌田糴米	piog tienˇtag miˋ	租田還要買米煮，指家境不富有。

po

破樵師父驚樵析	po ceuˇsii´fu giang´ceuˇsag`	喻江湖上的武功師父，最怕不照規矩、不顧道義的亂拳暗箭。
破財消災	po coiˇseu´zai´	賠錢消災了事。

pog

薄皮嫩肉	pog piˇnun ngiug`	皮膚細嫩。
薄薄吔	pog pog e´	淺淺的、薄薄的。

p

{ p }

客家語詞	客語拼音	華語釋義
	pon	
翻雞腸	pon´ge´cong˘	把雞腸翻開洗淨。
	pong	
膨大孔	pong tai kang´	自誇、吹牛。
胖線衫	pong xien sam´	毛線衣。
碰大鼓	pong´tai gu`	打大鼓。
	pu	
睸老鼠	pu no cu`	伏地窺伺老鼠動靜，以便捕捉。
睸睸臉臉	pu pu nem nem	行事偷偷摸摸、暗中窺伺。
潽出來	pu´cud`loi˘	液體沸騰溢出。
潽湳潽嘴	pu´nam˘pu´zoi	水或湯液因煮沸而溢出來。
焙鑼鑊頭	pu˘lo˘vog teu˘	早期用來炊煮食物的鍋具。
扶棚草	pu˘pang˘co`	水田中的一種雜草。
普普吔	pu`pu`e`	略微的、大概的。
	pun	
噴噴滾	pun pun gun`	形容人盛怒而罵人的樣子。
歕煙筒	pun˘ian´tung˘	吹火煙筒。
賁瓟	pun˘nong´	瓜果皮很厚。
賁賁吔	pun˘pun˘e´	稍微厚厚的。
歕上歕下	pun˘song´pun˘ha`	到處吹牛或自誇。

p

{ q }

客家語詞	客語拼音	華語釋義
qi		
泅泅喳喳	qi qi ca ca	快速烹飪發出的聲音。
萋頭	qiˊteuˇ	新鮮。
萋頭頭著	qiˊteuˇteuˇdoˋ	食物非常新鮮。
qia		
且郎拖青	qiaˊnongˇtoˊqiangˊ	早期婚俗，由伴郎護送龍眼樹、長命草、芋頭等多鬚多子類綠色植物迎親，以示幸福長久。
斜斜吔	qiaˇqiaˇeˊ	稍微斜斜的。
斜斜蹁蹁	qiaˇqiaˇfeˇfeˋ	不正的樣子。
斜樹難倒	qiaˇsu nanˇdoˋ	歪斜不正的樹較難倒下，喻瘦弱的老人未必不長壽。
qiam		
剒胲猴	qiamˇgoiˊheuˇ	說話大聲尖叫的男人。
剒胲嫲	qiamˇgoiˊmaˇ	說話聲音尖銳的女人。
剒上剒下	qiamˇsongˊqiamˇhaˊ	拿著尖銳物到處亂刺。
qiang		
青河河著	qiangˊhoˇhoˇdoˋ	綠油油的。
青溜溜著	qiangˊliuˋliuˋdoˋ	非常翠綠的。
青冥發死	qiangˊmiangˊbodˋxiˋ	睡覺做惡夢。

q

{ q }

客家語詞	客語拼音	華語釋義
青面	qiang´mien	指人易怒、變臉色。
青面詏暴	qiang´mien au bau	喻脾氣暴躁，態度傲慢。
青堂瓦舍	qiang´ton˘nga`sa	富貴人家的房屋、牆瓦外觀漂亮。
青禾露雪	qiang´vo˘lu`xied`	稻穀未熟卻遇到霜雪，喻生活陷入困境。
晴耕雨讀	qiang˘gang´i`tug	客家傳統精神——晴天耕田，雨天讀書。
晴光白日	qiang˘gong´pag ngid`	青天白日。

qiau

鍬合加	qiau´gab`ga´	攪拌均勻。

qid

自家个係一塊寶，他人个係一枝草	qid ga´ge he id`kuai bo`, ta´ngin˘ge he id`gi´co`	喻自賣自誇，自抬身價，卻貶低、藐視他人。
自家个排篙仔愛捼	qid ga´ge pai´go´e`oi jid`	喻自己應多反省，自立自強。
自家个四兩算仔愛除	qid ga´ge xi liong´gi´e`oi cu˘	指要批評別人前，應先反省自我。
自家無姐仔揇，恁愁滿姨無人磡；自家無米放，恁愁他人無菜傍	qid ga´mo˘jia`e`nam`, an`seu˘man i˘mo˘ngin´kam`; qid ga´mo˘mi`biong, an`seu˘ta´ngin˘mo˘coi bong`	自己無妻子抱，卻愁小姨子沒人娶；自家無米煮，卻愁他人無菜餚。此笑人愛管閒事。

q

{ q }

客家語詞	客語拼音	華語釋義
自家屙屎自家囓	qid ga´o´sii`qid ga´sai´	喻人咎由自取，自作自受。
七暗八暗	qid`am bad`am	指時間已經很晚。
七坐八爬	qid`co bad`pa˘	指嬰兒成長期。
彳亍暢瀉	qid`cog`tiong xia	喻游手好閒。
七分鑼鼓三分唱，九個阿旦十樣腔	qid`fun´lo´gu`sam´fun´cong, giu`ge a´dan siib iong kiong´	唱戲角色功能各異，不同旦角的唱腔、曲調各不相同。
七蹺八翹	qid`fung`bad`kieu	指走路姿勢歪斜不正。
七角八惹	qid`gog`bad`ngia	喻紊亂、不整齊。
七攞八合	qid`lo´bad`gab`	喻混合在一起。
七摸八摸	qid`mo´bad`mia´	指工作繁瑣。
七生八敗九難帶	qid`sang´bad`pai giu`nan˘dai	通常早產兒七個月的可存活，八個月的較會死亡，九個月的較難帶。
七十不打，八十不罵	qid`siib bud`da`, bad`siib bud`ma	人能活到七、八十歲是不容易的，要敬老尊賢，不可打罵。
七趖八摸	qid`so´bad`mia´	喻行動緩慢。
膝頭係毋生肉，硬去貼也係毋生肉	qid`teu´he m˘sang´ngiug´, ngang hi diab`ia´he m˘sang´ngiug´	膝蓋是不長肉的地方，喻再怎麼勉強也是枉費心機。
膝頭會出目汁	qid`teu˘voi cud`mug`ziib`	喻很淒涼、很可憐，聽完故事，連膝蓋都會流淚。
七銅八鐵	qid`tung˘bad`tied`	指意見很多。
七晝八晝	qid`zu´bad`zu´	指時間已不早。
七醉八摸	qid`zui bad`mia´	指喝酒過量，醉意濃厚。

qied

q

{ q }

客家語詞	客語拼音	華語釋義
絕滅毋著	qied mied m˘do`	（貶）罵人絕子絕孫。

qien

賤上賤下	qien song´qien ha´	形容小孩調皮，到處玩弄東西。
賤手賤腳	qien su`qien giog`	（罵）小孩過動、調皮。
干鋤銀，萬鋤金，一鋤毋動生草根	qien´cu˘ngiun´, van cu˘ gim´, id`cu˘m´tung´sang´ co`gin´	每天辛勤勞動，自會有金銀收入；如果不勞動，就會野草滋生，什麼收穫都沒有。
千斤力毋當兩兩命	qien´gin´lid m´dong liong`liong´miang	喻人的造化都是命中注定，命好一切都好。
干滾豆腐，萬滾魚	qien´gun`teu fu, van gun`ng˘	煮豆腐要千滾，魚要比豆腐久一點。
千年草子百年樹	qien´ngian˘co`zii`bag` ngian˘su	百年老樹雖長壽，但草子卻有千年壽命，永遠清不完、除不盡。
千日絃，百日簫	qien´ngid`hian˘, bag` ngid`xieu´	學會吹簫需要百日以上，學會胡琴拉絃則要千日。
千杓萬杓，毋當一落	qien´sog van sog, m´dong id`log	人力澆千杓、萬杓的水，還不如老天下一陣雨。
千做萬做，了錢蝕本無人做	qien´zo van zo, liau`qien˘ sad bun`mo`ngin˘zo	指虧本的生意沒人願做。
前前後後	qien˘qien˘heu heu	從開始到最後；總共。
前世無修	qien˘sii mo˘xiu´	喻上輩子修行不夠好。
前世無修，倈仔準心臼	qien˘sii mo˘xiu´, lai e` zun`xim´kiu´	前世沒修福，兒子才會沒有媳婦可娶（當成媳婦使喚），喻惡有惡報。

q

181

{ q }

客家語詞	客語拼音	華語釋義
錢輸光，人走光，夜又堵好天大光	qienˇsuˊgongˊ, nginˇzeu`gongˊ, ia iu du`ho`tienˊtai gongˊ	（罵）賭到錢輸光，人走光，天也亮了。
錢搵豆油食毋得	qienˇvun teu iuˇsiid mˇded`	（諷）指錢財雖好，卻不能直接拿來當飯吃。
淺腸狹肚	qien`congˇhab du`	喻氣度、器量狹小。
淺淺吧	qien`qien`eˊ	淺淺的。

qim

尋龍點穴	qimˇliungˇdiam`hiad	堪輿師尋找龍穴。
尋上尋下	qimˇsongˊqimˇhaˊ	到處尋找。

qin

盡	qin	盡心、全力；非常。
盡迷頭	qin miˇteuˇ	轉動的很快，喻做事勤快。
盡命牯	qin miang gu`	拼命的。
儘儘採採	qin qin caiˊcaiˊ	非常隨便。
靜靜緻緻	qin qin zii zii	非常寧靜怡人。
親家且姆	qinˊgaˊqiaˊmeˊ	指親戚與親家等。
親家肚屎痛，走到且姆肚臍頂高去挼	qinˊgaˊdu`sii`tung, zeu`do qiaˊme`du`qiˊdang`goˊhi noˇ	喻小人不懷好意，產生非分之想、趁機吃豆腐。
清閑享福	qinˊhanˇhiong`fug`	享受清福。
親人難捨，故土難離	qinˊnginˇnanˇsa`, gu tu` nanˇli`	意指人親土也是親，難以割捨。

q

{ q }

客家語詞	客語拼音	華語釋義
親朋閒時莫講錢，講錢話緒怨連連	qin´pen˘han˘sii´mog gong`qien˘, gong`qien˘fa xi ian lien˘lien˘	指親戚朋友之間最好不要有金錢往來，以免傷感情。
親朋莫供財，供財斷往來	qin´pen˘mog giung´coi`, giung´coi`ton´vong´loi˘	親朋之間最好不要有金錢往來，否則很容易因此而斷了交情。
清清楚楚	qin´qin´cu`cu`	非常清楚。
清清淨淨	qin´qin´qiang qiang	非常乾淨。
情願行十步遠，毋願行一步險	qin˘ngian hang˘siib pu ian`, m˘ngian hang˘id`pu hiam`	喻做事踏實，比冒險、圖非分之想好。
情願破產當選，毋願有錢落選	qin˘ngian po san`dong´ xian`, m˘ngian iu´qien˘ log xian`	喻選舉劇烈，能當選就是最好的。
情願千聲有，毋願一聲無	qin˘ngian qien´sang´ iu´, m˘ngian id`sang´mo˘	喻開口說自己很窮困是一件很苦的事情。
情願同精人挨擔，毋願同壞人共下行	qin˘ngian tung˘jin´ngin˘ kai´dam´, m˘ngian tung˘fai`ngin˘kiung ha hang˘	喻寧願辛苦勞碌，也不可與惡人為伍。
傾傾剷剷	qin´qin´can`can`	彎腰急速前進。

qiog

躍上躍下	qiog`song´qiog`ha´	不停的爬上爬下。

qiong

像種像代	qiong zung`qiong toi	指上下兩代非常相似。

q

{ q }

客家語詞	客語拼音	華語釋義
搶光	qiong`gong´	本指搶人光采，今用以責人多事。
搶光雞婆	qiong`gong´ge˘bo˘	喻愛管閒事。
搶食胲	qiong`siid goi´	喉結。
搶食好嘥	qiong`siid hau sai´	嘴饞又愛搶東西吃。
qiu		
就就集集	qiu qiu qib qib	喻整齊有序。
秋淋夜雨	qiu´lim˘ia i`	入秋後晚上下雨。
秋淋夜雨當過肥	qiu´lin˘ia i`dong go pi˘	豐沛的秋雨澆灌作物，比施肥還要好。

q

{ s }

客家語詞	客語拼音	華語釋義

sa

續手順帶	sa su`sun dai	順便幫忙。
沙枯杈	sa´ku´ca	漂流在沙洲上的樹枝；漂流木。
蛇過背棍	sa˘go bi gun	蛇跑走了才拿棍子喊打。
蛇過正愛背棍，賊走正愛閂門	sa˘go nang oi bi gun, ced zeu`nang oi con´mun`	喻做事慢半拍，未能防患未然或順勢而爲。
蛇入金盎	sa˘ngib gim´ang´	蛇爬進納骨罈；喻家庭運勢不佳。
蛇入屎朏	sa˘ngib sii fud`	蛇爬進肛門；喻人走衰運。
蛇入屎朏都懶掙	sa˘ngib sii fud`du´nan´bang´	（罵）形容非常懶惰的人。
蛇窿蛙窟	sa˘nung˘guai`fud`	蛇和蛙的洞穴。
蛇窿透蛙窟	sa˘nung˘teu guai`fud`	蛇洞通蛙洞，喻內神通外鬼，都是一丘之貉。
蛇愛命，蛙愛命	sa˘oi miang, guai`oi miang	喻大家都爲了生存，所以各顧各的。
蛇聲鬼噭	sa˘sang´gui`gieu	喻尖聲喊叫。

sab

煠雞鴨	sab ge´ab`	用水燙煮雞鴨。

sad

舌嬤無打結	sad ma˘mo´da´gied`	舌頭沒有打結，指可以狡辯。
舌嬤無骨，任人拗屈	sad ma˘mo´gud`, im ngin˘au`kud	指話語可以反覆變化。

{ s }

客家語詞	客語拼音	華語釋義
舌嫲同嘴恁好，都會齧著	sad maˇtungˇzoi anˋhoˋ, duˊvoi ngadˋdoˋ	喻人與人之間交情再好，都會有爭執、摩擦的時候。
煞煞猛猛	sadˋsadˋmangˊmangˊ	做事很賣力，非常努力的工作。
殺頭生理有人做，了錢生理無人做	sadˋteuˇsenˊliˊ iuˇnginˇzo, liauˋqienˇsenˊliˊmoˇnginˇzo	喻人為了利益，殺頭的事都敢做，卻不願吃半點虧。

sag

石灰掞路	sag foiˊiam lu	石灰洒在路上，喻做白工或徒勞枉費。
石頭髻窖	sag teuˇgi gau	路上石頭多，顯得凹凸不平。
石頭矻礰	sag teuˇkid lid	路面不平，上面有很多石頭。
石頭細細堆成山，羊毛細細織成毯	sag teuˇse se doiˊsiinˇsanˊ, iongˇmoˇse se ziidˋsiinˇtanˋ	小小的石頭可以堆成山，細細的羊毛可以織成毯。

sai

嚷上嚷下	saiˊsongˊsaiˊhaˊ	到處吃東西；（罵）好吃、貪吃的樣子。
豺豺削削	saiˇsaiˇxiogˋxiogˋ	肚子飢餓如刀刮的樣子。
徙竇	saiˋdeu	動物遷徙窩巢。

sam

{ s }

客家語詞	客語拼音	華語釋義
三年來一到，親像親家到；三日來一到，親像狗上灶	sam´ ngian˘ loi˘ id`do, qin´ qiong qin´ga`do; sam´ ngid`loi˘ id`do, qin´ qiong geu`song´zo	到親朋家打擾不能太頻繁，否則會招人厭煩。
三餐食飯傍薑，餓死路項賣藥郎	sam´con´siid fan bong` giong´, ngo xi`lu hong mai iog nong˘	每天吃三片薑，就可以健康強身不生病。
三除四扣	sam´cu˘ xi kieu	扣除斤兩、斤斤計較。
三叮四囑	sam´den´ xi zug`	一再叮囑。
三虎必有一豹	sam´fu`bid`iu´id`bau	喻所生的三個兒子中，必定有一個會有不一樣的表現。
三虎一豹	sam´fu`id`bau	生三隻小虎中必有一隻有豹子脾氣，喻三個孩子中會有一較特殊者。
三分个人才，乜要七分个打扮	sam´fun´ge nginˇcoi´, me oi qid`fun´ge da`ban	有三分人才，也需要七分打扮，喻人靠衣裝。
三分人事七分命（天）	sam´fun´ngin˘sii qid`fun´miang (tien´)	喻事業的成功，三分靠人努力運籌，七分則是天註定。
三更半夜	sam´gang´ban ia	半夜、深夜。
三個婦人家，當過一牛車	sam´ge fu ngin˘ga´, dong go id`ngiu˘ca´	形容三個女人聚在一起，就會很嘈雜。
三句話不離本行	sam´gi fa bud`li`bun` hong˘	各行各業的人談論的都是本行業的話題。
三揀四擇	sam´gian`xi tog	指拿不定主意。
三國歸一統	sam´gued`gui´id`tung`	三國的紛爭最後由晉帝司馬炎統一天下，指最後勝利者。
衫爛褲爛都毋補，有錢共快拿去賭	sam´nan fu nan du´m˘bu`, iu´qien˘kiung kuai na´hi du`	（罵）為了賭不顧一切。

S

187

{ s }

客家語詞	客語拼音	華語釋義
三年風水輪流轉	sam´ngian´fung´sui`lun´liu´zon`	風水時運的好壞，都有輪流轉變的機會。
三日毋食，還愛食該臭餿飯	sam´ngid`m´siid, han´oi siid ge cu seu´fan	勸人要面對現實，不能逃避。
三日毋食青，兩眼冒金星	sam´ngid`m´siid qiang´, liong`ngian´mo gim´sen´	三天沒吃青菜，兩眼無光、沒精神。
三人踡過，石頭會破	sam´ngin´kiam go, sag teu´voi po	指路是很多人走出來的。
三人無等兩儕吃	sam´ngin´mo´den`liong`sa´siid	很多人吃飯時，不可能等少數幾個人到齊才吃。
三郎送李郎，送到天大光	sam´nong´sung li`nong`, sung do tien´tai gong´	喻兩人難分難離，依依不捨。
三扶四募	sam´pu´xi mog`	指細心照顧。
三十暗晡打鑼鼓，毋係窮人毋知苦	sam´siib am bu`da`lo`gu`, m´he kiung´ngin´m´di´ku`	除夕夜富裕人家鑼鼓歡慶，卻不知貧窮人的苦。
三十不窮，四十不富，五十尋子助（尋死路）	sam´siib bud`kiung`, xi siib bud`fu, ng`siib qim´zii`cu (qim´xi`lu)	人在三十歲時努力打拼應該不窮，四十歲時若還不富，到了五十歲大概只有靠兒子供養了。
三心兩意	sam´xim´liong`i	喻無主張。
三朝兩日	sam´zeu´liong`ngid`	三天兩頭，常常、時常。
三做四毋著	sam´zo xi m´cog	喻笨拙或無能，常常出錯。
閃箱	sam`xiong´	指故意推諉、逃避。
閃石	sam`sag	指故意推諉、逃避。

san

客家語詞	客語拼音	華語釋義
善辦	san pan	很會做事。

{ s }

客家語詞	客語拼音	華語釋義
山腳愛琢，城街愛丁，無琢無丁，會做人腳	san´giog`oi dog`, sang´ giai´oi cog`, mo´dog`m´ cog`, voi zo ngin´giog´	指山間及城街都要去看看，增加眼界及知識。
山豬醢	san´zu´ge´	以醃漬方式將生山豬肉製成食物。
山豬學吃糠	san´zu´hog siid hong´	喻人走錯行業、學不成，或不知好壞。
山豬食糠	san´zu´siid hong´	山豬吃米糠，喻初次嘗試。
山中無老虎，猴哥升大王	san´zung´mo´no fu`, heu´ go´siin´tai vong´	指小人乘機耀武揚威、逞凶欺人。

sang

客家語詞	客語拼音	華語釋義
覗覗勢勢	sang sang se´se´	盛氣凌人；神氣活現。
省食省著，省來賭博；飢飢餓餓，餓來嫖貨	sang`siid sang`zog`, sang´ loi´du`bog`; gi´gi´ngo ngo, ngo loi´peu´fo	（罵）省吃儉用，卻把省下的錢拿去嫖賭。
生不帶來，死不帶去	sang´bud`dai loi`, xi`bud` dai hi	錢財是身外之物，出生時沒帶來，死時也帶不走。
生計無，死計有	sang´ge mo´, xi`ge iu`	（罵）指滿腦子都是害人的壞主意。
生雞春个就無，屙雞屎个就有	sang´ge´cun´ge qiu mo´, o´ge´sii´ge qiu iu´	喻幫忙協助的人沒有，增添麻煩的卻是一大堆。
聲凹凹著	sang´iab`iab`do`	聲音沙啞的樣子。
生離嫲	sang´li´ma´	離婚的婦人。
生離脫別	sang´li´tod`pied	男女離婚。

{ s }

客家語詞	客語拼音	華語釋義
生鹵打挨	sang´lu´da`ngai	鐵器閒置過久而生鏽。
生人對死案	sang´ngin`dui xi`on	發生事情的當事人或證人都死了,無從查證事實的真相。
聲央央著	sang´ong ong do`	說話時,帶有鼻音的現象。
聲聲句句	sang´sang´gi gi	口口聲聲、每句話都在強調。
聲失失著	sang´siid`siid`do`	聲音沙啞的樣子。
生田死屋	sang´tien`xi`vug`	買田可以生產獲利,買屋則不能生產。
省省吧	sang`sang`e´	節省的。
省省儉儉,一下就要淨淨	sang`sang`kiang kiang, id`ha qiu fung`qiang qiang	喻省吃儉用儲蓄了很久,卻一次把它全流失光了。

sau

捎樵杈	sau´ceu´ca	把木柴、樹枝鋸斷。
誚讕人	sau´nad`ngin`	嘲諷人家。
煠麵條	sau`mien tiau`	汆燙麵條。
煠言讕語	sau`ngian`nad`ngi´	嘲諷的語言。
煠煠讕讕	sau`sau`nad`nad`	說話冷言冷語並帶譏諷。

se

細鳥做細竇	se diau´zo se deu	小鳥做小巢,喻小人物做小事情。
細到	se do	認真,要求完美。
細鬼喝閻王,心臼管家娘	se gui`hod`iam`vong`, xim´kiu´ gon`ga´ngiong`	小鬼斥罵閻王,媳婦指責婆婆,指亂象已現。

s

﹛ s ﹜

客家語詞	客語拼音	華語釋義
細孔毋肯補，大孔就呻苦	se kang´ m`hen`bu`, tai kang´qiu cen´ku`	喻小錯不改，後果將會令你後悔莫及。
細妹貓性	se moi meu xin	女孩像貓的個性。
細妹生來鯽魚嘴，十儕看著九個愛	se moi sang´loiˇjidˇng´zoi, siib saˇkon do`giuˇge oi	這是由山歌變來的順口溜，形容女人生得美麗，有個翹紅唇。
細義	se ngi	小心；客氣。
細細吔	se se e´	小小的。
細細胡椒辣過薑	se se fuˇzeu´lad go giong´	指小胡椒比薑還辣。
事頭硬	se teuˇngang	工作難度高。
細心細義	se xim´se ngi	細心、用心。
舐舌图鼻	se´sad liab`pi	伸舌頭舐嘴唇。
舐膣一覆	se´ziiˊid`pug`	喻正面跌倒趴下。
舐嘴图鼻	se´zoi liab`pi	伸舌頭舐嘴唇。
蠍搭	se´dab`	無人搭理。
洗面愛洗耳角，掃地愛掃图角	se`mien oi se`ngi`gog`, so ti oi so liag`gog`	喻做事要務實認真，鉅細靡遺。
洗洗湯湯	se`se`tong´tong´	勤勞清洗。
洗身搓饅	se`siin´co´man	洗澡除垢。

sed

蝨多懶爪	sed`do´nan´zau`	蝨蟲太多，懶得去抓它；喻習以為常。

sem

s

﹛ s ﹜

客家語詞	客語拼音	華語釋義
搣一拳	sem id`kian´	打人一拳。
淰淰吔	sem sem e´	身體寒冷發抖的。
淰淰顫	sem sem zun´	凍得發抖。
狌碗飯	sem von`fan	吃一碗飯。

sen

牲體豬羊	sen´ti`zu´iong´	用豬羊做祭祀牲體。
狌一口	sen˘id`heu`	被動物咬一口。

seu

鞘落去	seu log hi	裝套進去。
笑哼哼著	seu pud`pud`do`	笑容可掬。
笑笑吔	seu seu e´	面帶笑容的。
笑髒笑破不笑補，笑懶笑豽不笑苦	seu zong´seu po bud`seu bu`, seu nan´seu sai˘bud`seu ku`	指不要輕視貧窮的人，懶惰、奸詐才是可恥的。
燶壞話	seu´fai`fa	背後說人壞話。
燒香點燭	seu´hiong´diam`zug`	祭祀時燒香、點蠟燭。
燒炯炯著	seu´ho˘ho˘do`	溫度很高。
燒燒吔	seu´seu´e´	稍微燙燙的。
燒燒冷冷	seu´seu´nang´nang´	忽冷忽熱。
燒燒暖暖	seu´seu´non´non´	溫暖；使東西溫熱。
燒手燶腳	seu´su`lug giog`	操作燙手的工作。
消災解厄	seu´zai´giai`ag`	消除災禍、厄運。
愁食愁著	seu˘siid seu˘zog`	一天到晚都在憂慮生活所需。

s

{ s }

客家語詞	客語拼音	華語釋義
小學小不孝，大學大不孝	seu`hog seu`bud`hau, tai hog tai bud`hau	（諷）孩子上小學時，有小不孝之處；上大學或留學後，更有大不孝之處。
少少哦	seu`seu`e´	少少的。

sii

屎朏變嘴都食毋核	sii fud`bien zoi du´siid m´hed`	形容家境豐裕，有很多東西可吃，不虞匱乏。
屎朏坐著米盎仔	sii fud`co´do´mi`ang`e`	喻生在富貴之家，一生不愁吃穿。
屎窟壢	sii fud`lag`	屁股溝。
事久見人心	sii giu`gian ngin`xim´	日子久了就可以看清人心（事實的真相）。
事怕講出，酒怕斟出	sii pa gong`cud`, jiu`pa ziim´cud`	喻做了虧心事就怕被人知道。
是是非非	sii sii fi´fi´	是非分辨不清。
世世代代	sii sii toi toi	世世代代。
世上一人愁一項，天下無人愁共樣	sii song id`ngin`seu`id` hong, tien´ha`mo`ngin` seu`kiung iong	指家家有本難念的經，每個人憂愁的都不一樣。
世上無人騙，牛馬無人變	sii song mo`ngin`pien, ngiu`ma´mo`ngin`bien	世上不乏說謊的人，否則就不會輪迴變牛變馬。
蒔田挲草	sii tien`so´co`	插秧、除草。
思量毋得	sii´liong`m´ded`	不值得同情。
思思念念	sii´sii´ngiam ngiam	非常想念。
時來運轉	sii`loi`iun zon`	好運來臨。
時衰運限	sii`soi´iun han	壞的運勢。

s

{ s }

客家語詞	客語拼音	華語釋義
屎出正來打糞缸	sii`cud`ngiang loi`da`bun gong´	喻沒有事先計畫、準備，臨時才來抱佛腳。
屎蟲遼檻	sii`cungˇbun cang	（罵）像屎蟲般專做骯髒壞事。
屎多狗飽	sii`do´geu`bau`	指屎多了狗不吃，喻東西過多則無人理睬。
屎缸匾做得做佛殿	sii`gong´bien`zo ded`zo fud tien	廁所的門板也可以拿來做殿堂的大門，喻英雄不怕出身低。
屎缸狗會咬死人	sii`gong´geu`voi ngau´xi nginˇ	喻狗急跳牆，發生急難狀況的人可能會拖累人家。
使梟度	sii`hieuˇtu	使用詐術。
屎毋知臭	sii`mˇdi´cu	指人無自知之明。
駛牛就會，放稈就毋會	sii`ngiuˇqiu voi, biong gon`qiu mˇvoi	（罵）指只會使喚人，而不懂得慰勞。
駛牛放稈	sii`ngiuˇbiong gon`	要讓牛隻工作之前，應先餵食。

siib

十八灘頭任你走，時衰運限正來尋	siib bad`tan´teuˇim ngˇzeu`, sii`soi´iun han zang loiˇqimˇ	喻君子報仇三年不晚，要等待良機，謀定而動。
十賭九輸	siib du`giu`su´	指久賭必輸。
十苦九補	siib fu`giu`bu`	指常吃一點帶苦味的食物對身體健康有益。
十個地理九個破，一個毋破都毋做	siib ge ti li´giu`ge po, id`ge mˇpo du´mˇzo	指不要相信地理師所說的話。

{ s }

客家語詞	客語拼音	華語釋義
十步留一步， 免得徒弟打 師父	siib pu liuˇidˋpu, mienˊ dedˋtuˇti da`siiˊfu	從前師傅授徒都會留一手， 以防徒弟把自己的飯碗全搶 走。
十頭八日	siib teuˇbadˋngidˋ	八天、十天內。
溼溚溚著	siibˋdab dab doˋ	非常潮溼的樣子。
溼溼吔	siibˋsiibˋeˊ	溼溼的。

siid

食啊恁多， 頭腦本樣全 全骨	siid a angˋdoˊ, teuˇnoˋ bun`iong qionˇqionˇgudˋ	（罵）喻人貪吃，吃再多， 頭上也不會多長一點肉。
食飽等死	siid bau`den`xiˋ	指無所適事。
食飽著燒求 壽年	siid bau`zog`seuˊkiuˊsu ngianˇ	勸人少管閒事、照顧好自己， 以求平安終老就好。
食茶愛講， 食酒愛傍	siid caˇoi gongˋ, siid jiuˋ oi bongˋ	喝茶要聊天，喝酒要配菜。
食茶食著水， 交人交著鬼	siid caˇsiid doˋsuiˋ, gauˊ nginˇgauˊdoˋgui	喻運氣不好，諸事不順。
食到六十六， 學毋足	siid do liugˋsiib liugˋ, hog mˇjiugˋ	活到六十六歲了，所學仍不 足，喻活到老學到老。
食都知，頓 都知，麼个 都毋知	siid duˊdiˊ, dun duˊdiˊ, ma`ge duˊmˇdiˊ	（罵）只會吃，什麼都不會 做。
食吔稈草， 拂壞傢伙	siid eˇgon`coˋ, bangˊfaiˊ gaˊfoˋ	指給人一份好處，卻又帶來 另一個傷害處。
食吔他人穀， 淨生自家个 春	siid eˇtaˊnginˇgugˋ, qiang sangˊqid gaˊge cunˊ	吃他家的穀，下自家的蛋， 喻瘦了別人、肥了自己，即 「佔人便宜」之意。

{ s }

客家語詞	客語拼音	華語釋義
食飯傍豬肉會買田，傍鹹魚仔會賣田	siid fan bong`zu´ngiug` voi mai´tien`, bong`ham` ng`e`voi mai tien`	指早期社會糧食不足，配鹹魚吃飯，米飯的消耗量較大。
食飯打赤膊，做事尋衫著	siid fan da`cag`bog`, zo se qim`sam´zog`	（罵）好吃懶做的人，就會找藉口偷懶。
食飯一張桌，做事無半隻腳	siid fan id`zong´zog`, zo se mo`ban zag`giog`	吃飯時滿滿一桌人，做事時見不到半隻腳，喻做事付出的人少，爭功爭利的人多。
食飯愛揹大碗公，做事毋會三兩重	siid fan oi bi tai von` gung´, zo se m`voi sam´ liong´cung	吃飯要用大碗公，做事不會三兩重，喻好吃懶做的人。
食該家个飯，愛念該家个經	siid ge ga´ge fan, oi ngiam ge ga´ge gin´	吃那家飯，便念那家經，喻得人好處就要說人好話。
食慣嘴，屌慣膣	siid guan zoi, diau`guan zii´	（罵）生活奢侈習慣了，不能吃苦。
食了人半碗，就愛分人喚	siid liau`ngin`ban von`, qiu oi bun´ngin`von`	吃了人家半碗東西，就得聽命於人，任人使喚，即「吃人嘴軟」之意。
食毋窮，使毋窮，無畫無算一世窮	siid m`kiung`, sii`m` kiung`, mo`vag mo`son id`sii kiung`	指人做事要有好規劃，否則會一世貧窮。
食毋窮，著毋窮，打算毋著一世窮	siid m`kiung`, zog`m` kiung`, da`son m`cog id`sii kiung`	指人要深謀遠慮，否則走錯了路會一世貧窮。
食米毋知米貴	siid mi`m`di´mi´gui	飯吃了一輩子卻不知米價，喻太好命了，所以可以什麼都不知道。

{ S }

客家語詞	客語拼音	華語釋義
食無三日齋，就想愛上西天	siid moˇsam´ngid`zai´, qiu xiong`oi song´xi´tien´	吃素不到三天，便想上西天，喻人自我膨脹，想一步登天。
食零嗒	siid nangˇdab	吃零食。
食人半斤，還人八兩	siid nginˇban gin´, vanˇ nginˇbad`liong´	喻做人的道理，是拿人多少應等量回報。
食人飯，做鬼事	siid nginˇfan, zo gui`se	吃的是人的飯，卻做鬼應做的差事，喻做吃力不討好的傻事。
食人个食到汗出，分人食就流目汁	siid nginˇge siid do hon cud`, bun´nginˇsiid qiu liuˇmug`ziib`	吃別人的東西吃到滿頭大汗，給人吃卻心痛得流淚，喻只想佔別人的便宜，卻不願付出。
食軟毋食硬	siid ngion´mˇsiid ngang	吃軟不吃硬，喻只敢找容易的做，不敢向困難挑戰。
食睡毋得	siid soi mˇded`	寢食難安。
食上食下食著自家，食來食去食到無味	siid song´siid ha´siid do` qid ga´, siid loiˇsiid hi siid do moˇmi	吃上吃下，吃到自家；吃來吃去，吃到無味，指不要到處去吃人家的東西。
食嘗	siid songˇ	參加嘗會宴席。
食水愛念著水源頭	siid sui`oi ngiam do`sui` ngianˇteuˇ	指人要飲水思源，不可忘本。
食水歕涼	siid sui`punˇliongˇ	喝水可以噴出涼氣，喻修養很好。
食鐵鉔屙耙	siid tied`zab`o´paˇ	（警）貪小便宜、犯法將會損失更大，即「因小失大」之意。
食烏豆屙紅豆屎	siid vu´teu o´fungˇteu sii`	（警）與「食鐵鉔屙耙」意思同，喻因小失大、得不償失。
食死人命	siid xi`nginˇmiang	吃死人，喻很貪吃，食量又大。
食齋行善	siid zai´hangˇsan	吃素、做好事，喻養修自身。

{ s }

客家語詞	客語拼音	華語釋義
食齋行善修好死	siid zai´hang˘san xiu´ho`xi`	（警）要吃齋唸佛、多做善事，才能修得「好死（善終）」的福報。
食著嫖賭	siid zog`peu˘du`	吃喝嫖賭。
食豬前髀，食狗後腿	siid zu´qien˘bi`, siid geu`heu tui`	吃肉要吃豬前腿、狗後腿。
識吔蔴衣相，揀吔世上人	siid`e˘ma´i`xiong, gian`e`sii song ngin˘	喻太精於面相的人，會交不到好朋友。

siin

身家財產	siin´ga´coi˘san`	指所有財產。
身輕力薄	siin´kiang´lid pog	喻人微言輕，沒有影響力。
神仙醫假病	siin˘xien´i´ga`piang	神仙下凡也只能醫假病。
成家容易守家難	siin˘ga´iung˘i su`ga´nan˘	男人要成家比較容易，要維持家庭的和樂興旺是比較困難的。
神攻攻著	siin˘gung˘gung`do`	喻人好出風頭，鋒芒畢露。
脣脣口口	siin˘siin˘heu`heu`	邊緣、旁邊。
神壇社廟	siin˘tan˘sa meu	神壇和寺廟。
神仙醫假病，真病就愛人个老命	siin˘xien´i´ga`piang, ziin˘piang qiu oi ngin˘ge lo`miang	神仙只能醫假病，真病來了人就差不多快死了。
神仙毋食隔夜茶	siin˘xien´m˘siid gag`ia ca˘	隔夜茶會傷身體，連神仙都不喝。
成豬成羊	siin˘zu´siin˘iong˘	三獻禮祭典中的全豬全羊。

so

S

{ s }

客家語詞	客語拼音	華語釋義
簑衣笠嫲	so´i´leb`ma˘	簑衣和斗笠。
挲平來	so´piang˘loi˘	磨平、撫平。
唆是弄非	so´sii nung`fi´	搬弄是非。
唆唆慫慫	so´so´sung`sung`	唆使人做事。
唆上唆下	so´song´so´ha´	到處唆使、煽動他人。
趖鱉腳	so˘bied`giog`	露出缺點、露出馬腳。
趖上趖下	so´song´so´ha´	無目的的到處漫遊。
瑣屑	so`seb`	小氣、斤斤計較。

sod

煞台吔	sod toi˘e˘	表演結束了、落幕了。
刷番薯	sod`fan´su˘	把番薯削成籤。

sog

杓嫲圈	sog ma˘kian´	舀水工具的架子。
縮燥來	sog`zau´loi˘	把水吸乾、烘乾。

soi

睡到日頭晒屎朏	soi do ngid`teu˘sai sii fud`	（諷）嘲笑晚起或貪睡的人。
睡灰貓	soi foi´meu	常在灶口睡覺的懶貓，喻懶惰的人。
衰衰吔	soi´soi´e´	運氣稍差的。

s

199

{ s }

客家語詞	客語拼音	華語釋義

son

客家語詞	客語拼音	華語釋義
船到灘頭水路開	sonˇdo tanˊteuˇsuiˋlu koiˊ	喻事情到最後關頭總會有解決的辦法,與「船到橋頭自然直」義同。
算米落鑊	son miˋlog vog	數米粒下鍋,指量入為出。
算命个毋會褒,連食冷茶都會無	son miang ge mˇvoi boˊ, lienˇsiid nangˊcaˊduˊvoi moˇ	指算命者若不說好話就會沒生意,所以算命不可太相信。
算命係有靈,世上無窮人	son miang he iuˇlinˇ, sii song moˇkiungˇnginˇ	算命若有靈,世上已無窮人,喻算命不可盡信。
酸咚咚著	sonˊdungˊdungˊdoˋ	食物十分酸澀。
酸酸澀澀	sonˊsonˊsebˋsebˋ	又酸又澀、不甘甜。

song

客家語詞	客語拼音	華語釋義
上等人家貼錢嫁女,中等人家將錢嫁女,下等人家賣子賣女	song denˋnginˇgaˊtiabˋqienˇga ngˋ, zungˊdenˋnginˇgaˊjiongˊqienˇga ngˋ, haˊdenˋnginˇgaˊmai ziiˋmai ngˋ	指嫁女兒依貧富分三等:貼錢;收聘金買嫁妝;賣子女。
上擢下掣	song duiˋhaˊcadˋ	上下拉扯,無法穩定。
上伙房教心臼,下伙房教乖女	song foˋfongˇgauˊximˊkiuˋ, haˊfoˋfongˇgauˊguaiˊngˋ	指要教女兒和媳婦多聽、多看、多學習如何做個好媳婦。
上季莫食新,下季莫食老	song gui mog siid xinˊ, ha gui mog siid loˋ	上季不要吃新米,下季不要吃老米,指做人要節儉。
上夜南無阿彌陀,下夜齋公摛齋婆	song ia namˇmoˊoˊmiˊtoˋ, ha ia zaiˊgungˊnamˋzaiˊpoˇ	(諷)出家人上半夜吃齋唸佛,下半夜風流快活。

{ s }

客家語詞	客語拼音	華語釋義
上夜食西瓜，下夜反症	song ia siid xi´gua, ha ia fan`ziin	（罵）指人經常改變主意。
上夜想个千條路，天光本樣磨豆腐	song ia xiong`ge qien´tiau`lu, tien´gong´bun`iong mo teu fu	喻想了一堆計畫，但真正要做時卻都行不通。
上樑毋正下樑歪	song liong`m`zang ha´liong`vai´	長輩行為不正，晚輩也會學樣。
上片落雨滂滂踣，下片日頭曬死禾	song pien`log i´pong´pong`bo`, ha´pien`ngid`teu`sai xi`vo´	上方大雨滂沱，下方卻出太陽晒死稻禾，與「東山飄雨西山晴」同義。
上屋搬下屋，了歇一籮穀	song vug`ban`ha´vug`, liau`hed`id`lo`gug`	上家搬下家，浪費一籮穀，喻搬一次家就要損失一次。
上水	song´sui`	河流、溪圳的水位漲高。
上床（船）毋講價，下床（船）牙牙牙牙	song´cong` (son`)m`gong´ga, ha´cong` (son`)nga`nga`nga nga	喻做生意要先小人後君子，言明一切條件可免紛爭。
上床蘿蔔，下床薑	song´cong`lo`ped, ha´cong`giong´	晚吃蘿蔔，早吃薑，對身體有益。
傷重	song´dong	嚴重。
上崎容易下崎難	song´gia iung`i ha´gia nan`	上坡比較容易，下坡則較困難（膝蓋易受傷）。
上岋毋得打橫排	song´in m`ded`da`vang´pai`	無法直接上山崗，便走斜坡上去，喻做事方法與技巧要靈活變通，不能固執不變。
上迎下請	song´ngiang`ha´qiang`	恭迎客人。
上山無帶刀，毋當屋下坐	song´san´mo`dai do´, m`dong lug`ka´co´	上山若沒帶把刀，不如家中坐，喻做事要務實，不實際不如不要做。

S

{ S }

客家語詞	客語拼音	華語釋義
上山拈無樵，毋當屋下刨鑊頭	song´san´ngiam´mo˘ceu˘, m˘dong lug`ka´pau´vog teu˘	上山撿不到柴火，不如把家中的鍋灰刨乾淨，喻作事要盡心盡力，不足之處要另想辦法補救。
上上下下	song´song´ha´ha´	上下來回；忽上忽下；全體。
商商眨眨	song´song´sab`sab`	暗中商量、盤算、計畫。
上天沒地	song´tien´mud ti	飛天遁地，喻很有才幹。
爽朗	song`nong`	地方舒適怡人。

su

樹身企得在，毋驚樹尾發風搓	su siin´ki´e`cai, m˘giang´ su mi´bod`fung´cai´	樹身站得直，不怕樹梢颳颱風，喻真金不怕火煉，人若是剛正廉潔，何懼蜚短流長。
樹大分桍，人大分家	su tai bun´pa`, ngin˘tai bun´ga´	樹長大自然會分出枝椏，兄弟長大了自然要分家。
樹頭木矻	su teu˘mug`kid	樹根和木塊。
樹死藤燥	su xi`ten˘zau´	樹木死後，攀附的藤枝也會跟著枯死。
收儏核	su´sab`hed`	收拾掉、消滅。
輸輸贏贏	su´su´iang˘iang˘	或輸或贏；有輸有贏。
仇人面前深唱喏	su˘ngin˘mien qien˘ciim´ cong ia´	（警）好漢不吃眼前虧，即使在仇人面前亦可跪可拜。
手劏劏著	su`can`can`do`	發怒時手指著人的樣子。
手坐坐著	su`co`co´do`	伸手向人乞討的樣子。
守分認命	su`fun ngin miang	認命、守本分。
手扡扡著	su`ia`ia`do`	兩手空空，很焦急的樣子。
手枷腳搭	su`ka´giog`kag	手腳像被綁著一樣。
手瘸腳跛	su`kio˘giog`bai´	手腳殘廢。

S

｛ s ｝

客家語詞	客語拼音	華語釋義
手屈屈著	su`kud kud do`	形容人雙手短小。
手罅蓋開	su`la goi koi´	喻好客豪爽、花錢大方。
手罅開	su`la koi´	很揮霍、浪費。
手斂斂著	su`liam´liam´ do`	雙手放在背後，漠不關心的樣子。
手捻手拕	su`nem~su`ia`	動手動腳。
手軟腳癩	su`ngion´giog`lai	喻手腳無力。
手爬腳蹶	su`pa~giog`kiad	手腳用力掙扎；喻忙碌的樣子。
手煨腳嬀	su`voi´giog`fe`	指手腳殘障。
手摌摌著	su`voi~voi´do`	雙手動作不靈活的樣子。
手指拗入無拗出	su`zii`au~ngib mo~au`cud`	手肘自然向內屈，喻人在有事時會偏袒自己人。
手指伸出來無平長	su`zii`cun´cud`loi~mo~piang~cong´	手指伸出不一樣長，喻天下本無公平的事。

sug

縮腳	sug`giog`	收腳，喻抽身而退。
縮手縮腳	sug`su`sug`giog`	喻人膽怯，不敢放手去做事。
叔叔伯伯	sug`sug`bag`bag`	叔伯們。

sui

隨隨便便	sui~sui~pien pien	做事馬虎、不用心。
水打沙壅	sui`da`sa´iung´	因水患而致泥沙淤積。
水掖掖著	sui`ie ie do`	水量豐沛的樣子。
水洋洋著	sui`iong~iong~do`	大水淹沒土地的樣子。

｛ s ｝

客家語詞	客語拼音	華語釋義
水流下下，人看上上	sui`liu´ha´ha´, ngin´kon song´song´	水往低處流，人往高處爬。
水生蘚	sui`sang´se´	水因優氧化而長出水苔。
水傷	sui`song´	植物因雨水過多而受傷。
水漕漕著	sui`zo´zo´do´	出水口或水管的水很多的樣子。

sun

順佢哥情，逆佢嫂意	sun e´go´qin´, ngiag e`so`i	喻做人難，做事亦難，總是不能兩全其美。
順順班班	sun sun ban´ban´	事情按部就班，圓滿順遂。
順順佢	sun sun e´	順勢慢慢的、平順的。
順順利利	sun sun li li	順利成功、無阻滯。
順順序序	sun sun xi xi	事情進行順利。
榫頭壁角	sun`teu´biag`gog`	榫頭與牆角是木匠及水泥匠最難處理的地方。
榫頭孔	sun`teu´kang`	器物接合處的小洞。

sung

鬆環	sung´fan´	富裕、手頭寬鬆。
雙面多鬼	sung´mien do´gui`	雙面人。
雙雙對對	sung´sung´dui dui	成雙成對。
鬆鬆佢	sung´sung´e´	鬆鬆的、蓬鬆的。
搜分人	sung`bun´ngin´	推給別人。
搜上搜下	sung`song´sung`ha´	推來推去。

s

{ t }

客家語詞	客語拼音	華語釋義
tab		
踏上踏下 踏踏實實	tab song´tab ha´ tab tab siid siid	踏來踏去。 紮實、踏實。
tag		
糴米煮	tag mi`zu`	買米煮飯。
縐牛索	tag`ngiu˘sog`	繫好牛繩。
縐手縐腳	tag`su´tag`giog`	綁手綁腳,喻被人或事所纏,難以走開。
tai		
大丈夫財上分明	tai cong fu´coi˘song fun´min˘	做人在錢財上應該清楚分明,不可扯爛汙。
大肚肚著	tai du`du`do`	很胖、肚子很大的樣子。
大雞鉗,細雞啄	tai ge´kiam˘, se ge´dug`	喻落難、失志者的可憐,只能任人欺侮、無法反擊。
大蛙食細蛙,蛤蟆食老蟹	tai guai`siid se guai`, ha˘ma˘siid no hai`	大蛙吃小蛙,蛤蟆吃螃蟹,指自然界弱肉強食的現象。
大核个老鼠仔 ── 自家人咬自家人	tai hag ge no cu`e`──qid ga´ngin˘ngau´qid ga´ngin˘	喻自相殘殺。
大氣轟天	tai hi pang tien´	喻喘氣的聲音很大。
大學博士一綱車,毋當戇戇仔在屋家	tai hog bog`sii id`gong´ca´, m˘dong ngong ngong e´ti´lug`ka´	喻培養到高學歷的,遠走他鄉、不回國;留在家侍親的,是憨傻的兒子。

{ t }

客家語詞	客語拼音	華語釋義
大汗圍身	tai hon viˇsiinˊ	流了一身汗。
太陽白日	tai iongˇpag ngidˋ	大白天。
大确确著	tai kog kog doˋ	頭長得很大的樣子。
大慨	tai koiˋ	慷慨、大方。
大膦嚇細膣	tai linˋhagˋse ziiˊ	以大欺小、以強凌弱，有嚇唬人之意。
大嫲牯聲	tai maˇguˋsangˊ	指大聲説話。
大難小劫	tai nan seuˋgiabˋ	大、小災難。
大傲傲著	tai ngau ngau doˋ	非常驕傲的樣子。
大人趷凳，細人落凳	tai nginˇhong den, se nginˇlabˋden	大人離座，小孩立刻入座，喻小孩子沒規矩、沒教養。
大人用講，細人用強	tai nginˇiung gongˋ, se nginˇiung kiongˇ	勸大人可以用講道理的，但對小孩要用強迫性的方法。
大牛相鬥，細牛食草	tai ngiuˇxiongˇdeu, se ngiuˇsiid coˋ	喻大人之間的紛爭與小孩子無關，各自管好自己的事就好。
大婆細姨	tai poˇse iˇ	指男人有妻、妾。
大婆細姐	tai poˇse jiaˋ	指男人有妻、妾。
大聲挷頸	tai sangˊbangˊgiangˋ	指人説話粗野，態度不好。
大細姑姊	tai se guˊziiˋ	姑姑、姨媽等親戚。
大食大啉眼前香，細水長流防災荒	tai siid tai limˇngianˋqienˇhiongˊ, se suiˋcongˇliuˋ fongˇzai fongˊ	大吃大喝只有眼前享樂，細水長流才能防災荒。
大食大齡	tai siid tai ngamˊ	喻食量很大。
大水碰河	tai suiˋpongˋhoˇ	河水高漲、湍急。
大大細細	tai tai se se	指東西有大有小。
大膣嫲聲	tai ziiˊmaˇsangˊ	喻説話聲音很大。

t

{ t }

客家語詞	客語拼音	華語釋義
大做樣，教壞樣	tai zo iong, gau´fai iong	指大人的言行都是孩子的榜樣，一切壞習慣都會影響孩子。
大做細用	tai zo se iung	喻大材小用。
大主大意	tai zu`tai i	（罵）自作主張。
大眾大馬	tai zung tai ma´	指眾人。
遞藤瓜	tai´ten˘gua´	會蔓延長藤的瓜類。
刣魚生	tai`ng˘sang´	切生魚片。
刣生	tai`san´	取下魚片或肉片。

tam

客家語詞	客語拼音	華語釋義
探橋行	tam kieu˘hang˘	在河上架橋行走。
貪財受賄	tam´coi˘su fi	貪婪又愛收人好處。
貪花好色	tam´fa´hau sed`	風流好色。
貪人一斗米，了核半年糧	tam´ngin˘id`deu`mi`, liau`hed`ban ngian˘liong˘	喻貪小便宜會因小失大。
貪嚷狗膣擺	tam´sai´geu`zii´bai˘	（罵）貪吃的人。
貪字頭，貧字腳	tam´sii teu˘, pin˘sii giog`	（警）人不可貪心，否則會變貧。
貪食貪睡，添病減歲	tam´siid tam´soi, tiam´piang gam`se	貪吃貪睡，較會生病且短命。
痰火膦	tam˘fo`lin`	肺癆男子的生殖器，喻人有病又好色。

tang

t

207

{ t }

客家語詞	客語拼音	華語釋義
聽過毋當自家做過，看過又毋當親身做	tang´go m̌dong qid ga´zo go, kon go iu m̌dong qin´siin´zo	（警）聽過不如做過，看過不如親自做，指做事應親力親爲。
聽下門無關	tang´ha´muňmo´guan´	指褲襠拉鍊沒拉好，露出內褲。

ted

忒	ted`	太、過於。
踢上踢下	ted`song´ted`ha´	到處踢來踢去。

ten

捵上捵下	ten song´ten ha´	熱心幫忙，協助他人。
跈陣毋著	teňciin m̌do`	跟不上隊伍。
跈人走	teňngiňzeu`	跟別人走。
跈上跈下	teňsong´teňha´	到處跟著走動。
藤斷自有篾來駁，船到灘頭水路開	teňton´cii iu´med loǐbog`, soňdo tan´teǔsui`lu koi´	藤蔓斷了可用竹篾接續，船到灘頭水路自然會開。
挺挺哋	ten`ten`e´	直立的。
挺挺高一條膦，掩掩覆一个屎朏	ten`ten`go´id`tiaǔlin`, am`am`pug`id`ge sii fud`	喻人已無誠信，僅剩一個空軀殼。

teu

豆腐倒核哋，豆腐架還在	teu fu do`hed`ě, teu fu´ga haňcoi´	喻人雖窮，志節尚在；有技術在身，不怕一時失敗。

t

{ t }

客家語詞	客語拼音	華語釋義
豆腐各人磨，生理各人做	teu fu gog`ngin´mo, sen´li´gog`ngin´zo	喻每個人都只求顧好自己的生計。
毒老鼠	teu no cu`	毒死老鼠。
偷拈食愛看秤星	teu´ngiam´siid oi kon ciin sen´	喻做事要看場合。
偷嚐地貓	teu´sai`ia`meu	喻偷吃東西。
偷上偷下	teu´song´teu´ha´	到處偷東西。
偷偷囥囥	teu´teu´liab`liab`	做事偷偷摸摸，躲躲藏藏。
頭掩目醉	teuˇam´mug`zui	喻醉醺醺的。
頭沉沉著	teuˇciim ciim do`	頭垂得很低。
頭昏昏著	teuˇfun´fun´do`	頭昏腦脹，思緒不清。
頭家貪工人个力，工人想頭家个錢	teuˇga´tam´gung´ngin´ge lid, gung´ngin´xiong´teuˇga´ge qien´	喻勞資雙方各有所求，應互惠互利最好。
頭過酒，二泡茶	teuˇgo jiu`, ngi pau ca`	第一次蒸餾的酒，第二泡的茶是最好的。
頭光面淨	teuˇgong´mien qiang	喻容光煥發。
頭光面淨，一身全病	teuˇgong´mien qiang, id`siin´ qionˇpiang	指人雖然外表看起來光鮮亮麗，但實際上全身都是病。喻外強中乾、虛有其表。
頭醫生，二賣冰	teuˇi´sen´, ngi mai ben´	早期社會最易賺錢致富的首推醫生，次為賣冰。
頭愍腦疼	teuˇin´no`bien`	頭痛或頭昏漲。
頭尖面劣	teuˇjiam´mien lod`	指五官不正，與「獐頭鼠目」意同。
頭皺毛，二瞇目	teuˇjiu mo´, ngi ngiab`mug`	有捲髮或眨眼特徵的人，通常是不易相處的屬害角色。
頭犁犁著	teuˇlaiˇlaiˇdo`	走路時垂頭喪氣的樣子。

t

{ t }

客家語詞	客語拼音	華語釋義
頭毛鬚白	teuˇmoˇxiˊpag	頭髮變白。
頭那愍愍， 屙屎打跛蹭	teuˇnaˇinˊinˊ, oˊsiiˋdaˋlinˇqinˊ	頭昏昏的，連上完廁所出來都站不穩。
頭頷尾鑿	teuˇngamˋmiˇcog	喻奉承、阿諛。
頭嫯嫯著	teuˇngauˇngauˇdoˋ	頭歪向一邊。
頭臥臥著	teuˇngo ngo doˋ	抬頭向上望。
頭偏偏著	teuˇpienˊpienˊdoˋ	人生氣或得意時脖子歪向一邊。
頭破耳滑	teuˇpo ngiˋvad	受傷到頭與耳均破裂。
頭籤頭號	teuˇqiamˊteuˇho	抽到頭號籤。
頭罄罄著	teuˇqinˊqinˊdoˋ	低著頭。
頭梳腳襪	teuˇsiiˊgiogˋmadˋ	梳子和襪子。
頭大面四方	teuˇtai mien xi fongˊ	形容人有福相。
頭大耳長	teuˇtai ngiˋcongˇ	頭大、耳垂長，指有福相。
頭探探著	teuˇtam tam doˋ	引頸探頭看東西的樣子。
頭歪歪著	teuˇvaiˊvaiˊdoˋ	頭歪歪的。
頭黃二烏三白四花拉	teuˇvongˇngi vuˊsamˊpag xi faˊlaˊ	指廣東客家人吃狗肉，要求第一是黃色，二要黑色，三才是白色，第四名是花色。
頭烏面暗	teuˇvuˊmien am	指臉色看起來烏黑。
頭側側著	teuˇzedˋzedˋdoˋ	頭側向一邊去。
頭捉捉著	teuˇzogˋzogˋdoˋ	怒氣凌人的樣子。
頭腫腳醉	teuˇzungˋgiogˋzui	頭、腳水腫。
頭腫面布	teuˇzungˋmien pang	頭、臉水腫。

ti

題詩作對	tiˇsiiˊzogˋdui	喜歡題詩作對聯。

t

{ t }

客家語詞	客語拼音	華語釋義
tiab		
墊鴨仔上田脣	tiab`ab`e`song´tien`siin`	喻利用他人做犧牲品，來成就自己或讓自己獲利。
貼人額	tiab`ngin`ngiag`	補位、補他人位子。
墊錢貨	tiab`qien`fo	賠錢貨。
tiam		
添丁進財	tiam´den´jin coi`	祝福家庭添丁又旺財。
添人無添雞	tiam´ngin`mo`tiam´ge´	宴請大眾，雖然多加了幾個人，卻無須再多殺雞隻了。
悿死人	tiam`xi`ngin`	累死人。
tiau		
跳上跳下	tiau song´tiau ha´	上上下下跳來跳去。
跳上跌落	tiau`song´died`log	不停的跳上跳下。
丟核吔	tiau`hed`e`	丟掉了。
tid		
特特突突	tid tid tud tud	口吃，說話結巴不清楚。
tien		
天恁好都有人嫌	tien´an`ho`du´iu`ngin`hiam`	喻做人很難，不管怎麼做，做到怎樣好都還是有人嫌。
天造地設	tien´co ti sad`	天生自然。

t

211

{ t }

客家語詞	客語拼音	華語釋義
天銃	tien´cung	喻搞不清楚狀況。
天仔五里	tien´e`ng`li´	指天高皇帝遠；喻距離非常遙遠。
天狗食月	tien´gieu`siid ngiad	指月蝕，喻機會難得。
天狗食日	tien´gieu`siid ngid`	指日蝕，喻機會難得。
天公地斷	tien´gung´ti don	喻很公平。
天下第一戇，種甘蔗分會社磅	tien´ha´ti id`ngong, zung gam´za bun´fi sa bong˘	日據時代，蔗農的無奈嘆息：天下最傻的，莫過於種甘蔗讓會社稱重。
天爛核都還補得	tien´nan hed`du´han`bu´ded`	喻達觀者的樂天心性，即使天破了都還可以補。
天晴愛防落雨	tien´qiang˘oi fong´log i´	天晴時就要預防下雨，即「未雨綢繆」之意。
天晴鸑鸑	tien´qiang˘vang`vang˘	天氣晴朗。
天生天養	tien´sen´tien´iong´	生死由天，不去管他。
天烏地暗	tien´vu´ti am	天空漆黑，天色已暗。
天誅地滅	tien´zu´ti mied	天地要滅殺的。
田螺取肚飽，毋知背囊生溜苔	tien˘lo´qi`du`bau`, m˘di´boi nong˘sang´liu´toi`	喻只顧吃而不知危險將至、性命堪憂。
田螺湯，蜆仔味	tien˘lo˘tong´, han`e`mi	田螺湯和蜆的滋味都是早期社會的美味佳餚。
田愛自家耕種，子愛親身來降	tien˘oi qid ga´gang´zung, zii`oi qin´siin´loi˘giung	田要自己努力耕種，兒子要自己親生的才有用。
田頭田尾	tien˘teu˘tien˘mi´	田園頭尾，指整個田園。

tin

{ t }

客家語詞	客語拼音	華語釋義
定定著著 定定吔	tin tin cog cog tin tin e´	一切都已確定好。 小心的、慢慢的。

tiong

暢吂過，愁 就到	tiong mang˘ go, seu˘ qiu do	快樂未過，憂愁便到，喻不 要得意得太早。
暢暢瀉瀉	tiong tiong xia xia	遊手好閒，到處遊蕩。

to

討功望償	to`gung´mong song˘	邀功討賞。
討姐仔	to`jia`e`	娶老婆。
討食仔也有 草鞋親	to`siid e`ia´iu`co´hai`qin´	喻乞丐也有三五個好朋友。
討食化緣	to`siid fa ian˘	乞丐化緣。
討食教化	to`siid gau fa	指乞丐。
討食毋得三 日過，三日 過吔有皇帝 都毋做	to`siid m˘ded`sam´ngid` go, sam´ngid`go e`iu´ fong˘ti du´m˘zo	要飯三天都難熬，熬過三天 後，有皇帝寶座都不肯坐， 喻不義之財或不勞而獲都會 腐化人性。
討食毋使分 恁多，分吔 多來會唱歌	to`siid m˘sii`bun´an`do`, bun´e`do`loi˘voi cong go`	指布施給乞丐的財物不能太 多，給多了他會不知足。
討食乜有三 年个好運	to`siid me iu`sam´ngian˘ ge ho`iun	喻風水輪流轉，乞丐也可能 會有三年的好運。
討食命，皇 帝嘴	to`siid miang, fong˘ti zoi	指人不自量力、不懂自愛。
拖腳毋贏	to´giog`m˘iang˘	喻腳步沉重。

t

213

{ t }

客家語詞	客語拼音	華語釋義
拖來掩去	to´loi˘am´hi	拖東補西，以多補少。
拖上拖下	to´song´to´ha´	把人或物拖著到處走。
拖拖扯扯	to´to´ca´ca`	爭執拉扯。
拖拖挳挳	to´to´sung`sung`	因爭吵而互相拉扯、推擠。
絢絠來	to´hen´loi˘	用繩索綁緊。
妥妥當當	to´to`dong dong	事情處理得妥善穩當。
討心臼毋使暢，降倈仔毋使歡喜	to`xim´kiu´m˘sii`tiong, giung lai e`m˘sii`fon´hi`	喻娶媳婦、生兒子都不要高興得太早，以後好壞還未知。

tod

脫軛	tod`ag`	牛隻脫軛，今喻脫出困局。
脫彎	tod`nang˘	脫離相連之物或麻煩事。
脫彎戙圈	tod`nang˘lod`kian´	零件鬆脫。
脫彎絲散	tod`nang˘xi´san	指東西、家庭已遭破壞或分散。
脫人	tod`ngin˘	離開別人的照顧。
脫皮	tod`pi˘	喻有麻煩事、損失。
脫鍋	tod`vog	喻脫離麻煩，與「黏鍋」相反。
脫爪	tod`zau`	喻脫離麻煩。

tog

托盤椷箃	tog`pan˘cang gag`	客家人喜慶祭拜用的盤子、禮籃等器皿。

toi

t

{ t }

客家語詞	客語拼音	華語釋義
台灣無三日 个好光景	toiˊvanˊmoˇsamˊngid`ge ho`gongˊgin`	喻台灣的經濟狀況不佳，即 使有好光景，也是曇花一現。

ton

斷烏目麻	tonˊvuˊmug`maˇ	黃昏黑暗時分。
搏草結	tonˇco`gied`	縈草圍。
揣看啊	tonˇkon a	猜猜看。

tong

湯湯洗洗	tongˊtongˊse`se`	勤勞清洗。
湯湯水水	tongˊtongˊsui`sui`	食材少，湯水太多。

tu

度度搏搏	tu tu bog`bog`	用計暗中傷害他人。
塗鴨春	tuˇab`cunˊ	未孵化的鴨蛋。
塗塞腔話	tuˇsed`ziiˊfa	應對粗魯，不入正題。

tud

凸走吪	tud zeu`eˇ	滑掉了。

tug

讀書惜紙， 做田惜屎	tug suˊxiag`zii`, zo tienˇ xiag`sii`	讀書要愛惜紙張，耕田要珍 惜糞便。

t

{ t }

客家語詞	客語拼音	華語釋義
	tui	
退冬	tui dungˊ	超過時令的蔬果。
退甘	tui gamˊ	水果因太慢採收而失去原本的甘甜。
推車駕馬	tuiˊcaˊga maˊ	推著車，駕著馬。
推三阻四	tuiˊsamˊzuˋxi	多次推卸或阻礙。
	tung	
通通透透	tungˊtungˊteu teu	秘密往來，互通消息。
同壞人共陣，毋當同好人孩糞	tungˇfaiˋnginˇkiung ciin, mˇdong tungˇhoˋnginˇ kaiˊbun	寧願替好人挑糞，也不與壞人同行。
同壞人共下行，毋當同好人孩擔	tungˇfaiˋnginˇkiung ha hangˇ, mˇdong tungˇ hoˋnginˇkaiˊdamˊ	和壞人一起走，不如替好人挑擔。
同學老嫲頭愛閒，二愛纏，三愛敢（膽），四愛揇	tungˇho loˋmaˇteuˇoi hanˇ, ngi oi canˇ, samˊoi gamˋ (damˋ), xi oi namˋ	指要偷腥玩女人，需要很多條件：有閒、敢纏、有膽、敢抱。
桐油盎仔裝桐油	tungˇiuˇangˊeˋzongˊtungˇ iuˇ	喻本性難移，即使環境改變了，仍無法改變其劣根性。
銅皮鐵骨	tungˇpiˇtiedˋgudˋ	喻身體強壯。
捅上捅下	tungˋsongˊtungˋhaˊ	拿著竹棍、竹籤不斷戳穿東西。

t

{ V }

客家語詞	客語拼音	華語釋義
va		
話霸	va ba	意見很多；花樣很多。
話人聽	va nginˇtangˊ	勸導人。
話話霸霸	va va ba ba	意見很多；自作主張，不聽人言。
哇哇滾	va va gun`	嬰兒啼哭聲。
椏杷項	vaˊpa`hong	樹枝上。
哇哇斡斡	vaˇvaˇvad`vad`	意見很多；有奇怪的行為或小毛病。
vad		
滑腸滑肚	vad congˇvad du`	所說的一切都不是事實。
滑溜	vad liu`	光滑；順遂；活潑。
滑餒餒著	vad neˊneˊdo`	東西或地面很滑溜的樣子。
滑線縫	vad xien pung	衣服接口處裂開。
挖藥膏	vad`iog gauˊ	挖出藥膏。
斡上斡下	vad`songˊvad`haˊ	隨便轉向。
斡轉來	vad`zon`loiˇ	轉過來、回頭。
vag		
挖火屎	vag`fo`sii`	用棍子撥開火苗。
劃上劃下	vag`songˊvag`haˊ	拿樹枝、木棍隨意揮動；隨處亂畫。

V

〔 v 〕

客家語詞	客語拼音	華語釋義
vai		
歪格壞樣	vai´gied`fai iong	指壞習慣。
歪貓仔屙無好屎	vai´meu e`o´mo´ho`sii`	喻人說不出好話、做不了好事,與「狗嘴吐不出象牙」意同。
歪命食个係無油無湯,睡个係無腳眠床,著个係粗布衣裳(膦屌郎當)	vai´miang siid ge he mo´iu`mo´tong´, soi ge he mo`giog´min`cong`, zog`ge he cu´bu i´song` (lin`diau`nong`dong´)	指命不好者吃、住、穿都不好。
歪人好算命,醜人好照鏡	vai´ngin´hau son miang, cu`ngin´hau zeu giang	命格不好者愛算命,相貌不美者愛照鏡,喻人都是不滿現況、怨天尤人或妄想強求。
歪頭腦	vai´teu´no`	喻有歹念的人。
van		
萬古千年	van gu`qien´ngian`	指年代久遠。
萬事起頭難	van sii hi`teu´nan`	事情在剛開始起步時是最艱難的。
萬物有主	van vud iu´zu`	世上萬物都有主人。
彎彎吔	van´van´e`	彎彎的。
彎彎曲曲	van´van´kiug`kiug`	東西彎曲、不直。
彎彎斡斡	van´van´vad`vad`	道路彎曲、不通暢。
完神祭祖	van´siin´ji zu`	祭拜天公、眾神或祖先的儀式。
挽衫褲	van`sam´fu	掛衣褲。

v

｛ V ｝

客家語詞	客語拼音	華語釋義
vang		
横霸	vangˇba	蠻橫不講理。
横打直過	vangˇda`ciid go	喻暢行無阻。
横架直架	vangˇga ciid ga	喻凌亂、不整齊。
横横直直	vangˇvangˇciid ciid	與他人意見不合。
横横吔	vangˇvangˇe´	横放的。
横横挖挖	vangˇvangˇvag`vag`	竹、木材料横豎不齊的堆放。
ve		
喊嘶掣天	ve`sii`cad`tien´	小孩大聲啼哭的樣子。
vi		
畏畏濟濟	vi vi ji ji	很怕搔癢的樣子；做事畏畏縮縮的樣子。
畏畏縮縮	vi vi sug`sug`	因害怕而退縮。
畏死人	vi xi`nginˇ	讓人討厭。
圍重	viˇcung´	抬棺槨的工作。
vo		
窩下去	vo´ha´hi	陷下去、凹下。
和尚个膁都無恁閒	voˇsong ge lin`du´moˇan`hanˇ	喻人太閒、沒事做。

V

〔 V 〕

客家語詞	客語拼音	華語釋義
禾仔驚八月頭，男人驚老來嫲	vo´e`giang´bad`ngiad teu˘, nam˘ngin˘giang´lo`loi˘hieu˘	稻穀最怕八月蟲害，男人最怕臨老入花叢。
禾怕打頭風，人驚老來窮	vo˘pa da`teu˘fung´, ngin˘giang´lo`loi˘kiung˘	稻禾結穗怕風打，人老只怕沒錢花。
禾埕下舍	vo˘tang˘ha sa`	客家夥房中的庭院及側室。
禾黃水落	vo˘vong˘sui`log	稻穀成熟時遇到下雨。

vog

擢巴掌	vog`ba´zong`	打巴掌。

voi

會賭又會嫖，頭路過會謀	voi du`iu voi peu˘, teu´lu go voi meu˘	指會嫖會賭的人較會動歪腦筋。
會腌人	voi iab`ngin˘	會刺激或腐蝕肌膚。
會食千餐香，毋食一餐傷	voi siid qien´con´hiong´, m˘siid id`con´song´	吃要有節制，寧吃千餐香飯，不吃一頓傷身的飯。
會算毋會除，偷米交番薯	voi son m˘voi cu˘, teu´mi`gau fan´su´	喻處處斤斤計較，到頭來還是吃虧。
會偷食，毋會捽嘴	voi teu´siid, m˘voi cud zoi	只會偷吃東西，不會把嘴巴擦乾淨。
會畫會算，錢糧毋斷	voi vag voi son, qien˘liong˘m˘ton´	指做事只要能深謀遠慮，就不怕沒錢。
煨番薯	voi´fan´su˘	用炭火燜烤地瓜。
摂石頭	voi´sag teu˘	丟石頭。

vong

{ V }

客家語詞	客語拼音	華語釋義
往生老核	vong´sen´lo`hed`	指老人辭世。
黃虻爪雞	vongˇcad zau`ge´	原指蟑螂、雞爪等到處騷擾或破壞的小蟲、小物，今喻小混混或小角色。
黃頭腫嘴	vongˇteuˇzung`zoi	滿臉病重的樣子。
黃（荒）天曬日	vongˇ(fong´) tien´sai ngid`	耕田人整天在太陽下工作，非常辛苦。
黃雞嫲生白卵，家家有長短	vongˇge´ma´sang`pag non`, ga´ga´iu´cong`don`	黃色母雞生白色蛋，每家都有其不同狀況，喻家家有本難念的經。
黃狗膦知入毋知出	vongˇgeu`lin`di`ngib mˇdi´cud`	（罵）喻人小氣又吝嗇，只有進沒有出。
黃狗曬核	vongˇgeu`sai hag	狗仰躺曬太陽，喻動作不雅。
黃狗食屎，赤狗擔當	vongˇgeu`siid sii`, cag geu`dam´dong´	喻犯錯、得利的人沒事，卻讓無辜者受害。
黃貢貢著	vongˇgung gung do`	黃澄澄的。
黃臘臘著	vongˇlab lab do`	水果或食物顏色黃澄澄的。
黃臘	vongˇlab`	蔬果過黃、過熟。
黃梨頭，西瓜尾	vongˇliˇteuˇ, xi´gua´mi´	鳳梨的頭部和西瓜的尾部較甜、較好吃。
黃鱔斬截，當過鯝鰍七八尾	vongˇsan´zam`jied`, dong go fuˇqiu´qid`bad`mi´	喻一個好的勝過七、八個不好的。
黃黃霜霜	vongˇvongˇsong´song´	作物有病蟲害且受霜凍變黃；人臉色青黃。
枉慍	vong`vud`	懷才不遇、英年早逝。
枉屈人	vong`vud`nginˇ	冤枉他人。

｛ V ｝

客家語詞	客語拼音	華語釋義
vu		
芋荷葉	vu ho˘iab	芋葉。
烏喥喥著	vu´da da do`	外表很黑的人或物。
烏黗黗著	vu´du du do`	外表很黑的人或物。
烏蠅綻卵	vu´in˘can non`	蒼蠅產卵，喻繁殖快速。
烏蠅綻天	vu´in˘can tien´	蒼蠅滿天飛。
烏刻刻著	vu´kad`kad`do`	人長得很黑的樣子。
烏麻盞設	vu´ma˘zan`sad`	天黑時點油燈。
烏青膎血	vu´qiang´gu`hiad`	皮膚受到撞擊，出現淤血現象。
烏疏疏著	vu´so˘so˘do`	人或東西黑黑的。
烏烏暗暗	vu´vu´am am	光線不明，黑暗。
烏卒仔食過河	vu´ziid`e`siid go ho˘	下象棋時，紅兵黑卒是不能越過楚河漢界的，喻撈過界了。
無中生有	vu˘zung´sen´iu´	無事實卻故意造謠。
vud		
齷齷齪齪	vud vud zud zud	十分污穢骯髒。
搵毋直	vud`m˘ciid	無法使東西變直，喻無法溝通。
搵地坺	vud`ti seb`	以畚斗收垃圾。
愲愲悴悴	vud`vud`zud`zud`	抑鬱寡歡，心情不好。
愲悴	vud`zud`	鬱悶。
vug		

V

｛ V ｝

客家語詞	客語拼音	華語釋義
屋仔肯借人死，毋肯借人降	vug`e`hen`jia ngin˘xi`, m˘hen`jia ngin˘giung	屋宅借人死是一種福氣，借人生小孩則主人的福份會被吸走。
屋漏壁穿	vug`leu biag`con´	喻房屋破舊。
vun		
文文搵搵	vun˘vun˘vun vun	身體悶痛不適，懶散不起勁的樣子。

V

{ X }

客家語詞	客語拼音	華語釋義
xi		
四腳壁直	xi giog` biag ciid	四肢挺直。
四腳毋當兩腳，兩腳毋當無腳	xi giog` m' dong liong` giog`, liong` giog` m' dong' mo' giog`	食材中，四腳的不如兩腳的，兩腳的不如無腳的。
四腳惹天	xi giog` ngia tien'	四腳朝天。
絮稈養子	xi gon` iong' zii	動物撥散稻草準備生產。
四門六親	xi mun` liug` qin'	指所有親戚。
四門透底	xi mun˘ teu dai`	喻門戶大開。
鬚綻綻著	xi´ can can do`	鬍鬚長短不齊、雜亂不整的樣子。
鬚茅茅著	xi´ mau˘ mau˘ do`	鬍鬚長而雜亂不整的樣子。
鬚翹翹著	xi´ ngieu ngieu do`	鬍鬚沒剃、儀容不整的樣子。
新嫂無來毋知老嫂好	xin' so` mo` loi` m' di lo` so` ho`	喻人的好壞或對錯一時很難認定，要前後對照方知其好壞、對錯。
胥胥趖趖	xi´ xi´ so˘ so˘	喻行動緩慢、做事拖拖拉拉。
死板板著	xi` ban` ban` do`	死板、不知變通的樣子。
死仃仃著	xi` dang´ dang´ do`	僵硬、固執的樣子。
死斗	xi` deu`	出現同樣事物或結果。
死蜗仔古直窿	xi` guai` e` gu` ciid nung˘	死青蛙勇往直前，喻人非常固執、至死不變。
死後金爐三把香，毋當還生一碗湯	xi` heu gim' lu` sam` ba` hiong´, m' dong han` sang' id` von` tong´	親人死後，在其金爐上插三把香，比不上活著時給他一碗湯，喻行孝要及時，生時孝順勝過死後哀榮。
死屈屈著	xi` kud kud do`	木訥、不善言辭的樣子。

{ X }

客家語詞	客語拼音	華語釋義
死老詙到釘釘企	xi`lo`au do dang´dang´ki´	喻人辯才無礙，死的都可以被他辯到活起來。
死門屈路	xi`mun˘kud lu	指無路可走，只有死路一條。
死門絕路	xi`mun˘qied lu	指無路可走，只有死路一條。
死齰齰著	xi`ngad`ngad`do`	因受傷或心理壓抑而呈現呆滯的樣子。

xia

瀉上瀉下	xia song´xia ha´	到處向人洩密或打小報告；跑來跑去。

xiab

楔平來	xiab`piang˘loi˘	把東西墊平。

xiag

惜骨莫惜皮	xiag`gud`mog xiag`pi˘	勸人教育子女不可太寵愛、縱容。
惜命驚死	xiag`miang giang´xi`	因愛惜生命而怕死。
惜命命著	xiag`miang miang do`	喻非常疼惜、寵愛。
惜字如金	xiag`sii i˘gim´	指為文簡潔。
惜子連孫	xiag`zii`lien˘sun´	喻愛屋及烏。

xiang

餳人食	xiang´ngin˘siid	用食物引誘人。

X

{ X }

客家語詞	客語拼音	華語釋義

xiau

客家語詞	客語拼音	華語釋義
藜藜濞濞	xiauˇxiauˇpi pi	喻人不合群又愛吹毛求疵。

xib

客家語詞	客語拼音	華語釋義
輯一枝	xib id`giˊ	精挑一枝竹、木。
集集吔	xib xib eˊ	暗中的。
息息文文	xib`xib`vunˇvunˇ	家中無人回應；形容默默無聞、沒有成就。

xid

客家語詞	客語拼音	華語釋義
唶唶析析	xid xid sag sag	房子震動產生的聲音。
唏唏吮吮	xid xid sud sud	小聲交談；快速喝湯。

xied

客家語詞	客語拼音	華語釋義
洩猴虛	xied heuˇhiˊ	吹牛、說大話。
洩猴虛講到天文地理，講正經个就無半句	xied heuˇhiˊgong`do tienˇvunˇti liˊ, gong`ziin ginˋge qiu moˇban gi	（罵）只會吹牛，沒有一句正經話。

xien

客家語詞	客語拼音	華語釋義
仙丹妙藥	xienˊdanˊmeu iog	鄉野的偏方妙藥。
先號先贏	xienˊho xienˊiangˇ	先佔先贏。

X

{ X }

客家語詞	客語拼音	華語釋義
先死先贏	xien´xi`xien´iang´	越早死越好,即俗謂「早死早超生」之意。
鮮鮮湯湯	xien´xien´tong´tong´	菜餚過於簡單、無內容。

xim

心寒膽顫	xim´hon´dam`zun´	內心恐懼。
心口忠信,出門人敬	xim´kieu`zung´xin, cud`mun´ngin´gin	指誠信忠實的人,受人尊敬。
心臼多懶洗碗,鴨嫲多懶生卵	xim´kiu`do´nan´se`von`, ab`ma´do´nan´sang´non`	指人與禽都有同樣毛病,數量多了就會互相推諉、逃避責任。
心心念念	xim´xim´ngiam ngiam	一心想念著。
心專石穿	xim´zon´sag con´	專心學習,日久自然成功。

xin

性暴暴著	xin bau bau do`	脾氣很暴躁的樣子。
新打屎缸三日新	xin´da`sii`gong´sam´ngid`xin´	指人多喜新厭舊,東西只有三日新鮮勁,喜愛難持久。
新年頭,舊年尾	xin´ngian´teu´, kiu ngian´mi´	指年頭、年尾均是吉祥日。
新娘正入間,媒人就脫牽	xin´ngiong´nang ngib gian´, moi´ngin´qiu tod`kian´	喻媒人沒有保證一切的,新娘入了洞房,媒人的任務就完成了。
新郎新娘正上床,媒人分人逐出牆	xin´nong´xin´ngiong´ nang song´cong´, moi´ ngin´bun´ngin´giug` cud`xiong´	指新郎新娘結婚後,往往都會忘了媒人。

x

{ X }

客家語詞	客語拼音	華語釋義
新細妹仔舊傢伙	xin´se moi e`kiu ga´fo`	早期酒家新來的女人常被如此稱呼，暗指非處女。
辛辛苦苦	xin´xin´ku`ku`	非常辛苦。

xio

撇阿過	xio a go	快速逃跑。
撇巴掌	xio (hio) ba´zong`	賞巴掌。
豪東西	xio˘dung´xi`	偷東西。
睄上睄下	xio˘song´xio˘ha`	賊頭賊腦的窺伺別人的東西。

xiog

俗滑滑著	xiog vad vad do`	食物很有韌性，不易咬斷。

xiong

相鬥鬥輸人，愛甘願鼻人个膀管	xiong´deu deu su´ngin˘, oi gam´ngian pi ngin˘ge lin`gon`	喻願賭服輸，不可耍賴。
相見好，近處難	xiong´gian ho`, kiun cu`nan˘	人與人之間，相見容易相處難。
牆轉核	xiong´zon hed`	牆倒塌了。
相罵無好言，相打無好拳	xiong´ma mo˘ho`ngian˘, xiong´da`mo˘ho`kian`	喻人在爭吵、打架時，都不可能尊重對方。
相罵無好嘴，相打無好手	xiong´ma mo˘ho`zoi, xiong´da`mo˘ho`su`	喻人在爭吵、打架時，都不可能尊重對方。
相惜	xiong´xiag`	疼惜。

X

{ X }

客家語詞	客語拼音	華語釋義
想借錢就牙西西，分人討錢就詐毋知	xiong`jia qien´qiu nga´xi´ xi´, bun´ngin´to`qien´qiu za m`di´	（罵）要借錢時就笑嘻嘻，被人要債時就裝不知道。
想來想去無半項頭路，想愛做又無法度	xiong`loi´xiong`hi mo´ ban hong teu´lu, xiong`oi zo iu mo´fab`tu	指人一籌莫展的窘境。
想頭顧尾	xiong`teu´gu mi´	思慮周全。

xiu

秀才毋畏衫破，淨畏肚屎無貨	xiu coi`m`vi sam´po, qiang vi du`sii`mo`fo	（警）秀才要有內才，不要計較衣裝。
繡裙綢褲	xiu kiun´cu`fu	出嫁新娘穿著的服裝。
咻咻滾	`xiu xiu gun`	風與物體摩擦聲。
修橋造路	xiu´kieu´co lu	修橋鋪路。
羞人	xiu´ngin´	難為情，羞死人。
颺上颺下	xiu`song´xiu`ha´	喻無事到處閒蕩。
筱蚊仔	xiu`mun´e`	用蚊蠅拍子拍打蚊子。
筱上筱下	xiu`song´xiu`ha´	拿著小竹棍到處揮舞。

X

{ z }

客家語詞	客語拼音	華語釋義
za		
詐癡詐戇	za cii´za ngong	假裝愚笨。
詐癲食馬屎	za dien´siid ma´sii`	以孫臏裝瘋吃馬屎脫困的故事，比喻人使詐。
詐癲食屎	za dien´siid sii`	喻裝瘋賣傻。
詐昏挾雞肉	za fun´giab`ge´ngiug`	喻取巧占人便宜或得到好處。
詐病詐痛	za piang za tung	假裝有病痛。
詐生詐死	za sang´za xi`	裝模做樣，故意欺瞞。
zab		
涉水搞	zab sui`gau`	在窪地踩水玩耍。
摺核吔	zab`hed`e`	壓垮、壓扁了。
紮學寮	zab`hog liau´	住校。
砸卡	zab`ka˅	做事賣力、勤奮。
砸卡手	zab`ka˅su`	得力助手。
zad		
拶腹	zad`bug`	東西結實、飽滿。
zag		
截山路	zag san´lu	在山路攔截。
矺棋仔	zag`ki˅e`	過年期間所玩猜象棋的賭博遊戲。
炙日頭	zag`ngid`teu˅	曬太陽。

z

｛ z ｝

客家語詞	客語拼音	華語釋義
zai		
再好个良田有冇穀，再好个草山有瘦牛	zai ho`ge liong˘tien˘iu´pang gug`, zai ho`ge co`san´iu´ceu ngiu˘	再好的田也可能種出不好的穀，再好的青山嫩草也可能養出瘦的牛，喻世間無絕對的道理。
齋蔬果粄	zai´su´go`ban`	祭祀用的齋品、蔬果、粄糕。
災災劫劫	zai´zai´giab`giab`	災難連連。
齋齋修修	zai´zai´xiu´xiu´	靜心吃齋修行。
zam		
滲著水	zam do`sui`	地面被水滲透、浸漬。
嶄然	zam`man˘	非常。
嶄然好	zam`man˘ho`	非常好。
zan		
輾著人	zan do`ngin˘	開車輾到人。
輾上輾下	zan song´zan ha´	指車子或小孩在地上不停滾動。
棧學寮	zan`hog liau˘	讀書住校。
展前寮	zan`qien˘liau	提前放假休息。
zang		
掙出尿	zang cud`ngiau	用力排尿。
爭七毋爭八	zang´qid`m˘zang´bad`	喻相差不多。

z

{ z }

客家語詞	客語拼音	華語釋義
爭嘥狗脛擺貪大塊	zang´sai´geu`zii´bai˘ tam´tai kuai	喻心地不好又貪婪的人。
整屋頂	zang`vug`dang`	整修屋頂。
整整修修	zang`zang`xiu´xiu´	修修補補、修繕一下。

zau

燥熇	zau´hog`	將植物或食材以大鍋烘焙乾燥。
燥溓水	zau´liam`sui`	把水瀝乾。
燥縮	zau´sog`	將植物或食材乾燥。
糟蹋苦毒	zau´tad`ku`tug	欺壓、欺凌。
糟蹋人	zau´tad`ngin˘	欺侮他人。
燥絲絲著	zau´xi´xi´do`	非常乾燥的。
燥燥吔	zau´zau´e´	乾乾的。
燥燥溓溓	zau´zau´liam`liam`	乾燥、沒有水分。

ze

媌尾仔	ze´mi´e`	同一群動物中最小的一個。

zeb

涉上涉下	zeb song´zeb ha´	在水地上走來走去。
撮茶心	zeb`ca˘xim´	用手指抓取茶葉。
撮上撮下	zeb`song´zeb`ha´	用手把東西抓來抓去。

zed

{ z }

客家語詞	客語拼音	華語釋義
側側吔	zed`zed`e´	稍微側身的。

zem

砧砧剁剁	zem´zem´dog dog	忙著料理食物。
砧豬菜	zem´zu´coi	用刀剁供豬食用的甘薯莖、葉。
摺官印	zemˇgon´in	蓋官署印章、蓋關防。
摺股鑿	zemˇgu`cog	以手指關節敲頭。

zen

增言之人有，增金之人無	zen ngianˇzii´nginˇiu´, zen´gim´zii´nginˇmoˇ	喻說閒話的人多，送錢相助的少。
增了他人志，宕了自己工	zen´liau`ta´nginˇzii, tong liau`cii gi`gung´	成就了他人，自己的工作卻延宕了。

zeu

招夫養子	zeu´fu´iong´zii`	招贅來養育孩子。
朝毋食金針，夜毋食木耳	zeu´mˇsiid gim´ziim´, ia mˇsiid mug`mi`	早上不能吃金針，晚上不能吃木耳。
招婿郎	zeu´se nongˇ	招女婿。
朝晨暗晡	zeu´siinˇam bu´	從早到晚。
走啊頭那頂高屙尿	zeu`a teuˇna`dang`go´o´ ngiau	喻太寵溺孩子（或妻子），有一天他就會膽大妄為而犯上。
走聲豬嫲——見樹磨	zeu`sang´zu´maˇ——gian su mo	發情的母豬一看到樹木便靠前磨擦身體，喻不挑對象。
走上走下	zeu`song´zeu`ha´	喻到處奔波。

z

233

{ Z }

客家語詞	客語拼音	華語釋義
走上走下，毋當美濃山下	zeu`song´zeu`ha´, mˇ dongmiˇnungˇsan´ha´	到四處遊歷，才發現還是美濃最好。
走投無路	zeu`teuˇmoˇlu	無路可走。
zii		
膣唄	zii´bied`	喻不合群，無人緣。
膣油借借	zii´iuˇjia jia	喻光說不練。
批痲扡草	zii´maˇia´co`	喻亂七八糟。
膣毛瑣澀	zii´mo´so`seb`	喻很會計較、小氣。
膣喃膣呷	zii´namˇzii´gab	喻亂講話。
膣膣擺擺	zii´zii´baiˇbaiˇ	很不合群，令人討厭。
膣膣葉葉	zii´zii´iab iab	喻不合群；愛說人是非。
紙筆墨硯	zii`bid`med ian	文房四寶。
紙包火毋核	zii`bau´fo`mˇhed	紙是包不住火的，喻做過的事很難隱瞞。
子多縈牽	zii`do´ian´kian´	喻子女多，紛爭也多。
子多縈牽，妹多閒纏，人多就閒言	zii`do´ian´kian´, moi do´ hanˇcanˇ, nginˇdo´qiu hanˇngianˇ	喻人一多，事情和麻煩就跟著來了。
指胡詑風	zii`fuˇtad`fung´	專門說假話或騙人。
指風畫影	zii`fung´fa iang`	捕風捉影。
只顧眼前花，日後會孩枷	zii`gu ngian`qienˇfa´, ngid`heu voi kai´ga´	只顧眼前享受，以後負擔會很重。
只有千年个家族，無百年个親戚	zii`iu´qien´ngianˇge ga´ cug, moˇbag`ngianˇge qin´qid`	時間久了親戚就會疏離，只有家族會代代相傳，繁衍千年。所以客家人強調「宗親萬萬年」。

〔 Z 〕

客家語詞	客語拼音	華語釋義
指名道姓	zii`miang˘to xiang	直接指出姓名。
子女降啊歸波攞，屋下兩老仔自家煲	zii`ng`giung a gui´po´lo´, lug`ka´liong`lo`e`qid ga´bo´	不孝的子女生了一大堆，兩位老人家卻沒人照顧。
子肉肉著	zii´ngiug`ngiug`do˘	皮膚細緻白嫩可愛。
指牛罵馬	zii`niu˘ma ma´	指桑罵槐。
仔細	zii`se	做事細心；客氣。
紙頭無名，紙尾無姓	zii`teu˘mo˘miang˘, zii`mi˘mo˘xiang	所有文件、房地契都沒有你的姓名，喻無任何權利。
紙頭紙尾	zii`teu˘zii`mi´	指整張紙、整份文件。
指指點點	zii`zii`diam`diam`	用手指去指點；背後說人是非。
子子肉肉	zii`zii`ngiug`ngiug`	細皮嫩肉，嬌生慣養。
仔仔細細	zii`zii`se se	做事謹慎，不輕率。

ziim

揕落肉	ziim log ngiug`	把指甲用力刺入肌肉中。
斟酌商量	ziim´ zog`song´liong´	審慎商量。
針仔堵著鑽仔	ziim´e`du`do`zon e`	針遇到鑽子，喻旗鼓相當、厲害的遇到厲害的。
針頭削鐵	ziim´teu˘xiog`tied`	在針上削鐵泥；喻人節儉。
涔涔雨	ziim´ziim i`	綿綿細雨。
針針火眼	ziim´ziim´fo`ngian`	睜大眼睛觀看。

ziin

z

235

{ Z }

客家語詞	客語拼音	華語釋義
正身廳下	ziin siin´tang´ha´	客家夥房中供奉祖先的正廳及主廂房。
真堵好	ziin´du`ho`	正好、剛好。
爭氣莫爭財	ziin´hi mog ziin´coi	要爭正義的氣、不爭不義的財。
真藥醫假病	ziin´iog i`ga`piang	藥只能醫好假的病痛。
真真假假	ziin´ziin´ga`ga`	真假交錯,難以分辨。

ZO

客家語詞	客語拼音	華語釋義
做賊仔驚人偷,做泥水仔驚屋漏,做木匠仔驚桁仔翹	zo ced e`giang´ngin´teu´, zo nai`sui`e`giang´vug leu, zo mug`xiong e`giang´hang`e`hieu	當小偷怕被人偷,泥水匠怕屋子會漏,木匠師傅怕木條會彎曲。
做竇生卵	zo deu sang´non`	築巢生蛋。
做家	zo ga´	勤儉持家。
做家捧份	zo ga´ten fun	幫忙分攤家庭負擔。
做官錢,一陣煙;生理錢,取眼前;汗卵錢,萬萬年	zo gon´qien`, id`ciin ian´; sen´li´qien`, qi`ngian` qien˘; hon non`qien`, van van ngian˘	指辛苦賺的血汗錢才是根本,做官、做生意賺的錢都是過眼雲煙。
做官清廉,食飯攋鹽	zo gon´qin´liam˘, siid fan lo´iam˘	做官清廉,吃飯配鹽,喻想做清廉的好官,就要有淡薄名利、生活清苦的心理準備。
做鬼搶人毋贏	zo gui`qiong`ngin˘m˘iang˘	喻人能力不佳。
做好無阿諛,做壞無好腦	zo ho˘mo˘o´no`, zo fai mo˘ho`no`	做得好,無人稱讚;做壞了,是要負責任的。

Z

236

{ Z }

客家語詞	客語拼音	華語釋義
做一銀,食八角,新衫新褲有好著;做一皮,食皮二,一生做死還債利	zo id`ngiun`, siid bad`gog`, xin´sam´xin´fu iu´ho`zog`; zo id`pi`, siid pi´ngi, id`sen´zo xi`van`zai li	賺一元,花八角,新衣新褲有得穿;賺一角,花一角多,一輩子做死都在還債。指人要節儉、量入為出。
做開交	zo koi´gau´	斡旋。
做媒人,無人包降倈仔	zo moi`ngin`, mo`ngin` bau´giung lai e`	喻請別人幫忙做事,不可能樣樣全包的。
做媒人墊出本	zo moi`ngin`tiab`cud`bun`	當媒人還賠錢,喻做好人出力又花錢,得不償失。
做人嫌忒細,做人媵又嫌忒大	zo ngin`hiam`ted`se, zo lin`iu hiam`ted`tai	喻人差勁,當什麼角色都不適宜。
做人毋上陣	zo ngin`m`song´ciin	喻不合群或人際關係不佳。
做人無撳轉來看	zo ngin`mo`ngau zon`loi`kon	暗喻做人做事不能只講手段,不講天理。
做人妹仔閒又閒,做人心臼難又難	zo ngin`moi e`han`iu han`, zo ngin`xin´kiu`nan`iu nan`	當人家女兒時很清閒,做人媳婦時卻很難為。
做人愛講三分理,落鑊愛算幾升米	zo ngin`oi gong`sam´fun´li´, log vog oi son gi`siin´mi`	喻做人處事要通達、明理。
做人愛靈通,燒火愛窿空	zo ngin`oi lin`tung´, seu´fo`oi nung`kung´	指做人應靈活、精幹。
做人愛大慨,賺錢正會堆	zo ngin`oi tai koi`, con qien`nang voi doi´	做人要慷慨,才能賺大錢。
做人守份就愛做,做牛認命就愛拖	zo ngin`su`fun qiu oi zo, zo ngiu`ngin miang qiu oi to´	指做人要守分、認命,勤奮工作。

Z

{ z }

客家語詞	客語拼音	華語釋義
灶頭鑊尾	zo teuˇvog miˊ	爐灶與炊具，指女性在廚房的工作。
做討食教化，它愛跈哀仔食	zo toˋsiid gau fa, me oi tenˇoiˊeˋsiid	子女不嫌棄母親，即使當乞丐也要跟著媽媽。
做毒藥毒人毋死，做藥又救人毋生	zo tug iog teu nginˇmˇxiˋ, zo iog iu giu nginˇmˇsang	喻充當任何材料都不恰當。
做齋唸經	zo zaiˊngiam ginˊ	做法事。
糟揞人	zoˊdiab nginˇ	專門找人麻煩。
糟墨	zoˇmed	故意欺負或麻煩他人。
早知先日愛做家，毋會今日浴堂準灶下	zoˋdiˊxienˊngidˋoi zo gaˊ, mˇvoi ginˊngidˋiog tongˇzunˋzo haˊ	如果當初能勤儉持家，如今就不會窮得把浴室當廚房。
早跍三朝當過一工，早跍三年當過一冬	zoˋhong samˊzeuˊdong go idˋgungˊ, zoˋhong samˊngianˇdong go idˋdungˊ	早起三天可比一工，早起三年可比一冬，喻勤勞工作是成功致富的要件。
早酒，夜茶，天光色	zoˋjiuˋ, ia caˇ, tienˊgongˋsedˋ	早上的酒、夜晚的茶、天亮後的房事都是會傷身的。
早睡早起，存穀堆米；暗睡暗起，鑊頭吊起	zoˋsoi zoˋhiˋ, sunˊgugˋdoiˊmiˋ; am soi am hiˋ, vog teuˇdiau hiˋ	勤奮早起的人會有存糧；懶惰晚起的人則會貧困。
早死早贏	zoˋxiˋzoˋiangˇ	越早死越好，即俗謂「早死早超生」之意。

zod

嘬田螺	zod tienˇloˇ	用力吸吮田螺。

{ z }

客家語詞	客語拼音	華語釋義
喔喔滾	zod zod gun`	吸吮東西發出的聲音。

zog

桌頂高食飯，桌底下㕭屎	zog`dang`go´siid fan,zog`dai`ha´o´sii`	（罵）喻吃裡扒外、勢利眼的小人作風。
酌酒奉饌	zog`jiu´fung con	三獻禮中倒酒奉菜的儀式。
捉貓看貓嫲	zog`meu kon meu ma´	指要選取好的品種來傳宗接代。
作堋頭	zog`pen´teu´	砌築土堤。
著燒食飽	zog`seu´siid bau`	吃飽、穿暖。
捉手捉腳	zog`su`zog`giog`	喻被人控制、擺布。

zoi

嘴擘擘著	zoi bag`bag`do`	嘴巴開開的。
嘴扁扁著	zoi bien`bien`do`	沮喪欲哭的樣子。
嘴蹁蹁著	zoi fe`fe`do`	嘴巴歪歪的樣子。
嘴項無飯緊噍	zoi hong mo´fan gin`ceu	喻人只會空談，信口無憑。
嘴屈屈著	zoi kud kud do`	形容人不善表達或禮貌不周的樣子。
嘴嫲乖，毋使肩頭挨	zoi ma´guai´, m´sii`gian´teu´kai´	喻只要嘴巴甜、有禮貌，就可以得到很多幫助、好處。
嘴貌貌著	zoi mau mau do`	老人沒有牙齒，以致雙唇內凹的樣子。
嘴膩膩著	zoi ne ne do`	吃太油膩或太甜的食物而覺反胃的樣子。

z

{ z }

客家語詞	客語拼音	華語釋義
嘴硬屎朏冇	zoi ngang sii fud`pang	嘴上說得好聽，結果臨陣退縮變卦。
嘴𢯼𢯼著	zoi ngauˇngauˇdo`	嘴巴歪向一邊的樣子。
嘴𢯼鼻𡀔	zoi ngauˇpi fe`	嘴巴、鼻子受傷歪曲。
嘴惹惹著	zoi ngia ngia do`	嘴唇向上翹，生氣的樣子。
嘴努努著	zoi nu`nu`do`	生氣或不滿意時嘟著嘴的樣子。
嘴勺勺著	zoi sog`sog`do`	因太過專心而使嘴巴張開的樣子。
載上載下	zoi song´zoi ha´	載來載去。
嘴大食四方	zoi tai siid xi fong´	嘴大的人有口福，可以吃遍四方。
嘴毒心無毒	zoi tug xim´mo´tug	喻人有口無心，雖然口出惡言，心地卻是善良的。
胺烏臟綻	zoi´vu´lin`can	喻工作煩忙、壓力重。

zon

轉下去	zon ha´hi	累倒、病倒。
轉擺	zon`bai`	稍做休息。
轉倒	zon`do	悔改。
轉火升座	zon`fo`siin´co	祖堂落成慶典。
轉溝天井	zon`geu´tien´jiang`	客家夥房正身與橫屋轉角的結構及天井。
轉溝	zon`gieu´	稻穗成熟時會向較大空間下垂，形成溝狀。
轉頭	zon`teuˇ	回頭。

z

{ z }

客家語詞	客語拼音	華語釋義
zong		
莊頭莊尾	zong´teu˘zong´mi´	村莊頭尾，指整個村莊。
zu		
咒孤罵絕	zu gu´ma qied	對人詛咒。
注文	zu vun˘	預約、訂貨。
豬撐大，狗撐壞，人會撐到變精怪	zu´cang tai, geu`cang fai, ngin˘voi cang do bien jin´guai	勸人不要多吃，也不可貪吃。
豬狗	zu´geu`	（罵）如禽獸般，不是人。
豬狗禽獸	zu´geu`kim˘ cu	（罵）如同豬狗，不是人。
豬腳雞髀	zu´giog`ge´bi`	豬腳、雞腿。
豬哥搭狗膦	zu´go´dab`geu`lin´	喻前後不搭調，「牛頭不對馬尾」之意。
豬肝搭賺膀	zu´gon´dab`iam`pong˘	指東西有組合對稱，互相搭配。
豬一口，狗一口	zu´id`heu`, geu`id`heu`	指大家搶著分好處。
豬群狗黨	zu´kiun˘geu`dong`	指一群黨派或非正派的組合。
豬來窮，狗來富，貓來帶蔴布	zu´loi˘kiung˘, geu`loi˘fu, meu loi˘dai ma˘bu	家中有豬來會窮，狗來會富，貓來會有喪事。
豬嫲打权	zu´ma˘da`ca	母豬要生產前有整理產圈的行為。
豬嫲養子綱綱十二，胎胎順序	zu´ma˘iong´zii`gong´ gong´siib ngi, toi´toi´ sun xi	祝福養豬人家，母豬每胎都多產、順利。

Z

241

{ z }

客家語詞	客語拼音	華語釋義
豬嫲上灶	zuˊmaˇsongˊzo	母豬為吃東西而上灶。
豬嫲走聲	zuˊmaˇzeuˋsangˊ	母豬發情。
豬愛餵得飽，牛愛餵夜草	zuˊoi vi eˊbauˋ, ngiuˇoi vi ia coˋ	豬牛要餵飽，要吃得好。
豬頭五牲	zuˊteuˇngˋsenˊ	祭祀用的五種牲醴。
豬頭熟肉	zuˊteuˇsug ngiugˋ	祭祀用的五種牲醴。
豬拖狗擘	zuˊtoˊgeuˋbagˋ	被豬、狗拖咬、撕裂。
豬四狗三	zuˊxi geuˋsamˊ	豬懷孕期要四個月、狗要三個月。
豬四狗三，狐狸對擔	zuˊxi geuˋsamˊ, fuˇliˋdui damˊ	豬從懷胎到生產需四個月，狗要三個月，狐狸則要五個月。
豬豬狗狗	zuˊzuˊgeuˋgeuˋ	行為像豬狗般不雅、不正。
主人有福，先生有目，時來運轉，賺錢用斗抔	zuˋnginˇiuˊfugˋ, xinˊsangˊ iuˊmugˋ, siiˇloiˇiun zonˋ, con qienˇiung deuˋbudˋ	堪輿祝詞，讚美主人有福氣，請的泥水匠、地理師都很不錯，會賺錢。
煮菜毋使學，只要勤洗鑊	zuˊcoi mˇsiiˋhog, ziiˋieu kiunˇseˋvog	學煮菜，要先學洗鍋。

zug

崒上崒下	zug songˊzug haˊ	形容車子顛簸或女人愛生氣。
竹筍生啊籬笆背	zugˋsunˋsangˊa liˇbaˊboi	喻在壞的環境中，也可能會有成功、出眾的子弟。
竹頭背樵燥米白，細妹仔無嫁著會搭核	zugˋteuˇboi ceuˇzauˊmi pag, se moi eˊmoˊga doˋ voi kagˋhagˋ	（諧）我的家境很好，你沒嫁給我一定會後悔。
竹筒退水	zugˋtungˇtui suiˋ	喻沒有任何隱瞞。

Z

{ z }

客家語詞	客語拼音	華語釋義

zui

醉摸摸著	zui mia´mia´do`	酒醉行動不便的樣子。
醉日醉夜	zui ngid`zui ia	日夜酗酒。
醉頭面	zui teuˇmien	頭臉浮腫。

zun

撙腳	zun`giog`	暫時停頓。
準豬準狗	zun`zu´zun`geu`	把人當成豬、狗般看待。

zung

種觔斗	zung in deu`	翻筋斗。
鍾憨黃狂李癲、張奸古執,劉來看,邱（羞）死人	zung´ ham´vong`kong`li` dien´、zong´gian´gu`ziib`, liuˇloiˇkon, hiu´xi`nginˇ	美濃人諷刺姓氏特有的順口溜。
舂著壁	zung´do`biag`	撞到牆壁。
舂番豆	zung´fan´teu	把花生搗碎。
舂粢做粄	zung´qiˇzo ban`	忙於做糕、粄。
忠臣落油鑊	zung´siinˇlog iuˇvog	喻忠良的人卻被陷害致死。
舂上舂下	zung´song´zung´ha´	用力的搗碎物品;四處奔奔。
舂天磕地	zung´tien´ngab ti	喻到處奔波。
腫瓜瓜著	zung´gua´gua`do`	喻身材過胖或臃腫。
塚埔項个蚊仔——齧鬼	zung`puˇhong ge mun´e`——ngad`gui`	喻人吝嗇。

Z

{ z }

客家語詞	客語拼音	華語釋義
腫水巴哺	zung`sui`ba˘bu˘	土地泥濘的樣子。
腫腫醉醉	zung`zung`zui zui	皮肉浮脹的樣子。

z

貳
受訪者與提供客
家成語、諺語之
鄉親鄉賢名錄

數十年來，提供及傳達「美濃客家老古言語」者，大多來自家族與夥房宗親或當任職務之政治前輩，其他讓我拜訪而提供者甚多，僅能列出部分重要鄉賢姓名參考，倘若有提供客家成語等資料而疏漏未登載者，敬請海涵、見諒。

一、男性鄉親

　　鍾啓元、林宜石、張昌榮、張貴芳、**張騰芳**、**張乾德**、**張秀清**、張琴龍、**林煥連**、**劉貴善**、宋彩祥、宋智祥、曾國英、何漢傳、楊登順、楊滿寶、楊乾春、楊華春、**古信發**、**古信來**、古信連、古信光、古恭信、郭富信、**張雲添**、張春福、**黃庚祥**、**邱欽盛**、邱進盛、邱秀興、邱運發、邱創榮、**邱錦輝**、**邱成興**、**邱源春**、邱貴春、**邱賢昌**、**邱秀友**、**邱達友**、**邱振賓**、邱德友、邱德順、邱德安、邱文輝、邱輝昌、**邱吉昌**、邱增麟、邱錦麟、**邱永廷**、邱金文、邱祥輝、**宋永成**、黃滿清、李發明、劉海發、傅達金、李德祥、**林宜科**、林宜訪、林阿六、林宜勇、林宜仁、宋數雄、古昭雄、吳吉雄、張貴和、張博節、**劉昌盛**、**劉昌上**、劉昌富、**劉雲麟**、**黃騰光**、**曾貴清**、**葉順興**、**溫廷輝**、**林聯清**、林貴春、林貴滿、林榮慶、吳秋興、**王水興**、吳火興、曾玉清、**吳麟德**、**宋飛耀**、宋添耀、**林富生**、**鍾兆庚**、鍾德睦、鍾元亮、林作瑞、林作崙、林作丸、**黃錫春**、李基祥、黃煥根、黃煥鉅、劉春松、林享忠、**劉富堂**、**溫秀真**、**溫吉星**、溫永通、鍾清淼、**劉新喜**、劉錦上、徐登冉、**范振秀**、范振和、林振權、**劉阿和**、劉義興、吳火生、劉昭貴、**劉騰聰**、劉富田、**古和清**、**鍾德乾**、李見魁、張鎮乾、楊富麒、張貴琦、古德松、劉進來、林達光、吳重雄、鍾森壬、劉冉來、劉和麟、鍾招金、**楊秀衡**、鍾春華、涂玉泉、邱德明、劉松盛、**朱祝華**、**朱達華**、**鍾清松**、鍾沐卿、**羅德原**、鍾炳文、陳德金、陳發義、張炳昌、劉誌來、**劉富逢**、黃錦德、黃松盛、**吳連火**、**李榮通**、**傅榮發**、傅銀發、劉富廷、溫幸祿、**鍾煥祥**、曾友財、吳

煥德、吳銘德、曾榮麟、**曾榮治**、傅傳勳、劉金忠、**鍾來章**、**黃昌來**、
黃幸富、**傅傳雲**。

二、女性鄉親

　　林義妹、**宋春妹**、張招金、**宋貴妹**、**古來妹**、**張鳳騰**、羅連娣、
馮招娣、**邱運娣**、邱春妹、**邱良妹**、劉玉招、古滿金、**古滿全**、吳
菊蘭、古麗榮、古靜枝、楊英蘭、**古靜榮**、黃六妹、鍾松妹、傅雲金、
鍾金嬌、**黃龍妹**、**張水妹**、溫貴娣。

※ **顏色較深者係平常往來親密，提供客家諺語較多之親朋好友。**

參

編後語

敝人世居之地，與美濃市場、役場各機關、老叔公邱欽盛相鄰。早期邱家四個伙房，與吳家伙房、古家夥房毗連，乃美濃最為繁榮的行政商業地區；三、四十年前，更是美濃春節「棋場」、民間消費遊藝活動之空間，邱家數十多年來與美濃之政治選舉結緣，使得邱家夥房成為政治人物、四門六親、賭客們到訪與匯集之地點，因此傳統而標準，有趣而詼諧，多種類型的客家話、成語、順口溜、俚俗語等，迅速地在邱家夥房、市場內四周傳遞，在交流著或在被學習著！

「美濃客家古老言話」藏在各行各業、尋常鄉親在感情親密之交談中，說話總是會帶「膣」、帶「膦」，敝人所蒐集之成語、俗諺語甚多帶有「膣」、「膦」兩字，或許有人會認為粗俗不雅，但它們確確實實是老祖先們遺留下來的智慧之言；例如「攎膦綻脬」、「舐膣一覆」、「膦細多毛」、「拗膦塞嘴」、「狗咬膦棍」、「好時割膣相送，毋好哋屄上屋棟」、「膦親毋當膣親，膣親毋當飯碗親」等等成語與俚語，於溝通或傳達上，讓兩者與聽眾們都可快速明瞭其意思。

自幼先父以「男人無志毋成家，女人無志生離孀」、先母更以「敢做敢當，敢做笊篱，就毋驚滾飯湯」，鼓勵做人要擔硬及要立志成家。民國60年間，鍾啓元老鎮長一句：「食人飯，做鬼事」、「宕了自己工，增了他人志」的諺語，讓他說出政治人物之無奈，對年輕人的我來說，是無法體會其深意的。民國74年間，黃幸富老先生當調解會主席，總是習慣性地說：「黃雞孀生白卵，家家有長短。」輕鬆地把民間糾紛化解掉了。立法委員吳海源叔叔、王水興先生，每每喜宴或聚餐，他老人家總愛遲到，但他卻能笑容可掬的說：「狐狸愛走，狗拂尾。」替自己解圍。菸葉改進社前總社長張騰芳老前輩常用「做人嫌忒細，做膦又嫌忒大」之語來責備行為偏差之人；當鼓勵青年們時，卻用「敢拿獅頭同，就愛敢過桌棚」勵志之語。

農會老理事長傅傳榮老前輩說一句：「拈番薯愛拈田角，同學老嬤愛庀山腳」，就是告知後輩們，做事要用頭腦。邱家宗長邱欽盛老叔公，年方16歲便投入戲班，甚諳客家戲曲與八音，精通嗩吶絃簫、客家祭祀禮儀、美食，曾參選兩屆議員與鎮民代表，擔任五次里長，老叔公常常會以「膡大眾人揩」來勸服大家，要看破眾人事務。

　　《美濃客家語寶典〔美濃地區即將消失的客家語彙〕》一書，著手訪談、蒐集雖然稍早，卻因時空背景配合不上，讓它延慢了29年；為堅持真實地紀錄與採集的使命，以致美濃與客家話有關的習俗語言，尚多無法蒐集及紀錄完善。本書僅做蒐集、整理之工作，無法句句做深入研究解析或做專業之論述，頗感歉意。懇請鄉親們能用心閱讀，與其他同類書籍作比較，雖然不能成為「客語薪傳教科書」，卻期盼祖父母、父叔輩們真實的「美濃老古言話」，能讓您們尋回愉悅莞爾的記憶及刻骨銘心的庭訓。

肆

附 録

◆ 附錄一／美濃客家語中修飾不同程度的副詞

還　han˘：尚、稍微。

恁　an`：如此、這麼。

過　go：較、比較。

忒　ted`：太、過於。

蓋　goi：很、十分。

盡　qin：非常。

嶄然　zan`man˘：非常、格外。

最　zui`：至極。

特　tid：「第一」之合稱。

◆ 附錄二／美濃客家語具「吔」尾之形容詞或副詞

矮矮吔	aiˋaiˇeˊ	夭夭吔	ieuˊieuˊeˊ
齊齊吔	ceˇceˇeˊ	幼幼吔	iu iu eˊ
撮撮吔	cebˋcebˋeˊ	潤潤吔	iun iun eˊ
深深吔	ciimˊciimˊeˊ	勻勻吔	iunˇiunˇeˊ
試試吔	cii cii eˊ	磕磕吔	kabˋkabˋeˊ
直直吔	ciid ciid eˊ	刻刻吔	kadˋkadˋeˊ
長長吔	congˇcongˇeˊ	輕輕吔	kiangˊkiangˊeˊ
嗒嗒吔	dabˋdabˋeˊ	譴譴吔	kienˋkienˋeˊ
恬恬吔	diamˊdiamˊeˊ	近近吔	kiunˊkiunˊeˊ
到到吔	do do eˊ	略略吔	liog liog eˊ
多多吔	doˊdoˊeˊ	涼涼吔	liongˇliongˇeˊ
短短吔	donˋdonˋeˊ	落落吔	lo lo eˊ
和和吔	foˇfoˇeˊ	樂樂吔	logˋlogˋeˊ
緩緩吔	fon fon eˊ	慢慢吔	man man eˊ
分分吔	fun fun eˊ	蠻蠻吔	manˇmanˇeˊ
奮奮吔	fun fun eˊ	綿綿吔	mienˇmienˇeˊ
昏昏吔	funˇfunˇeˊ	濛濛吔	mungˇmungˇeˊ
久久吔	giuˋgiuˋeˊ	冷冷吔	nangˊnangˊeˊ
高高吔	goˊgoˊeˊ	硬硬吔	ngang ngang eˊ
憨憨吔	hamˊhamˊeˊ	軟軟吔	ngionˊngionˊeˊ
緪緪吔	henˇhenˇeˊ	韌韌吔	ngiun ngiun eˊ
遠遠吔	ianˋianˋeˊ	愕愕吔	ngogˋngogˋeˊ

戇戇哋	ngong ngong e´	燒燒哋	seu´seu´e´
忸忸哋	nug nug e´	少少哋	seu`seu`e´
蠕蠕哋	nug`nug`e´	溼溼哋	siib`siib`e´
漂漂哋	peu´peu´e´	衰衰哋	soi´soi´e´
肥肥哋	pi˘pi˘e´	順順哋	sun sun e´
薄薄哋	pog pog e´	鬆鬆哋	sung´sung´e´
普普哋	pu`pu`e´	挺挺哋	ten`ten`e´。
賁賁哋	pun˘pun˘e´	定定哋	tin tin e´
斜斜哋	qia˘qia˘e´	彎彎哋	van´van´e´
淺淺哋	qien`qien`e´	橫橫哋	vang˘vang˘e´
省省哋	sang`sang`e´	集集哋	xib xib e´
細細哋	se se e´	燥燥哋	zau´zau´e´
淰淰哋	sem sem e´	側側哋	zed`zed`e´
笑笑哋	seu seu e´		

◆ 附錄三／美濃客家語中具AABB雙疊形式的習慣用語

a

閼閼撈撈 ad`ad`zad`zad`

挨挨凴凴 ai´ai´ben ben

哎哎喲喲 ai´ai´io˘io˘

掩掩拚拚 am´am´biang biang

詏詏暴暴 au au bau bau

b

挷挷扯扯 bang´bang´ca`ca`

包包挾挾 bau´bau´hiab`hiab`

包包図図 bau´bau´ngiab`ngiab`(liab`liab`)

飆飆撞撞 beu´beu´cong cong

屏屏図図 biang biang liab`liab`

抦抦頓頓 biang´biang´dun dun

嗶嗶噼噼 bid bid biag biag

嗶嗶哱哱 bid bid bog bog

擯擯絆絆 bin bin ban ban

濱濱滂滂 bin´bin´bong˘bong˘

煲煲炙炙 bo´bo´zag`zag`

渤渤渤渤 bo˘bo˘bo bo

c

杈杈礙礙 ca ca ngoi ngoi

杈杈桍桍 ca ca pa`pa`

搽搽抹抹 ca˘ca˘mad`mad`

抄抄寫寫 cau´cau´xia`xia`

吵吵鬧鬧 cau˘cau˘nau nau

齊齊操操 ce˘ce˘cau´cau´

樵樵杈杈 ceu˘ceu˘ca ca

自自意意 cii cii ngi ngi

直直別別 ciid ciid ped ped

撮撮搃搃 cod`cod` sung`sung`

賺賺了了 con con liau`liau`

長長短短 cong˘cong˘don`don`

長長久久　conǧ conǧ giǔ giǔ

搥搥打打　cuǐ cuǐ dǎ dǎ

抽抽扯扯　cǔ cǔ cad` cad`

重重輕輕　cunǧ cunǧ kianǧ kianǧ

粗粗糙糙　cǔ cǔ co co

匆匆忙忙　cunǧ cunǧ monǧ monǧ

出出入入　cud` cud` ngib ngib

d

頂頂碓碓　dang` dang` doi doi

辽辽辽辽　diň diň din din

陶陶咄咄　daǔ daǔ dod` dod`

叮叮噹噹　diň diň donǧ donǧ

屎屎撮撮　diaǔ diaǔ cod` cod`

到到挖挖　do do iad` iad`

滴滴跌跌　did` did` died` died`

多多少少　dǒ dǒ seǔ seǔ

滴滴涿涿　did` did` dug` dug`

噹噹滴滴　donǧ donǧ did` did`

癲癲倒倒　dieň dieň do do

噹噹跌跌　donǧ donǧ died` died`

癲癲同同　dieň dieň dunǧ dunǧ

噹噹汀汀　donǧ donǧ din din

癲癲尸尸　dieň dieň siǐ siǐ

堵堵撐撐　dǔ dǔ cang cang

叮叮咚咚　din din dung dung

都都挻挻　dǔ dǔ sung` sung`

e

呃呃含含　eb eb hem̌ hem̌

f

花花假假　fǎ fǎ gǎ ga`

拂拂揔揔　fid fid fud fud

花花蓼蓼　fǎ fǎ liaǔ liaǔ

和和氣氣　fǒ fǒ hi hi

翻翻生生　faň faň sanǧ sanǧ

灰灰膏膏　foǐ foǐ gǒ gǒ

反反躁躁　faň fan` cau cau

歡歡喜喜　foň foň hi` hi`

胡胡摵摵	fuˇfuˇfag`fag`	豐豐富富	fungˊfungˊfu fu
湖湖窟窟	fuˇfuˇfud`fud`	風風光光	fungˊfungˊgongˊgongˊ
分分漿漿	funˊfunˊjiongˊjiongˊ	風風雨雨	fungˊfungˊi`i`
昏昏呆呆	funˇfunˇdeˇdeˇ	轟轟烈烈	fungˊfungˊlied lied
	(ngoiˇngoiˇ)	霎霎翹翹	fung`fung`kieu kieu
昏昏尸尸	funˇfunˇsiiˊsiiˊ		

g

家家戶戶	gaˊgaˊfu fu	揀揀擇擇	gian`gian`tog tog
加加減減	gaˊgaˊgam`gam`	驚驚險險	giangˊgiangˊhiam` hiam`
尷尷尬尬	gamˊgamˊge ge	徑徑徑徑	gin gin gang gang
甘甘願願	gamˊgamˊngian ngian	巾巾晃晃	ginˊginˊgongˇgongˇ
梗梗鼓鼓	gangˊgangˊgu`gu`	跏跏跼跼	gioˊgioˊgiuˊgiuˊ
搞搞怪怪	gau`gau`guai guai	高高低低	goˊgoˊdaiˊdaiˊ
雞雞鴨鴨	geˊgeˊab`ab`	光光華華	gongˊgongˊfaˊfaˊ
鋸鋸嘵嘵	gi gi giau giau	光光嘎嘎	gongˊgongˊgaˇgaˇ
嘰嘰嘎嘎	giˊgiˊgaˇgaˇ	晃晃晃晃	gongˇgongˇgong gong
嘰嘰膏膏	giˊgiˊgoˇgoˇ	跍跍縮縮	guˊguˊsug`sug`
嘰嘰咭咭	giˇgiˇgid gid	孤孤栖栖	guˊguˊxiˊxiˊ
艱艱辛辛	gianˊgianˊxinˊxinˊ	古古怪怪	gu`gu`guai guai
簡簡單單	gian`gian`danˊdanˊ		

h

| 哈哈砰砰 | haˇhaˇbong bong | 哈哈吮吮 | haˇhaˇsud sud |

狹狹蹶蹶	hab hab kiad kiad	梟梟騗騗	hieuˊhieuˊpien pien
懈懈怠怠	hai hai tai tai	凶凶豺豺	hiungˊhiungˊsaiˇsaiˇ
憨憨呆呆	hamˊhamˊdeˇdeˇ	兄兄弟弟	hiungˊhiungˊti ti
憨憨狂狂	hamˊhamˊkongˇkongˇ	嚎嚎呷呷	hoˊhoˊgab gab
酣酣醉醉	hamˊhamˊzui zui	嗬嗬呵呵	hoˊhoˊho ho
鹹鹹甜甜	hamˇhamˇtiamˇtiamˇ	好好壞壞	hoˋhoˋfaiˋfaiˋ
嚎嚎喝喝	hauˊhauˊhodˋhodˋ	喝喝撮撮	hodˋhodˋcodˋcodˋ
嘿嘿砰砰	heˊheˊbong bong	熇熇曬曬	hogˋhogˋsai sai
後後生生	heu heu sangˊsangˊ	寒寒凍凍	honˇhonˇdung dung
翹翹却却	hieu hieu hiogˋhiogˋ		

i

野野嗒嗒	iaˊiaˊdab dab	搖搖當當	ieuˇieuˇdongˊdongˊ
援援牽牽	ianˊianˊkianˊkianˊ	搖搖越越	ieuˇieuˇiad iad
冤冤枉枉	ianˊianˊvongˋvongˋ	洋洋漾漾	iongˇiongˇiong iong
延延遟遟	ianˇianˇce ce	幼幼秀秀	iu iu xiu xiu
圓圓滿滿	ianˇianˇmanˊmanˊ	憂憂煩煩	iuˊiuˊfanˇfanˇ
贏贏輸輸	iangˇiangˇsuˊsuˊ	遊遊于于	iuˊiuˊcogˋcogˋ
液液滑滑	ieˇieˇvad vad	油油湯湯	iuˊiuˊtongˊtongˊ
邀邀湊湊	ieuˊieuˊceu ceu	呦呦嗬嗬	iui iui hoˊhoˇ
搖搖擺擺	ieuˇieuˇbaiˋbaiˋ		

j

吱吱喌喌	ji ji jio jio	吱吱吱吱	jiˇjiˇjid jid

260

姊姊妹妹	ji`ji`moi moi	喳喳嗍嗍	jim´jim´zod zod
尖尖利利	jiam´jiam´li li	精精緻緻	jin´jin´zii zii
靚靚鬧鬧	jiang´jiang´nau nau	揪揪搡搡	jio´jio´sung`sung`
汲汲浞浞	jid jid jiog jiog	跏跏蹁蹁	jio`jio`fe`fe`
煎煎煮煮	jien´jien´zu`zu`		

k

喀喀呸呸	ka˘ka˘pui pui	卡卡戇戇	kie˘kie˘ngong ngong
挍挍撞撞	kai´kai´cong cong	鏗鏗鏘鏘	kin kin kong kong
欺欺翕翕	ki´ki´hib`hib`	勤勤儉儉	kiun˘kiun˘kiam kiam
牽牽連連	kian´kian´lien˘lien˘	跪跪磕磕	kui`kui`ngab ngab
虔虔誠誠	kian˘kian˘siin˘siin˘	康康健健	kong´kong´kian kian
輕輕鬆鬆	kiang´kiang´sung´sung´	慷慷慨慨	kong´kong´koi`koi`
矻矻搉搉	kid kid kog kog		

l

邋邋呷呷	lab lab gab gab	陸陸續續	liug liug xiug xiug
裡裡外外	li´li´ngoi ngoi	六六畜畜	liug`liug`xiug`xiug`
離離犁犁	li´li´lai˘lai˘	攞攞合合	lo´lo´gab`gab`
撩撩鳥鳥	liau˘liau˘diau´diau´	攞攞交交	lo´lo´gau gau
撩撩挨挨	liau˘liau˘dud`dud`	囉囉嗦嗦	lo´lo´so´so´
礫礫矻矻	lid lid kid kid	潦潦草草	lo´lo`co`co`
嚦嚦癧癧	lid lid lag lag	老老嫩嫩	lo`lo`nun nun
溜溜漂漂	liu˘liu˘piu piu	老老細細	lo`lo`se se

落落擐擐	lod`lod`kuan kuan	露露罅罅	lu lu la la
劣劣拙拙	lod`lod`zod`zod`	擄擄扐扐	lu˘lu˘led led
犖犖确确	log`log`kog`kog`	累累贅贅	lui lui zui zui
來來去去	loi˘loi˘hi hi	瘤瘤錐錐	lui´lui˘zui´zui´

m

麻麻痺痺	ma˘ma˘bi bi	綿綿涊涊	mien˘mien˘jiog jiog
渺渺茫茫	meu`meu`mong˘mong˘	明明白白	min˘min˘ped ped
彌彌蒙蒙	mi´mi´mang´mang´	暮暮固固	mu mu gu gu
抹抹摸摸	mi´mi´mio´mio´	懵懵懂懂	mun`mun`dung`dung`
	(mia´mia´)	濛濛烏烏	mung˘mung˘vu´vu´

n

泥泥板板	nai˘nai˘ban`ban`	呢呢呢呢	ne˘ne˘ne ne
濫濫涊涊	nam nam jiog jiog	醹醹膠膠	neu˘neu˘ga˘ga˘
男男女女	nam˘nam˘ng`ng`	魚魚肉肉	ng˘ng˘ngiug˘ngiug˘
懶懶尸尸	nan´nan´sii´sii´	冘冘孱孱	ngan˘ngan˘zan´zan´
零零星星	nang´nang´sang´sang´	獒獒蟒蟒	ngau˘ngau˘fe`fe`
冷冷斡斡	nang´nang´vad`vad`	惹惹翹翹	ngia ngia hieu hieu
冷冷颼颼	nang´nang´xiu˘xiu˘	惹惹錫錫	ngia´ngia´xiang˘xiang˘
伶伶俐俐	nang˘nang˘li li	惹惹扯扯	ngia`ngia`ca`ca`
零零落落	nang`nang`log`log`	黏黏浹浹	ngiam˘ngiam˘giab`giab`
零零敧敧	nang`nang`lud`lud`	唅唅唅唅	ngiam˘ngaim˘ngiam
膩膩細細	ne ne se se		ngiam

軋軋齾齾　ngid ngid ngad ngad

日日夜夜　ngid`ngid`ia ia

日日月月　ngid`ngid`ngiad ngiad

虐虐削削　ngiog`ngiog`xiog`xiog`

軟軟硬硬　ngion´ngion´ngang
　　　　　ngang

扭扭皺皺　ngiu`ngiu`jiu jiu

愕愕琢琢　ngog`ngog`dog dog`

戇戇呆呆　ngong ngong de˘de˘
　　　　　(ngoi˘ngoi˘)

呢呢挪挪　ni˘ni˘no˘no˘

宩宩康康　nong´nong´kong´kong´

狼狼賴賴　nong˘nong˘lai lai

內內外外　nui nui ngoi ngoi

窿窿空空　nung˘nung˘kung´kung´

曩曩曩曩　nung˘nung˘nung nung

o

厔厔巴巴　o´o´ba˘ba˘

厔厔哱哱　o´o´bud bud

厔厔糟糟　o´o´zo´zo´

噯噯喲喲　oi´oi´io˘io˘

哀哀哉哉　oi´oi´zoi˘zoi˘

安安靜靜　on´on´qin qin

安安全全　on´on´qion˘qion˘

央央撞撞　ong ong cong cong

央央幫幫　ong´ong´bong´bong´

p

浮浮冇冇　peu˘peu˘pang pang

疲疲寒寒　pi˘pi˘hon´hon˘

平平展展　piang˘piang˘zan`zan`

便便宜宜　pien˘pien˘ngi´ngi´

乒乒乓乓　pin pin pang pang

平平白白　pin˘pin˘pag pag

平平靜靜　pin˘pin˘qin qin

睄睄脤脤　pu pu nem nem

q

泪泪喳喳　qi qi ca ca

斜斜蹁蹁　qia´qia˘fe˘fe`

前前後後	qienˇqienˇheu heu	清清淨淨	qinˊqinˊqiang qiang
儘儘採採	qin qin caiˊcaiˊ	傾傾剷剷	qinˊqinˊcan`can`
靜靜緻緻	qin qin zii zii	就就集集	qiu qiu qib qib
清清楚楚	qinˊqinˊcu`cu`		

s

煞煞猛猛	sad`sad`mangˊmangˊ	唆唆慫慫	soˊsoˊsung`sung`
豺豺削削	saiˇsaiˇxiog`xiog`	酸酸澀澀	sonˊsonˊseb`seb`
覗覗勢勢	sang sang seˇseˇ	上上下下	songˊsongˊhaˊhaˊ
聲聲句句	sangˊsangˊgi gi	商商眨眨	songˊsongˊsab`sab`
燥燥難難	sauˇsauˇnad`nad`	輸輸贏贏	suˊsuˊiangˊiangˊ
洗洗湯湯	se`se`tongˊtongˊ	叔叔伯伯	sug`sug`bag`bag`
燒燒冷冷	seuˊseuˊnangˊnangˊ	隨隨便便	suiˇsuiˇpien pien
燒燒暖暖	seuˊseuˊnonˊnonˊ	順順班班	sun sun banˊban`
是是非非	sii sii fiˊfiˊ	順順利利	sun sun li li
世世代代	sii sii toi toi	順順序序	sun sun xi xi
思思念念	siiˊsiiˊngiam ngiam	雙雙對對	sungˊsungˊdui dui
脣脣口口	siinˇsiinˇheu`heu`		

t

踏踏實實	tab tab siid siid	定定著著	tin tin cog cog
大大細細	tai tai se se	暢暢瀉瀉	tiong tiong xia xia
偷偷圖圖	teuˊteuˊliab`liab`	拖拖扯扯	toˊtoˊca`ca`
特特突突	tid tid tud tud	拖拖挻挻	toˊtoˊsung`sung`

妥妥當當	to`to`dong dong	度度搏搏	tu tu bog`bog`
湯湯洗洗	tong´tong´se`se`	通通透透	tung´tung´teu teu
湯湯水水	tong´tong´sui`sui`		

V

話話霸霸	va va ba ba	畏畏縮縮	vi vi sug`sug`
哇哇斡斡	va´va˘vad`vad`	黃黃霜霜	vong˘vong˘song´song´
彎彎曲曲	van´van´kiug`kiug`	烏烏暗暗	vu´vu´am am
彎彎斡斡	van´van´vad`vad`	齷齷齪齪	vud vud zud zud
橫橫挖挖	vang˘vang˘vag`vag`	慍慍悴悴	vud`vud`zud`zud`
橫橫直直	vang˘vang˘ciid ciid	文文搵搵	vun˘vun˘vun vun
畏畏濟濟	vi vi ji ji		

X

宵宵趖趖	xi´xi´so˘so˘	唏唏吮吮	xid xid sud sud
漦漦潷潷	xiau˘xiau˘pi pi	鮮鮮湯湯	xien´xien´tong´tong´
息息文文	xib`xib`vun˘vun˘	心心念念	xim´xim´ngiam ngiam
唧唧析析	xid xid sag sag	辛辛苦苦	xin´xin´ku`ku`

Z

災災劫劫	zai´zai´giab`giab`	砧砧剁剁	zem´zem´dog dog
齋齋修修	zai´zai´xiu´xiu´	膣膣擺擺	zii´zii´bai˘bai˘
整整修修	zang`zang`xiu´xiu´	膣膣葉葉	zii´zii´iab iab
燥燥溓溓	zau´zau´liam`liam`	指指點點	zii`zii`diam`diam`

子子肉肉　zii`zii`ngiug`ngiug`　　豬豬狗狗　zu´zu´geu`geu`

仔仔細細　zii`zii`se se　　　　　腫腫醉醉　zung`zung`zui zui

真真假假　ziin´ziin´ga`ga`

◆ 附錄四／美濃客家語中可連接「上、下」、「出、入」、「來、去」、「日、夜」、「晝、暗」、「東、西」、「頭、尾」的動詞語彙（以「○上○下」為例）

b

揹上揹下　ba˘song´ba˘ha´（其他如：揹出揹入、揹來揹去、揹日揹夜、揹晝揹夜、揹東揹西等，以下均可類推）

跛上跛下　bai´song´bai´ha´

扳上扳下　ban´song´ban´ha´

搬上搬下　ban´song´ban´ha´

掤上掤下　bang´song´bang´ha´

飆上飆下　beu´song´beu´ha´

背上背下　bi song´bi ha´

飛上飛下　bi´song´bi´ha´

屏上屏下　biang song´biang ha´

抦上抦下　biang´song´biang´ha´

搧上搧下　bien`song´bien`ha´

放上放下　biong song´biong ha´

培上培下　boi´song´boi´ha´

分上分下　bun´song´bun´ha´

捧上捧下　bung`song´bung`ha´

c

扯上扯下　ca`song´ca`ha´

掣上掣下　cad`song´cad`ha´

抄上抄下　cau´song´cau´ha´

遷上遷下　ce song´ce ha´

呻上呻下　cen´song´cen´ha´

坐上坐下　co´song´co´ha´

丁上丁下　cog`song´cog`ha´

踔上踔下　cog`song´cog`ha´

撞上撞下　cong song´cong ha´

擦上擦下　cud song´cud ha´

267

d

帶上帶下　dai song´dai ha´

戴上戴下　dai song´dai ha´

投上投下　dauˇsong´dauˇha´

跕上跕下　deb song´deb ha´

蹬上蹬下　dem`song´dem`ha´

兜上兜下　deu´song´deu´ha´

屌上屌下　diau`song´diau`ha´

癲上癲下　dien´song´dien ha´

玎上玎下　din´song´din´ha´

咄上咄下　doi´song´doi´ha´

揬上揬下　dud`song´dud`ha´

涿上涿下　dug`song´dug`ha´

揼上揼下　dui`song´dui`ha´

頓上頓下　dun song´dun ha´

竇上竇下　dung´song´dung´ha´

揰上揰下　dung`song´dung`ha´

f

拂上拂下　fid song´fid ha´

g

嘎上嘎下　gaˇsong´gaˇha´

呷上呷下　gab song´gab ha´

合上合下　gab`song´gab`ha´

挾上挾下　giab song´giab ha´

弇上弇下　giemˇsong´giemˇha´

噭上噭下　gieu song´gieu ha´

逐上逐下　giug`song´giug`ha´

改上改下　goi`song´goi`ha´

晃上晃下　gongˇsong´gongˇha´

踮上踮下　gu´song´gu´ha´

刮上刮下　guad`song´guad`ha´

h

行上行下　hangˇsong´hangˇha´

歇上歇下　hed song´hed ha´

喊上喊下　hem´song´hem´ha´　　炯上炯下　ho´song´ho´ha´

i

拽上拽下　iad song´iad ha´　　　榮上榮下　iang´song´iang ha´
撲上撲下　iag song´iag ha´　　　搖上搖下　ieu´song´ieu´ha´
掞上掞下　iam song´iam ha´　　　呦上呦下　iui song´iui ha´
掀上掀下　ian´song´ian´ha´

j

尖上尖下　jiam´song´jiam´ha´　　唚上唚下　jim´song´jim´ha´
蘸上蘸下　jiam`song´jiam`ha´　　淀上淀下　jiog song´jiog ha´
櫛上櫛下　jied song´jied ha´

k

搿上搿下　kag song´kag ha´　　　苦上苦下　ku`song´ku`ha´
挍上挍下　kai´song´kai´ha´　　　摜上摜下　kuan song´kuam ha´
踡上踡下　kiam song´kiam ha´　　誑上誑下　kuang song´kuang ha´
鉗上鉗下　kiam ̌song´kiam ̌ha´　　跪上跪下　kui`song´kui`ha´
嶠上嶠下　kieu´song´kieu´ha´

l

睞上睞下　lai`song´lai`ha´　　　撈上撈下　lau´song´lau´ha´
落上落下　lau song´lau ha´　　　扐上扐下　led song´led ha´
遶上遶下　lau´song´lau´ha´　　　嘍上嘍下　leu song´leu ha´

269

寮上寮下　liau song´liau ha´ 　　　壟上壟下　liung´song´liung´ha´

撩上撩下　liauˇsong´liauˇha´ 　　攞上攞下　lo´song´lo ha´

斂上斂下　lien song´lien ha´ 　　　捋上捋下　lod song´lod ha´

憐上憐下　lienˇsong´lienˇha´ 　　絡上絡下　log`song´log`ha´

遛上遛下　liu song´liu ha´ 　　　　擄上擄下　lug`song´lug`ha´

m

掰上掰下　mag song´mag ha´ 　　搣上搣下　mied`song´mied`ha´

n

揇上揇下　nam`song´nam`ha´ 　　熬上熬下　ngau´song´ngau´ha´

躘上躘下　nang song´nang ha´ 　　熬上熬下　ngau´song´ngau´ha´

攣上攣下　nangˇsong´nangˇha´ 　　黏上黏下　ngiam´song´ngiam´ha´

啱上啱下　ngam´song´ngam´ha´ 　　扭上扭下　ngiu`song´ngiu`ha´

頷上頷下　ngam`song´ngam`ha´ 　　掄上掄下　nun`song´nun`ha´

p

潑上潑下　pad`song´pad`ha´ 　　　陪上陪下　piˇsong´piˇha´

撥上撥下　pad`song´pad`ha´ 　　　歂上歂下　punˇsong´punˇha´

攀上攀下　panˇsong´panˇha´

q

劗上劗下　qiam´song´qiamˇha´ 　　尋上尋下　qim´song´qimˇha´

賤上賤下　qien song´qien ha´ 　　　躍上躍下　qiog`song´qiog`ha´

s

嘥上嘥下	sai´song´sai´ha´	趒上趒下	so˘song´so˘ha´
唆上唆下	so´song´so´ha´	揀上揀下	sung`song´sung`ha´

t

踏上踏下	tab song´tab ha´	偷上偷下	teu´song´teu´ha´
踢上踢下	ted`song´ted`ha´	跳上跳下	tiau song´tiau ha´
捵上捵下	ten song´ten ha´	拖上拖下	to´song´to´ha´
跈上跈下	ten`song´ten`ha´	捅上捅下	tung`song´tung`ha´

v

斡上斡下	vad`song´vad`ha´	劃上劃下	vag`song´vag`ha´

x

瀉上瀉下	xia song´xia ha´	颼上颼下	xiu˘song´xiu˘ha´
睄上睄下	xio˘song´xio˘ha´	筱上筱下	xiu`song´xiu`ha´

z

輾上輾下	zan song´zan ha´	載上載下	zoi song´zoi ha´
涉上涉下	zeb dong´zeb ha´	崒上崒下	zug song´zug ha´
撮上撮下	zeb`song´zeb`ha´	舂上舂下	zung´song´zung´ha´
走上走下	zeu`song´zeu`ha´		

◆ 附錄五／美濃客家語中「ABB＋著（呢）」單疊形式的形容詞

a

闊捽捽著（呢）	ad`cud cud do` （e´，以下類推）	矮頓頓著	ai`dun`dun`do`
		暗摸摸著	am mo´mo´do`
		暗疏疏著	am so˘so˘do`
矮貼貼著	ai`diab`diab`do`		

b

發忿忿著	bod`ca ca do`	背虯虯著	boi kiu˘kiu˘do`
背拱拱著	boi giung`giung`do`	背痀痀著	boi ku˘ku˘do`
背蝦蝦著	boi ha˘ha˘do`	背駝駝著	boi to˘to˘do`
背何何著	boi ho˘ho˘do`	背匍匍著	boi pu˘pu˘do`
背拑拑著	boi kim˘kim˘do`		

c

瘦夾夾著	ceu giab giab do`	臭蓬蓬著	cu pang˘pang˘do`
長纜纜著	cong´nam´nam˘do`	重鈂鈂著	cung´dem˘dem˘do`

d

投拙拙著	dau˘zod`zod`do`	肚梗梗著	du´guang˘guang˘do`
短屈屈著	don`kud kud do`	肚弛弛著	du`ie˘ie˘do`

肚拉拉著　du`la˘la˘do`　　　肚大大著　du`tai tai do`
肚扐扐著　du`led led do`　　　肚挺挺著　du`ten`ten`do`
肚腩腩著　du`nam˘nam˘do`

f

闊野野著　fad`ia´ia´do`　　　紅丟丟著　fung˘diu´diu´do`
苦丟丟著　fu`diu´diu´do`　　　紅歪歪著　fung˘vai´vai´do`

g

驚潑潑著　giang´pad pad do`　　　腳短短著　giog`don don`do`
頸挷挷著　giang`bang´bang´do`　　腳箭箭著　giog`jien jien do`
頸頓頓著　giang`dun dun do`　　　腳交交著　giog`kau´kau´do`
頸蠎蠎著　giang`fe`fe`do`　　　　腳胠胠著　giog`kia kia do`
頸鋸鋸著　giang`gi gi do`　　　　腳屈屈著　giog`kud kud do`
頸縮縮著　giang`sug`sug`do`　　　腳惹惹著　giog`ngia ngia do`
金那那著　gim´na na do`　　　　腳偶偶著　giog`ngiau`ngiau`do`
精恝恝著　gin´guag guag do`　　　腳縮縮著　giog`sug`sug`do`
腳擘擘著　giog`bag`bag`do`　　　腳挺挺著　giog`ten`ten`do`
腳跛跛著　giog`bai´bai´do`　　　高天天著　go´tien´tien´do`
腳撐撐著　giog`cang cang do`　　　光華華著　gong´fa˘fa˘do`

h

狹蹶蹶著　hab kiad kiad do`　　　緪繃繃著　hen˘bang bang do`
好絕絕著　hau qied qied do`　　　猴咣咣著　heu˘guang˘guang˘do`

273

口椏椏著	heu`va´va´do`	香噴噴著	hiong´pun pun do`
氣扯扯著	hi ca`ca´do`	凶豺豺著	hiung´sai`sai´do`
氣奮奮著	hi fun fun do`	雄繃繃著	hiung˘bang bang do`
氣急急著	hi gib`gib`do`	好點點著	ho`diam`diam`do`
氣渺渺著	hi meu`meu`do`	好雪雪著	ho`xied`xied`do`
氣凹凹著	hi ngiab`ngiab`do`	汗漬漬著	hon ji ji do`
氣噴噴著	hi pun pun do`	汗流流著	hon liu˘liu`do`
嬈汀汀著	hieu˘din din do`	汗潑潑著	hon pad pad do`
嬈妮妮著	hieu˘nai˘nai˘do`	汗濕濕著	hon siib`siib`do`
興挗挗著	him lod lod do`	汗漕漕著	hon zo˘zo˘do`

i

煙咚咚著	ian´dung˘dung˘do`	夭巴巴著	ieu`ba´ba`do`
圓咚咚著	ian´dung˘dung˘do`	油漬漬著	iu˘ji ji do`

j

尖利利著	jiam´li li do`

k

輕連連著	kiang´lien˘lien˘do`	苦天天著	ku`tien´tien´do`

l

辣叉叉著	lad ca´ca´do`	老鋸鋸著	lo`gi gi do`
利鋒鋒著	li pung´pung´do`	老敲敲著	lo`kau kau do`

老屪屪著　　lo`zan´zan´do`

m

尾伋伋著	mi´dang´dang´do`	面腫腫著	mien zung`zung`do`
尾拂拂著	mi´fid fid do`	綿淰淰著	mien`jiog jiog do`
尾翹翹著	mi´kieu kieu do`	毛綻綻著	mo´can can do`
尾凹凹著	mi´ngiab`ngiab`do`	毛釘釘著	mo´dang´dang´do`
面疤疤著	mien ba´ba´do`	毛絨絨著	mo´iung˘iung˘do`
面臭臭著	mien cu cu do`	毛蓬蓬著	mo´pang˘pang˘do`
面嘔嘔著	mien eu`eu`do`	毛澀澀著	mo´seb`seb`do`
面紅紅著	mien fung˘fung˘do`	歿淰淰著	mud`jiog jiog do`
面結結著	mien giad`giad`do`	目擘擘著	mug`bag`bag`do`
面虛虛著	mien hi´hi´do`	目瞎瞎著	mug`dab`dab`do`
面扡扡著	mien ia`ia`do`	目弅弅著	mug`giem˘giem˘do`
面皺皺著	mien jiu jiu do`	目金金著	mug`gim´gim´do`
面落落著	mien lod`lod`do`	目瞷瞷著	mug`ngiab`ngiab`do`
面冇冇著	mien pang pang do`	目聚聚著	mug`qi qi do`
面青青著	mien qiang´qiang´do`	目眨眨著	mug`sab`sab`do`
面舐舐著	mien se´se´do`	目西西著	mug`xi´xi´do`
面黃黃著	mien vong˘vong˘do`	目側側著	mug`zed`zed`do`
面醉醉著	mien zui zui do`		

n

濫淰淰著	nam jiog jiog do`	冷觔觔著	nang´vad`vad`do`

冷颼颼著	nang´xiuˇxiuˇdo`	眼盯盯著	ngian`dang´dang´do`
奶釘釘著	nen dang´dang´do`	眼鬥鬥著	ngian`deu deu do`
奶漕漕著	nen zo zo do`	眼金金著	ngian`gim´gim´do`
奶撐撐著	nen cang cang do`	眼桄桄著	ngian`guang´-
牙射射著	ngaˇsa sa do`		guang´do`
牙狋狋著	ngaˇsenˇsenˇdo`	眼卡卡著	ngian`kieˇkieˇdo`
牙哂哂著	ngaˇxi´xi´do`	眼刺刺著	ngian`qiag qiag do`
硬釘釘著	ngang diang´diang´do`	眼狋狋著	ngian`senˇsenˇdo`
硬鉸鉸著	ngang gau gau do`	眼視視著	ngian`sii sii do`
硬砉砉著	ngang guag guag do`	尿岔岔著	ngiau ca ca do`
耳脛脛著	ngi`guangˇguangˇdo`	尿汀汀著	ngiau din din do`
耳閒閒著	ngi`hia hia do`	尿漕漕著	ngiau zoˇzoˇdo`
耳靴靴著	ngi`hio hio do`	軟濟濟著	ngion´jiˇjiˇdo`
耳背背著	ngi`poi poi (boi boi) do`	肉脆脆著	ngiug`coi coi do`
		肉粽粽著	ngiug`zung zung do`
熱活活著	ngiad fad fad do`	亂緊緊著	non gin`gin`do`
熱吱吱著	ngiad ji ji do`	嫩習習著	nun xib`xib`do`
眼暴暴著	ngian`bau bau do`		

O

惡擎擎著	og`kiaˇkiaˇdo`	惡絕絕著	og`qied qied do`
惡蹶蹶著	og`kiad kiad do`		

p

白雪雪著	pag xied`xied`do`	鼻剗剗著	pi can`can`do`
鼻塞塞著	pi seb`seb`do`	鼻崁崁著	pi gien gien do`
鼻流流著	pi liuˇliuˇdo`	肥沉沉著	piˇdem dem do`
鼻尢尢著	pi ang ang do`	肥腖腖著	piˇdung dung do`
鼻擤擤著	pi sen sen do`	肥跕跕著	piˇdeb deb do`
鼻翹翹著	pi ngieu ngieu do`		

q

青河河著	qiangˊhoˇhoˇdo`	薑頭頭著	qiˊteuˇteuˇdo`
青溜溜著	qiangˊliu`liu`do`		

s

燒炯炯著	seuˊhoˇhoˇdo`	水掖掖著	sui`ie ie do`
手屈屈著	su`kud kud do`	聲失失著	sangˊsiid`siid`do`
手坐坐著	su`coˊcoˊdo`	聲凹凹著	sangˊiab`iab`do`
手斂斂著	su`liamˊliamˊdo`	聲央央著	sangˊong ong do`
手摄摄著	su`voiˊvoiˊdo`	笑哱哱著	seu pud`pud`do`
手拖拖著	su`ia`ia`do`	濕溚溚著	siib`dab dab do`
手剗剗著	su`can`can`do`	神攻攻著	siinˇgungˇgungˇdo`
水漕漕著	sui`zoˇzoˇdo`	酸咚咚著	sonˊdungˇdungˇdo`
水洋洋著	sui`iongˇiongˇdo`		

t

大肚肚著	tai du`du`do`	頭犁犁著	teuˇlaiˇlaiˇdo`
大傲傲著	tai ngau ngau do`	頭側側著	teuˇzed`zed`do`
大确确著	tai kog kog do`	頭沉沉著	teuˇciim ciim do`
頭歪歪著	teuˇvaiˊvaiˊdo`	頭臥臥著	teuˇngo ngo do`
頭熬熬著	teuˇnauˇnauˇdo`	頭罄罄著	teuˇqin`qin`do`
頭探探著	teuˇtam tam do`	頭偏偏著	teuˇpienˊpienˊdo`
頭昏昏著	teuˇfunˇfunˇdo`	頭捉捉著	teuˇzog`zog`do`

v

滑餒餒著	vad neˊneˊdo`	烏黚黚著	vuˊdu du do`
黃貢貢著	vongˇgung gung do`	烏疏疏著	vuˊsoˇsoˇdo`
黃臘臘著	vongˇlab lab do`	烏刻刻著	vuˊkad`kad`do`
烏喥喥著	vuˊda da do`		

x

鬚茅茅著	xiˊmauˇmauˇdo`	死板板著	xi`ban`ban`do`
鬚翹翹著	xiˊngieu ngieu do`	死仃仃著	xi`dangˊdangˊdo`
鬚綻綻著	xiˊcan can do`	惜命命著	xig`miang miang do`
死齾齾著	xi`ngad`ngad`do`	俗滑滑著	xiog vad vad do`
死屈屈著	xi`kud kud do`	性暴暴著	xin bau bau do`

Z

嘴惹惹著　　zoi ngia ngia do`　　嘴嗷嗷著　　zoi ngau˘ngau˘do`

嘴貌貌著　　zoi mau mau do`　　嘴膩膩著　　zoi ne ne do`

嘴扁扁著　　zoi bien`bien`do`　　嘴勺勺著　　zoi sog`sog`do`

嘴嫲嫲著　　zoi fe`fe`do`　　燥絲絲著　　zau´xi´xi´do`

嘴努努著　　zoi nu`nu`do`　　子肉肉著　　zii`ngiug`ngiug`do`

嘴屈屈著　　zoi kud kud do`　　醉摸摸著　　zui mia´mia´do`

嘴擘擘著　　zoi bag`bag`do`　　腫瓜瓜著　　zung`gua´gua´do`

◆ 附錄六／美濃客家語詞彙分類表（依客家委員會編《客語能力認證　基本詞彙－中級、中高級暨語料選粹》分類項）

一、天文地理

崩山攲岍　ben´san´lud`in

風吹雨打　fung´coi´i`da`

風吹日曬　fung´coi´ngid`sai

風吹日炙　fung´coi´ngid`zag`

黑烏天暗　hed`vu´tien´am

雨淋水溽　i`lim˘sui`dug`

岍崗項　in gong´hong

皺螺風　jiu lo˘fung´

礫礫矺矺　lid lid kid kid

漣崗　lien˘gong´

攲石屎　lud`sag sii`

雷公哐天　lui˘gung´kuang tien´

濫泥田　nam nai˘tien˘

濃山秀水　nung˘san´xiu sui`

坪頭圳尾　pen˘teu˘zun mi´

晴光白日　qiang˘gong´pag ngid`

秋淋夜雨　qiu´lim˘ia i`

石頭髻窖　sag teu˘gi gau

石頭矼礫　sag teu˘kid lid

水打沙壅　sui`da`sa´iung´

天狗食月　tien´gieu`siid ngiad

天狗食日　tien´gieu`siid ngid`

涔涔雨　ziim´ziim i`

二、時間空間

半爛燦　ban nan can

半山岍　ban san´in

長年透天　cong˘ngian˘teu tien´

隔日三餐　gag`ngid`sam´con´

溝脣河嘴　gieu´siin˘ho˘zoi

古時頭擺　gu`sii˘teu˘bai`

歸日歸夜　gui´ngid`gui´ia

下把哋　ha ba`e´

下二擺　ha ngi bai`

狹狹蹶蹶　hab hab kiad kiad

狹蹶蹶著	hab kiad kiad doˋ	日日夜夜	ngidˋngidˋia ia
狹膣狹極	hab ziiˊhab kid	日日月月	ngidˋngidˋngiad ngiad
寅時卯時	iˇsiiˇmauˊsiiˇ	日頭落山	ngidˋteuˇlog sanˊ
延滯	ianˇce	內內外外	nui nui ngoi ngoi
遠遠吔	ianˋianˋeˊ	平平展展	piangˇpiangˇzanˋzanˋ
一隔一跳	idˋgagˋidˋtiau	七暗八暗	qidˋam badˋam
一下氣擺	idˋha hi baiˋ	七晝八晝	qidˋzuˇbadˋzuˊ
一掖禾	idˋie voˇ	前前後後	qienˇqienˇheu heu
一宕三冬	idˋtong samˊdungˊ	三更半夜	samˊgangˊban ia
一朝半晡	idˋzeuˊban buˊ	三朝兩日	samˊzeuˊliongˋngidˋ
崁頭山腳	kam teuˇsanˊgiogˋ	世世代代	sii sii toi toi
近近吔	kiunˊkiunˊeˊ	十頭八日	siib teuˇbadˋngidˋ
裏裏外外	liˊliˊngoi ngoi	唇唇口口	siinˇsiinˇheuˋheuˋ
臨月	limˇngiad	太陽白日	tai iongˇpag ngidˋ
臨時著急	limˇsiiˇcogˋgibˋ	天仔五里	tienˊeˋngˋliˊ
良時吉日	liongˇsiiˇgidˋngidˋ	田頭田尾	tienˇteuˇtienˇmiˊ
兩頭兩尾	liongˋteuˇliongˋmiˊ	斷烏目麻	tonˊvu mugˋmaˇ
來日方長	loiˇngidˋfongˊcongˇ	椏桍項	vaˊpaˋhong
路頭路尾	lu teuˇlu miˊ	萬古千年	van guˋqienˊngianˇ
無時無節	moˇsiiˇmoˇjiedˋ	窩下去	voˊhaˇhi
目麻斷暗	mugˋmaˇtonˊam	朝晨暗晡	zeuˊsiinˇam buˊ
年三夜四	nganˇsamˊia xi	莊頭莊尾	zongˊteuˇzongˊmiˊ
日長月久	ngidˋcongˇngiadˇgiuˋ		

281

三、人體

骨頭末髓　gud`teuˇmad soi`　　　有膣無膦　iuˇziiˇmoˇlin`

貢岡　gung gong´　　　箭腳　jien giog`

喉嗹徑　heu`lienˇgang　　　膦細多毛　lin`se do´mo´

好手好腳　ho`su`ho`giog`　　　搶食胲　qiong`siid goi´

賺腎項　iam`siin hong　　　屎窟壢　sii fud`lag`

四、人際

恁多話霸　an`do´va ba　　　鬥題　deu tiˇ

撥事頭　bad`se teuˇ　　　對頭　dui teuˇ

拜唔　bai ia´　　　話虎膦　fa fu`lin`

扳頭搐頸　ban´teuˇnam`giang`　　　花撩　fa´liau´

分人開謗　bun´nginˇkoi´bongˇ　　　發孤發絕　fad`go´fad`qied

持刀撲斧　ciiˇdo´iag bu`　　　分彼分此　fun´piˇfun´cii´

曹搓　co´co　　　隔壁鄰舍　gag`biag`lin`sa

撮手花　cod`su`fa´　　　交官　gau´gon´

抽猴筋　cu´heuˇgin´　　　交人交心　gau´nginˇgau´xim´

寸租尺用　cun zu´cag`iung　　　交涉打合　gau´sab da`hab

打幫你　da`bong´ngˇ　　　各扶其主　gog`fu`ki´zu`

打合挖（甲乙）　da`gab`iad`　　　公婆共心　gung´poˇkiung xim´

答識你　dab`siid`ngˇ　　　公食公開　gung´siid gung´koi´

鬥搭　deu dab`　　　哈哈砰砰　ha´ha´bong bong

鬥股　deu gu`　　　合心合意　hab xim´hab i

鬥頭　deu teuˇ　　　兄兄弟弟　hiung´hiung´ti ti

學老番親	ho lo`fan´qin´	黏上黏下	ngiam˘song´ngiam˘ha´
好頭好尾	ho`teu´ho`mi´	人情面目	ngin˘qin˘mien mug`
贏贏輸輸	iang˘iang˘su´su´	人情事務	ngin˘qin˘sii vu
養蛇食雞	iong´sa˘siid gie´	人衰鬼弄	ngin˘soi´gui`nung
姊姊妹妹	ji`ji`moi moi	人大分家	ngin˘tai bun´ga´
借佛為名	jia fud vi˘miang˘	讓陣寮	ngiong ciin liau
揪揪挺挺	jio´jio´sung`sung`	浪想	nong xiong`
契弟同年	ke ti tung˘ngian˘	別姓二道	pied xiang ngi to
屈擂屈錐	kud lui˘kud zui´	便買便賣	pien mai´pien mai
攞上攞下	lo´song´lo´ha´	騙人毋識	pien ngin˘m˘siid`
老嫩大細	lo`nun tai se	聘魂	pin`fun˘
來來去去	loi˘loi˘hi hi	親家且姆	qin´ga´qia´me´
攎膦綻朘	lu˘lin`can zoi´	搶光	qiong`gong´
攎攎扐扐	lu˘lu˘led led	搶光雞婆	qiong`gong´gie˘bo`
累累贅贅	lui lui zui zui	閃箱	sam`xiong´
抹煞	mad`sad`	閃石	sam`sag
買賣算分	mai´mai son fun´	生離脫別	sang´li˘tod`pied
無合心	mo˘gab`xim´	誚薼人	sau´nad`ngin˘
莫打青驚	mog da`qiang´giang´	熮言薼語	sau˘ngian˘nad`ngi´
惱死人	nau´xi`ngin˘	熮熮薼薼	sau˘sau˘nad`nad`
你甘俚願	ng˘gam´ngai˘ngian˘	燒壞話	seu´fai`fa
五獒六綻	ng`ngau˘liug`can	是是非非	sii sii fi´fi´
侄乜愛	ngai˘me oi	唆是弄非	so´sii nung`fi´
獒門	ngau˘mun˘	唆唆慫慫	so´so´sung`sung`

唆上唆下　so´song´so´ha´
上迎下請　song´ngiang⌄ha´ qiang`
輸輸贏贏　su´su´iang⌄iang⌄
叔叔伯伯　sug`sug`bag`bag`
雙面多鬼　sung´mien do´gui`
雙雙對對　sung´sung´dui dui
大婆細姨　tai po⌄se i⌄
大婆細姐　tai po⌄se jia`
大細姑姊　tai se gu´ji`
貼人額　tiab`ngin⌄ngiag⌄
討功望償　to`gung´mong song⌄

脫人　tod`ngin⌄
推三阻四　tui´sam´zu`xi
枉屈人　vong`vud`ngin⌄
四門六親　xi mun⌄liug`qin´
惜子連孫　xiag`zii`lien⌄sun´
相惜　xiong´xiag`
招夫養子　zeu´fu´iong´zii`
招婿郎　zeu´se nong⌄
斟酌商量　ziim´ zog`song´liong⌄
做開交　zo koi´gau´
咒孤罵絕　zu gu´ma qied

五、品貌

詏詏暴暴　au au bau bau
詏暴　au bau
拗蠻　au´man⌄
八敗　bad`pai
八敗帶掃　bad`pai dai so
叭哈嫲　bag ha⌄ma⌄
半閹陽　ban iam´iong⌄
半頭青　ban teu⌄qiang´
扳頭　ban´teu⌄
繃雄　bang hiung⌄

掤想　bang´xiong`
變鬼變怪　bien gui`bien guai
變精合怪　bien jin´gag`guai
發火膦　bod`fo`lin`
發瘟膣　bod`hab`zii´
發老娆　bod`lo`hieu⌄
發肉雄　bod`ngiug`hiung⌄
發大脹　bod`tai zong
發脹絕滅　bod`zong qied mied
不褡不膝　bud`dab`bud`qid`

瘦縮　ceu sog`

臭雞腥　cu gieˇxiangˊ

粗糙　cuˊco

粗魯怪醒　cuˊluˇguai xiang`

粗皮煉挨　cuˊpiˇlad`ngai

鼠頭蛇眼　cu`teuˇsaˇngian

打笑面　da`seu mien

嗒蒂膩細　dab di ne se

嗒足　dab jiug`

帶壞帶樣　dai fai dai iong

低腦人腳　daiˊno`nginˇgiog`

陶陶咄咄　dauˇdauˇdod`dod`

吊舌筋　diau sad ginˊ

短命　don`miang

當風蒙　dongˊfungˊmangˊ

啄目睡　dug`mug`soi

頓上頓下　dun songˊdun haˊ

東偷西撮　dungˊteuˇxiˊzeb`

同頭挨腦　dungˇteuˇdud`no`

花花假假　faˊfaˊga`ga`

發譴抽掣　fad`kian`cuˊcad`

壞心　fai`ximˊ

反蠻　fan`manˇ

非非腦射　fiˊfiˊno`sa

非非亂做　fiˊfiˊnon zo

和和氣氣　foˇfoˇhi hi

灰唄　foiˊbied`

灰灰膏膏　foiˊfoiˊgoˊgoˊ

胡胡搣搣　fuˇfuˇfag`fag`

虎膦轟天　fu`linˋbang tienˊ

虎頭蛇尾　fu`teuˇsaˇmiˊ

分分漿漿　funˊfunˊjiongˊjiongˊ

昏昏呆呆　funˇfunˇdeˇdeˇ/
　　　　　ngoiˇngoiˇ

昏昏尸尸　funˇfunˇsiiˊsiiˊ

風神　fungˊsiinˊ

家娘壞樣　gaˊngiongˇfai`iong

假花入城　ga`faˊngib sangˇ

尷尬　gamˊge

狡猾　gau vad

搞搞怪怪　gau`gau`guai guai

雞腸鴨肚　gieˊcongˇab`du`

結舌仔　giad`sad e`

奸雄　gianˊhiungˇ

奸雄鬼計　gianˊhiungˇgui`ge

堅挨　gianˊngai

嗷哆牯　gieu ziiˊgu`

狗呷烏蠅　gieu`gab vuˊinˇ

285

精砉砉著　gin´guag guag do`
緊板　gin`ban`
踋踋跔跔　gio´gio´giu´giu´
腳健膦硬　giog`kian lin`ngang
腳想長　giog`xiong`congˇ
九尾嫲　giu`mi´maˇ
趜屎轟天　giug sii`pang tien´
挶嬈款　giug`hieuˇkuan`
孤盲　go´mo´
孤盲猴　go´mo´heuˇ
蓋投人　goi dauˇnginˇ
蓋僘嘴　goi kiang zoi
頦滿肚飽　goi´man´du`bau`
跍跍縮縮　gu´gu´sug`sug`
孤孤栖栖　gu´gu´xi´xi´
孤老　gu´lo`
古古怪怪　gu`gu`guai guai
鬼頭鬼腦　gui`teuˇgui`no`
懈懈怠怠　hai hai tai tai
懈怠　hai tai
鞋尖腳細　haiˇjiam´giog`se
憨搭　ham´dab`
憨憨呆呆　ham´ham´deˇdeˇ
憨憨狂狂　ham´ham´kongˇkongˇ
鹹心　hamˇxim´
好譴　hau kien`
好絕絕著　hau qied qied do`
好囋　hau sai´
好囋猴　hau sai´heuˇ
好食懶做　hau siid nan´zo
猴咣咣著　heuˇguangˇguangˇdo`
猴形鬼樣　heuˇhinˇgui`iong
口底泥　heu`dai`naiˇ
口管　heu`gon`
口管毋淨　heu`gon`mˇqiang
口涎波潑　heu`nan´po´bad
起赤痧　hi`cag`sa´
嫌張　hiamˇzong´
梟梟騙騙　hieu´hieu´pien pien
梟兄斂弟　hieu´hiung´lien ti
嬈汀汀著　hieuˇdin din do`
嬈妮妮著　hieuˇnaiˇnaiˇ do`
嬈膩膩　hieuˇne ne
嬹骨使妮　hin`gug`sai´nai´
兇兇豺豺　hiung´hiung´saiˇsaiˇ
兇豺　hiung´saiˇ
兇豺豺著　hiung´saiˇsaiˇdo`
雄頭　hiungˇteuˇ

雄頭搭腦　hiung˘teu˘dab`no`	精腳　jin´giog`
號膣橫霸　ho zii´vang˘ba	精緻　jin´zii
喝喝撮撮　hod`hod`cod`cod`	啾唷　jio io
喝上使下　hod`song´sii`ha´	儆嘴　kiang zoi
寒寡　hon˘gua`	牽馬　kiang´ma´
昏懵　hun´mung`	蹺蹊　kiau´hi´
夜摸仔　ia mo´e`	卡卡戇戇　kie˘kie˘ngong ngong
野野嗒嗒　ia´ia´dab dab	嬌人　kieu˘ngin˘
圓咚咚著　ian˘dung˘dung˘do`	嬌嚷頓　kieu˘sai´dun
液口涎　ie˘heu`nan´	勤儉　kiun˘ kiam
腰拑背吊　ieu´ kiam˘boi diau	開容笑面　koi´iung˘seu mien
搖搖越越　ieu˘ieu˘iad iad	慷慷慨慨　kong´kong´koi`koi`
舀打吔　ieu`da`e´	誑上誑下　kuang song´kuang ha´
陰陰腦笑　im´im´no`seu	空身寮跳　kung´siin´liau tiau
應嘴擘鼻　in zoi bag`pi	邋邋呷呷　lab lab gab gab
有口　iu´heu`	邋食猴　lab siid heu˘
憂憂煩煩　iu´iu´fan˘fan˘	落嚷牯　lau sai´gu`
有錢　iu´qien˘	醴豐　li´fung´
有情　iu´qin˘	撩鳥　liau˘diau´
絨加嫲　iung˘ga´ma˘	斂又詑　lien iu tad`
嘰咕頂碓　ji gu`dang`doi	斂手　lien´su`
尖牙利齒　jiam´nga˘li cii`	膦屌郎當　lin`diau`nong˘dong´
靚裝　jiang´zong´	膦棍頭　lin`gun teu˘
精刁　jin´diau´	膦毛瑣澀　lin`mo´so`seb`

溜溜漂漂　liuˇliuˇpiu piu
齧死人　liu`xi`nginˇ
六畜　liug`hiug`
囉囉嗦嗦　loˊloˊsoˊsoˊ
潦草　lo`co`
劣拙　lod`zod`
劣拙貨　lod`zod`fo
樂板　log ban`
絡嚌掇食　log saiˊdod`siid
落身元洩　log siinˊngianˇxied
樂線　log xien
露露罅罅　lu lu la la
攎博　lug`bog`
毋壁　mˇbiag`
毋擔輸贏　mˇdamˊsuˊiangˇ
瞞官歛人　manˊgonˊlien nginˇ
抿嘴脣　manˇzoi siinˇ
尾凹凹著　miˊngiab`ngiab`do`
面疤疤著　mien baˊbaˊdo`
面臭臭著　mien cu cu do`
面嘔嘔著　mien euˊeu`do`
面紅濟借　mien fungˇji jia
面紅紅著　mien fungˇfungˇdo`
面結結著　mien giad`giad`do`
面虛虛著　mien hiˊhiˊdo`
面項無血　mien hong moˇhiad`
面扡扡著　mien iaˊia`do`
面皺皺著　mien jiu jiu do`
面落落著　mien lod`lod`do`
面冇冇著　mien pang pang do`
面青青著　mien qiangˊqiangˊdo`
面舐舐著　mien seˊseˊdo`
面黃黃著　mien vongˇvongˇdo`
面醉醉著　mien zui zui do`
面腫腫著　mien zung`zung`do`
無格　moˇgied`
無面無皮　moˇmien moˇpiˇ
無頭無神　moˇteuˇmoˇsiinˇ
無心無事　moˇximˊmoˇsii
無修　moˇxiuˊ
無作用神　moˇzog`iung siinˇ
無主家神　moˇzu`gaˊsiinˇ
暮固　mu gu
暮固沉毒　mu gu ciimˇtug
暮暮固固　mu mu gu gu
歾東西　mud`dungˊxiˊ
目擘擘著　mug`bag`bag`do`
目瞪瞪著　mug`dab`dab`do`

288

目紅鼻紅　mug`fung˘pi fung˘
目舁舁著　mug`giem˘giem˘do`
目金金著　mug`gim´gim´do`
目陰目陽　mug`im´mug`iong˘
目矔矔著　mug`ngiab`ngiab`do`
目爬拭淚　mug`pa˘siib lui
目聚聚著　mug`qi qi do`
目眨眨著　mug`sab`sab`do`
目西西著　mug`xi´xi´do`
目側側著　mug`zed`zed`do`
目汁闌串　mug`ziib`nam˘con
懵懵懂懂　mung`mung`dung`
　　　　　dung`
泥泥板板　nai˘nai˘ban`ban`
艦漦　nam´xiau˘
懶怠　nan´tai
鬧斗　nau deu`
獒頭頓頸　nau˘teu˘dun`giang`
牙渣賸筋　nga˘za´lin`gin´
齧察　ngad`cad`
齧察四　ngad`cad`xi
奀孱頭　ngan´zan´teu˘
硬程　ngang cang˘
硬殼　ngang hog`

黏牙帶齒　ngiam˘nga˘dai cii`
眼火心著　ngian`fo´xim´cog
繞腳行　ngiau`giog`hang˘
人腳　ngin˘giog`
人細賸大　ngin˘se lin`tai
人細聲烈　ngin˘se sang´lad`
軟頭扁摺　ngion´teu˘bien`zab`
扭皺　ngiu`jiu
牛頭馬面　ngiu˘teu˘ma´mien
牛膣馬面　ngiu˘zii´ma´mien
戇戇呆呆　ngong ngong de˘de˘/
　　　　　ngoi˘ngoi˘
膿頭　nung˘teu˘
膿頭孽生　nung˘teu˘ngiag`sen´
屙膿　o´nung˘
屙屎毋硬　o´sii`m˘ngang
婭囉　o˘lo˘
央央撞撞　ong ong cong cong
白浪　pag nong
攀籬吊壁　pan´li˘diau biag`
攀擎　pan˘kia
㧐頭　pang teu˘
㧐頭狗　pang teu˘gieu`
嗙胲嫲　pang´goi´ma˘

鼻岽岽著　pi gien gien do`　　手鏲蓋開　su`la goi koi´

鼻翹翹著　pi ngieu ngieu do`　　手鏲開　su`la koi´

肥跕跕著　pi˘deb deb do`　　大氣轟天　tai hi pang tien´

肥沉沉著　pi˘dem dem do`　　大慨　tai koi`

肥腍腍　pi˘dung dung　　大聲挷頸　tai sang´bang´giang`

肥腍腍著　pi˘dung dung do`　　大食大齧　tai siid tai ngam´

肥肥吔　pi˘pi˘e´　　大膣嫲聲　tai zii´ma˘sang´

肥膨　pi˘pong　　貪財受賄　tam´coi˘su fi

別頭　pied teu˘　　貪花好色　tam´fa´hau sed`

薄皮嫩肉　pog pi˘nun ngiug`　　頭尖面劣　teu˘jiam´mien lod`

膨大孔　pong tai kang´　　頭毛鬚白　teu˘mo´xi˘pag

剷胲猴　qiam˘goi´heu˘　　頭大耳長　teu˘tai ngi`cong˘

剷胲嫲　qiam˘goi´ma˘　　特特突突　tid tid tud tud

青面　qiang´mien　　話霸　va ba

賤手賤腳　qien su`qien giog`　　歪格壞樣　vai´gied`fai iong

淺腸狹肚　qien`cong˘hab du`　　歪頭腦　vai´teu´no`

搶食好嚌　qiong`siid hau sai´　　橫霸　vang˘ba

覗覗勢勢　sang sang se˘se˘　　齷齷齦齦　vud vud zud zud

瑣屑　so`seb`　　膣唄　zii´bied`

睡灰貓　soi foi´meu

六、稱謂

阿擺膣　a´bai`zii´　　發鹵狗　bod`lu´gieu˘

阿膡頭　a´lin`teu˘　　餔娘子女　bu´ngiong˘zii`ng`

綻膣仔　can zoi´e`

瘦薑膦　ceu giong´lin`

吊尾錘　diau mi´cuiˇ

哐嘴牯　kuang zoi gu`

生離嫲　sang´liˇmaˇ

墊錢貨　tiab`qienˇfo

討食教化　to`siid gau fa

七、疾病醫療

噼腦筋　biag no`gin´

發癰發癤　bod`iung´bod`jied`

發尿疾　bod`ngiau gid`

發頭毆　bod`teuˇin´

遰上遰下　ce song´ce ha´

襯瘍癧　cen iongˇlag

抽筋縮脈　cu´gin´ sug` mag

哈啾碌天　had qiu`lug tien´

酣酣醉醉　ham´ham´zui zui

口椏椏著　heu`va´va´do`

血膕囊著　hiad`gu`nongˇcog

現死無命　hian xi`moˇmiang

藥醫假病　iog i´ga`piang

有身　iu´siin´

喀喀呸呸　kaˇkaˇpui pui

喀天喀地　kaˇtien´kaˇti

康康健健　kong´kong´kian kian

擐人　kuan nginˇ

擐大肚　kuan tai du`

嚦嚦癧癧　lid lid lag lag

來月　loiˇngiad

來洗　loiˇse`

痲痲痺痺　maˇmaˇbi bi

努肉線　nu`ngiug`xien

八、動作

挨聾牽鋸　ai´nungˇkian´gi

掩掩屏屏　am´am´biang biang

掩籬補壁　am´liˇbu`biag`

拗腰　au`ieu´

揹上揹下　baˇsong´baˇha´

撥毋轉　bad`m`zon`

噂煙筒　bag ian´tungˇ

跋恁高　bag`an`go´

擘開析　bag`koiˊsag`

跛上跛下　baiˊsongˊbaiˊhaˊ

搬上搬下　banˊsongˊbanˊhaˊ

扳上扳下　banˊsongˊbanˊhaˊ

掷掷扯扯　bangˊbangˊca`ca`

掷草頭　bangˊco`teuˇ

掷上掷下　bangˊsongˊbangˊhaˊ

飆飆撞撞　beuˇbeuˇcong cong

飆上飆下　beuˇsongˊbeuˇhaˊ

飆上跳下　beuˇsongˊtiauˇhaˊ

飆天撞地　beuˇtienˊcong ti

泌飯湯　bi fan tongˊ

背雞祛　bi gieˊkia

背上背下　bi songˊbi haˊ

比手畫腳　bi`su`vag giog`

飛上飛下　biˊsongˊbiˊhaˊ

屏屏図図　biang biang liab`liab`

屏人尋　biang nginˇqimˇ

屏上屏下　biang songˊbiang haˊ

抨抨頓頓　biangˊbiangˊdun dun

抨東西　biangˊdungˊxiˊ

抨上抨下　biangˊsongˊbiangˊhaˊ

必菇　bid`guˊ

必縫　bid`pung

擘嘴角　bied zoi gog`

搧上搧下　bien`songˊbien`haˊ

貶轉來　bien`zonˊloiˇ

放韌線　biong ngiun xien

放上放下　biong songˊbiong haˊ

嘑泥團　bog naiˇtonˇ

踣著腳　boi`do`giog`

培上培下　boiˊsongˊboiˊhaˊ

幫刀仔　bongˊdo`e`

傍飯菜　bong`fan coi

分上分下　bunˊsongˊbunˊhaˊ

捧上捧下　bung`songˊbung`haˊ

揷褲頭　caˊfu teuˇ

搽搽抹抹　caˊcaˊmad`mad`

擦油抹粉　caˊiuˇmad`fun`

扯上扯下　ca`songˊca`haˊ

掣上掣下　cad`songˊcad`haˊ

鏨壁空　cam biag`kangˊ

撐船扛轎　cang sonˇgongˊkieu

晟目珠　cangˇmug`zuˊ

操東西　cau dungˊxiˊ

抄抄寫寫　cauˊcauˊxia`xia`

抄上抄下　cauˊsongˊcauˊhaˊ

吵吵鬧鬧　cauˊcauˊnau nau

292

吵耳吵鼻　cauˇngi`cauˊpi

遮著屋　ce cog vug`

呻生呻死　cenˊsangˊcenˊxi`

呻上呻下　cenˊsongˊcenˊhaˊ

層樓棚　cenˇleuˇpangˇ

剧人放火　ciiˊnginˇbiong foˋ

直落　ciid lod

蹴橫人　co vang nginˇ

坐上坐下　coˊsongˊcoˊhaˊ

撮撮搝搝　cod`cod` sung`sung`

撮來嘥　cod`loiˊsaiˊ

撮竹篙　cod`zug`goˊ

鑿孔鬥榫　cog kangˊdeu sun`

著命　cog miang

逴著人　cog`do`nginˇ

亍街寮　cog`giaiˊliau

亍上亍下　cog`songˊcog`haˊ

逴上逴下　cog`songˊcog`haˊ

鬥好鬥　conˊho`munˇ

撞上撞下　cong songˊcong haˊ

撞走　cong zeu`

抽抽扯扯　cuˊcuˊcad`cad`

捽上捽下　cud songˊcud haˊ

出出入入　cud`cud`ngib ngib

搐淨來　cug qiang loiˇ

促死人　cug`xiˊnginˇ

墜樹椏　cui su paˋ

搥搥打打　cuiˇcuiˇda`da`

寸烏青　cun vuˊqiangˊ

伸腰打哈　cunˊieuˊda`haˊ

打拗翹　da`au kieu

打糞淋肥　da`bun limˇpiˊ

打廚肇灶　da`cuˊseu zo

打鬥敘　da`deu xi

打倒弓　da`do giungˊ

打倒袙　da`do mag

打翻車　da`fanˊcaˊ

打更　da`gangˊ

打狗欺主　da`gieuˊkiˊzu`

打金攞銅　da`gimˊloˊtungˇ

打秧蒔禾　da`iongˊsii voˇ

打勹股　da`jiu gu`

打嶽搵人　da`me vun nginˇ

打嶽嘴　da`me zoi

打林種薑　da`naˇzung giongˊ

打眼拐　da`gian`guai`

打卵見黃　da`non`gian vongˇ

打宕窿　da`tong nungˇ

293

打橫排　da`vang˘pai˘

帶上帶下　dai song´dai ha´

戴上戴下　dai song´dai ha´

抵涼陰　dai`liong˘im´

探身　dam´siin´

投上投下　dau˘song´dau˘ha´

擲石頭　deb sag teu˘

跕上跕下　deb song´deb ha´

蹬著腳　dem`do`giog`

蹬上蹬下　dem`song´dem`ha´

蹬起來　den´hi`loi˘

兜屎兜尿　deu´sii`deu´ngiau

兜上兜下　deu´song´deu´ha´

扚烏蠅　diag vu´in˘

點仁落秧　diam in˘log iong´

屌屌撮撮　diau`diau`cod`cod`

屌上屌下　diau`song´diau`ha´

癲上癲下　dien´song´dien ha´

釘釦孔　din keu kang´

訂位仔　din vi e`

迗迗圓　din´din´ian˘

迗上迗下　din´song´din´ha´

刀腸扡肚　do´cong´ia`du`

刀腸䶃肚　do´cong´nad`du`

叼輒人　do´diab ngin˘

掇貨賣　dod`fo mai

咄上咄下　doi˘song´doi˘ha´

斷水　don`sui`

斷圳　don`zun`

都分人　du´bun´ngin˘

堵堵撐撐　du´du´cang cang

都都挳挳　du´du´sung`sung`

堵等門　du´nen`mun˘

堵塞之話　du`sed`zii`fa

揆上揆下　dud`song´dud`ha´

琢田螺　dug tien˘lo˘

涿上涿下　dug`song´dug`ha´

堆肥搭糞　dui´pi˘dab`bun

擂上擂下　dui`song´dui`ha´

楯樹棒　dun`su pa`

同上同下　dung´song´dung´ha´

同書包　dung´su bau´

捶上捶下　dung`song´dung`ha´

搕火屎　eb`fo`sii`

擲石頭　ed sag teu˘

揞目珠　em´mug`zu´

熰火炙　eu fo`zag`

發心立願　fad`xim´lid ngian

摵起來　fag`hi`loiˇ	揀肥擇瘦　gian`pi ˇtog ceu
摵淨淨　fang`qiang qiang	弇上弇下　giemˇsong´giemˇ haˊ
拂出去　fid cud`hi	弇鑊蓋　giemˇvog goi
拂拂捘捘　fid fid fud fud	嗷上嗷下　gieu song´gieu haˊ
拂上拂下　fid song´fid haˊ	逐事趕工　giug`se gon`gung´
蔉淨淨　fung`qiang qiang	逐上逐下　giug`song´giug` haˊ
加火添炭　ga´foˇtiam´tan	割茅重屋　god`mauˇcungˇvug`
加油添醋　ga´iu ˇtiam´cii	割茅拖鋸　god`mauˇto´gi
加爐添熱　ga´lu ˇtiam´ngiad	敆著壁　gog do`biag`
加碗添筷　ga´von`tiam´kuai	改板缺　goi`ban`kiad`
加桌添凳　ga´zog`tiam´den	改上改下　goi`song´goi` haˊ
嘎上嘎下　ga ˇsong´ga ˇhaˊ	趕燒趕熱　gon`seu´gon`ngiad
呷上呷下　gab song´gab haˊ	扛箱扛籠　gong´xiong´gong´nung´
合就集　gag`qiu qib	晃晃晃晃　gong ˇgong ˇgong gong
監人食　gam´nginˇsiid	晃上晃下　gong ˇsong´gong` haˊ
徑橫人　gang vang nginˇ	跍上跍下　gu´song´gu´haˊ
搞躪　gau`lin`	跍竹頭　gu´zug`teuˇ
搞泥團　gau`naiˇton ˇ	刮上刮下　guad`song´guad` haˊ
嘓無停　ged mo`tin ˇ	行上行下　hangˇsong´hangˇ haˊ
鋸樹倒樵　gi su do`ceuˇ	喊上喊下　hem´song´hem´haˊ
鋸樹抹莖　gi su mad`gin´	起腳　hi`giog`
挾上挾下　giab song´giab haˊ	起腳飆　hi`giog`beu´
揀揀擇擇　gian`gian`tog tog	起手　hi`su`
捲皮扯瘌　gian`pi ˇca`lad`	閉翼胛　hia id gab`

挾私胲　hiab`sii´goi´

掀嘴角　hian´zoi gog`

翕人　hib`ngin˘

翕大細　hib`tai se

摵巴掌　hio ba´zong`

焗日頭　ho ngid`teu˘

熇日炙燒　ho´ngid`zag`seu˘

焗軟熟　ho´ngion´sug

焗上焗下　ho´song˘ho´ha´

熇天曬日　ho´tien´sai ngid`

熇熇曬曬　hog`hog`sai sai

跊起來　hong hi`loi˘

抲屎嘥　ia`sii`sai`

拽毋動　iad m˘tung´

拽上拽下　iad song´iad ha´

摝旗仔　iag ki˘e`

摝上摝下　iag song´iag ha´

捒石灰　iam sag foi´

捒上捒下　iam song´iam ha´

掀上掀下　ian´song´ian´ha´

榮上榮下　iang´song´iang ha´

搖上搖下　ieu´song´ieu´ha´

搖搖擺擺　ieu˘ieu`bai`bai`

呦呦嗬嗬　iui iui ho˘ho˘

呦人救　iui ngin˘giu

呦上呦下　iui song´iui ha´

濟脅下　ji hiab`ha´

尖上車　jiam´song´ca´

尖上尖下　jiam´song´jiam´ha´

蘸上蘸下　jiam`song´jiam´ha´

洴轉來　jiang zon`loi˘

擳石頭　jied sag teu˘

擳上擳下　jied song´jied ha´

唚上唚下　jim´song´jim´ha´

摺門窗　jin´mun´cung´

摺錢頭　jin`qien˘teu˘

喈田螺　jiod tien˘lo˘

淀泥打磚　jiog nai˘da`zon´

淀泥膏　jiog nai˘gau´

淀上淀下　jiog song´jiog ha´

搿拳頭　kag kian˘teu`

搿上搿下　kag song´kag ha´

荄樵賣木　kai´ceu˘mai mug`

荄尿打糞　kai´ngiau da`bun

荄上荄下　kai´song´kai´ha´

荄債　kai´zai

荄豬菜　kai´zu´coi

磕著手　kam`do`su`

交啊轉　kau´a zon`

交上交下　kau´song´ kau´ha´

挷魚仔　keb`ng˘e`

欺欺翕翕　ki´ki´hib`hib`

欺弱翕細　ki´ngiog hib`se

欺神騙鬼　ki´siin˘pien gui`

擎頭帶腦　kia˘teu˘dai no`

挾豬菜　kiab zu´coi

蹶命　kiad miang

蹍啊過　kiam a go

蹍上蹍下　kiam song´ kiam ha´

鉗上鉗下　kiam˘song´ kiam˘ha´

紮菸葉　kian ian´iab`

牽牛搵浴　kian´ngiu˘vun iog

牽頭帶腦　kian´teu˘dai no`

拳打腳踢　kian˘da`giog`ted`

拳花攊天　kian˘fa´lug`tien

輕手輕腳　kiang´su`kiang´giog`

矻餷　kid a˘

矻甜粄　kid tiam˘ban`

撬鎖頭　kieu so`teu˘

撳橫人　kim vang ngin´

跍鴨仔　kiug ab`e`

開壺酌酒　koi´fu˘zog`jiu´

跍上跍下　ku´song´ ku´ha´

擐上擐下　kuan song´ kuam ha´

擐胎　kuan toi´

跪跪磕磕　kui`kui`ngab ngab

跪上跪下　kui`song´ kui`ha´

落樹仔　lag su e`

拉屎尿　lai˘sii`ngiau

犁田駛耙　lai˘tien˘sii`pa´

睞上睞下　lai`song´ lai`ha´

落上落下　lau song´ lau ha´

遶上遶下　lau´song´ lau´ha´

遶田水　lau´tien˘sui

撈上撈下　lau˘song´ lau˘ha´

扐石頭　led sag teu˘

扐上扐下　led song´ led ha´

嘍上嘍下　leu song´ leu ha´

図番刀　liab`fan´do´

攦山豬　liag san´zu´

撩上撩下　liau˘song´ liau˘ha´

撩撩揆揆　liau˘liau˘dud`dud`

撩手揆腳　liau˘su`dud`giog`

躂草坪　lien co`piang˘

輪上輪下　lien`song´ lien˘ha´

輪豬菜　lien˘zu´coi

唲骨頭　lien`gud`teu˘　　　　　　　　　　mia´mia´

戀釦孔　lion˘kieu kang´　　　　抹桌凳　mi˘zog`den

遛上遛下　liu song´liu ha´　　摸螺挖蜆　mia´lo´iad`han`

蹓笂棚　liung´ned`pang˘　　摵古搞怪　mied`gu`gau`guai

壟上壟下　liung´song´liung´ha´　摵古怪　mied`gu`guai

摞藥膏　lo iog gau´　　　　摵來摵去　mied`loi˘mied`hi

攞鹽食　lo´iam˘siid　　　　摵上摵下　mied`song´mied`ha´

捋上捋下　lod song´lod ha´　糜檳榔　moi`bin´nong˘

落瀉　lod xia　　　　　　摛上摛下　nam`song´nam`ha´

絡來食　log`loi˘siid　　　　躝上躝下　nang song´nang ha´

絡上絡下　log`song´log`ha´　攣上攣下　nang˘song´nang˘˘ha´

鑢出血　lu cud`hiad`　　　拵東西　nem˘dung´xi

滷鹹菜　lu´ham˘coi　　　　抲車油　nga ca´iu˘

攎褲腳　lu˘fu giog`　　　　齾綑吔　ngad hen˘e´

攎手捋腳　lu˘su`lod giog`　　啱著壁　ngam´do`biag`

爐粄仔　lug ban`e´　　　　啱上啱下　ngam´song´ngam´ha´

攎上攎下　lug`song´lug`ha´　顠上顠下　ngam´song´ngam`ha´

攎糖水　lug`tong˘sui´　　　顠頭唱喏　ngam`teu˘cong ia´

鑢蔗根　lui za gin´　　　　撽轉來　ngau zon`loi˘

掿上掿下　mag song´mag ha´　嘐上嘐下　ngau´song´ngau˘ha´

掿死人　mag xi`ngin˘　　　惹高天　ngia go´tien´

惗著事　men`do`sii　　　　攝褲腳　ngiab`fu giog`

覓蜆仔　mi han`e´　　　　瞱目珠　ngiab`mug`zu´

抹抹摸摸　mi´mi´mio´mio´/　念咒拗訣　ngiam zu au`giad`

298

拈𪐗分撥　ngiamˊkieuˇbunˊbad`

拈瓦整屋　ngiamˊngaˇzang`vug`

拈籤卜卦　ngiamˊqiamˊbug` gua

撚鼻公　ngian`piˇgungˊ

揉鹹菜　ngioˊhamˇcoi

搦鳥仔　ngiog`diauˊe`

扭屎朏花　ngiu`sii fud`faˊ

扭上扭下　ngiu`song´ngiu`ha´

臥起來　ngo hi`loiˇ

磨斧洗鋸　noˇbu`se`ki

磨刀嫲　noˇdo`ma´

挼蔴索　noˇma`sog`

暖龍　nonˊliungˇ

晾衫褲　nongˇsamˊfu

撏螺絲　nun`lo`sii´

䶞穀偷米　nung`gug`teuˊmi`

噥噥噥噥　nung`nung`nung nung

阿核𡅏　oˊhed`e`

噢囉大呼　oˊloˇtai fuˊ

屙尿澎　oˊngiau beu`

屙衰人　oˊsoiˊnginˇ

尪著腰　ong`do`ieu´

尪腰　ong`ieu´

尪傷　ong`song´

划飯食　paˇfan siid

爬山吊崁　paˇsanˊdiau gien

爬上跌落　paˇsong´died`log

撥塵灰　pad ciinˇfoiˊ

伐草頭　pad`coˇteuˊ

撥扇仔　pad`san e`

撥上撥下　pad`song´pad`ha´

潑上潑下　pad`song´pad`ha´

攀床地蓆　panˊcong´iaˇqiag

攀上攀下　panˊsong´panˊha´

拌死佢　panˊxi`iˇ

浮甜粄　peuˇtiamˇban`

劈菅倒樵　piag`gon´do`ceuˇ

偏著腳　pienˊdo`giog`

併蔗根　pin za gin´

翻雞腸　ponˊgieˊcongˇ

碰大鼓　pongˊtai gu`

睗老鼠　pu no cu`

睗睗睆睆　pu pu nem nem

歕煙筒　pun`ian´tung`

歕上歕下　pun`song´pun`ha´

剒上剒下　qiamˊsong´qiamˊha´

鍬合加　qiau`gab`ga`

賤上賤下　qien song´qien ha´

299

尋上尋下　qim´song´qim´ha´

傾傾劏劏　qin`qin`can`can`

躍上躍下　qiog`song´qiog`ha´

煠雞鴨　sab gie´ab`

嘖上嘖下　sai´song´sai´ha´

徙竇　sai`deu

捎樵杈　sau´ceu´ca

舐舌圖鼻　se´sad liab`pi

舐膣一覆　se´zii´id`pug`

舐嘴圖鼻　se´zoi liab`pi

洗洗湯湯　se`se`tong´tong´

洗身搓饅　se`siin´co man

捵一拳　sem id`kian´

狌碗飯　sem von`fan

狌一口　sen´id`heu`

鞘落去　seu log hi

食零嗒　siid nang´dab

食軟毋食硬　siid ngion´m´siid
　　　　　ngang

食著嫖賭　siid zog`peu´du`

挲平來　so´piang´loi´

趖上趖下　so´song´so´ha´

煞台吧　sod toi´e˘

刷番薯　sod`fan´su˘

縮燥來　sog`zau´loi´

上水　song´sui`

收儳核　su´sab`hed`

手捻手拁　su`nem`su`ia`

手爬腳蹶　su`pa´giog`kiad

縮腳　sug`giog`

搓分人　sung´bun´ngin´

搓上搓下　sung`song´sung`ha´

踏上踏下　tab song´tab ha´

踢上踢下　ted`song´ted`ha´

糴米煮　tag mi`zu`

繳牛索　tag ngiu˘sog`

刣魚生　tai´ng˘sang´

刣生　tai`sang´

探橋行　tam kieu˘hang˘

捵上捵下　ten song´ten ha´

毒老鼠　teu no cu`

偷上偷下　teu´song´teu´ha´

偷偷圖圖　teu´teu´liab`liab`

題詩作對　ti˘sii´zog`dui

跳上跳下　tiau song´tiau ha´

跳上跌落　tiau˘song´died`log

丟核吧　tiau`hed`e˘

拖來掩去　to´loi˘am´hi

300

拖上拖下　to´song´to´ha´

拖拖扯扯　to´to´ca`ca`

拖拖挻挻　to´to´sung`sung`

絢絗來　to˘hen˘loi˘˘

脫孿　tod`nang˘

脫皮　tod`pi˘

脫鍋　tod`vog

脫爪　tod`zau`

摶草結　ton˘co`gied`

揣看啊　ton˘kon a

湯湯洗洗　tong´tong´se`se`

凸走吔　tud zeu`e˘

推車駕馬　tui´ca´ga ma´

捅上捅下　tung`song´tung`ha´

話人聽　va ngin˘tang´

挖藥膏　vad`iog gau´

斡上斡下　vad`song´vad`ha´

斡轉來　vad`zon`loi˘

挖火屎　vag`fo`sii˘

劃上劃下　vag`song´vag`ha´

挽衫褲　van`sam´fu

攉巴掌　vog`ba´zong`

煨番薯　voi´fan´su˘

摃石頭　voi´sag teu´

搵毌直　vud`m˘ciid

搵地圾　vud`ti seb`

慍悴　vud`zud`

絮稈養子　xi gon´iong´zii`

瀉上瀉下　xia song´xia ha´

楔平來　xiab`piang˘loi˘

輯一枝　xib id`gi´

洩猴虛　xied heu˘hi´

撽阿過　xio a go

撽巴掌　xio(hio) ba´zong`

騞東西　xio˘dung´xi´

修橋造路　xiu´kieu˘co lu

筱蚊仔　xiu`mun´e`

涉水搞　zab sui`gau`

摺核吔　zab`hed`e˘

截山路　zag san´lu

砸棋仔　zag`ki´e`

炙日頭　zag`ngid`teu˘

滲著水　zam do`sui`

輾著人　zan do`ngin˘

輾上輾下　zan song´zan ha´

掙出尿　zang cud`ngiau

整屋頂　zang`vug`dang`

糟塌苦毒　zau´tad`ku`tug

糟蹋人　　zauˊtad`nginˇ

涉上涉下　　zeb songˊzeb haˊ

撮茶心　　zeb`caˇxim

撮上撮下　　zeb`songˊzeb`haˊ

砧砧剁剁　　zemˊzemˊdogˊdog

砧豬菜　　zemˊzuˊcoi

摺官印　　zemˇgonˇin

摺股鑿　　zemˇguˇcog

走上走下　　zeu`songˊzeu`haˊ

揕落肉　　ziim log ngiug`

做竇生卵　　zo deu sangˊnon`

嗍田螺　　zod tienˇloˇ

作堋頭　　zog`pen`teuˇ

著燒食飽　　zog`seuˊsiid bau`

載上載下　　zoi songˊzoi haˊ

轉下去　　zon haˊhi

轉頭　　zon`teuˇ

注文　　zu vunˇ

撙腳　　zun`giog`

種刞斗　　zung in deu`

舂著壁　　zungˊdo`biag`

舂番豆　　zungˊfanˊteu

舂上舂下　　zungˊsongˊzungˊhaˊ

九、居維心態

闒闒拶拶　　ad`ad`zad`zad`

挨挨凭凭　　aiˊaiˊben ben

挨凭　　aiˊben

嗶哱　　bid bud

自自義義　　cii cii ngi ngi

自主自張　　cii zu`cii zongˊ

粗殘　　cuˊcanˇ

抽驚　　cuˊgiangˊ

賭賸造化　　du`lin`co fa

賭毋甘願　　du`mˇgamˇngian

翻翻生生　　fanˊfanˊsangˊsangˊ

驚死　　giangˊsiiˋ

過河拆橋　　go hoˇcag`kieuˇ

過河跍板　　go hoˇgiuˇban`

孤盲絕代　　goˊmoˇqied toi

故害　　gu hoi

挾仇挾恨　　hiab`suˇhiab`hen

梟斂掣騙　　hieuˊlien cad`pien

興頭　　him teuˇ

擎脛上屌　　kiaˇziiˊsong diauˇ

諢死人　kien`xi`ngin˘
拘束人　ku´sog`ngin˘
誆嘴　kuang zoi
了錢看破　liau`qien`kon po
立心立意　lib xim´lib i
勞心擘肚　lo˘xim´bag`du`
眠懶睡　min˘nan´soi kioi
嚇壞人　nag`fai ngin˘
難挨　nan˘ngai
齧察䗪毛　ngad`cad`lin`mo´
挨毋歇　ngai m˘hed
咬薑啜醋　ngau´giong´cod cii
人窮力出　ngin˘kiung˘lid cud`
人窮無志　ngin˘kiung˘mo˘zii
人窮嘴冇　ngin˘kiung˘zoi pang
人為財死　ngin˘vi coi˘xi`
忍氣留財　ngiun˘hi liu˘coi`
忍氣吞聲　ngiun˘hi tun´sang´
刨手撮腳　pau˘su`cod`giog`
刨手削腳　pau˘su`xiog`giog`
漂漂吔　peu`peu`e´
鄙視人　pi`sii ngin˘

三除四扣　sam´cu xi kieu
三叮四囑　sam´den´xi zug`
三揀四擇　sam´gian`xi tog`
三心兩意　sam´xim´liong`i
細到　se do
細心細義　se xim´se ngi
思思念念　sii´sii´ngiam ngiam
使梟度　sii`hieu´tu
食齋行善　siid zai´hang˘san
商商眨眨　song´song´sab`sab`
守分認命　su`fun ngin miang
縮手縮腳　sug`su`sug`giog`
頭顉尾鑿　teu˘ngam`mi´cog`
無中生有　vu˘zung´sen´iu´
想頭顧尾　xiong`teu˘gu mi´
詐癡詐戇　za cii´za ngong
指胡詆風　zii`fu´tad`fung´
指牛罵馬　zii`niu˘ma ma´
糟揠人　zo´diab ngin˘
糟墨　zo˘med
轉倒　zon`do
準豬準狗　zun`zu´zun`gieu`

十、飲食

飛潑　bi´bad

劀雞煤鴨　cii˘gie´sab ab`

劀膡劀生　cii˘lin´guad`sang´

臭火煉　cu fo`lad`

臭淨味　cu qiang mi

臭水隔　cu sui`gag`

粗茶淡飯　cu´ca˘tam´fan

蔥蒜韭薤　cung´son giu`kieu´

煙東西　gien dung´xi´

惷頭　guag teu˘

鹹鹹甜甜　ham˘ham˘tiam˘tiam˘

翕醅醬菜　hib`pu´jiong coi

梟來食　hieu´loi˘siid

鹽生　iam˘san´

夭巴糖　ieu´ba˘tong´

油油湯湯　iu˘iu˘tong´tong´

鱅頭，鯇尾，鰱肚屎
　iung˘teu˘van´mi´lien˘du`sii`

煎煎煮煮　jien jien´zu`zu`

酒醉飯飽　jiu`zui fan bau`

堪食毋得　kam´siid m˘ded`

菣芘香　kian bi`hiong´

開齋食葷　koi´zai siid fun´

貌飯菜　mau fan coi

糳腸肚　nad`cong˘du`

軟入　ngion´ngib

肉脆脆著　ngiug`coi coi do`

山豬醢　san´zu´ge´

燒麵條　sau´mien tiau´

食嘗　siid song˘

餳人食　xiang˘ngin˘siid

十一、服飾美容

長衫短襖　cong˘sam´don`o`

肚褡腰帶　du`dab`ieu´dai

有衫無褲　iu´sam´mo˘fu

絨帽裌袷　iung˘mo ga (gua) gab`

拈摺裙　ngiam´zab`kiun˘

胖線衫　pong xien sam´

滑線縫　vad xien pung

繡裙綢褲　xiu kiun˘cu˘fu

304

十二、居處

單家園屋	dan´ga´ian˘vug`	榫頭壁角	sun`teu˘biag`gog`
棟樑桁桷	dung liong˘hang˘gog`	榫頭孔	sun`teu˘kang´
家家戶戶	ga´ga´fu fu	禾埕下舍	vo´tang˘ha sa`
翹峨翹崠	hieu ngo˘hieu dung	屋漏壁穿	vug`leu biag`con´
漏膣漏叉	leu zii´leu ca	棚乘屋頂	pang˘siin vug`dang`
連峨接棟	lien˘ngo˘jiab`dung	牆轉核	xiong˘zon hed`
門樓橫屋	mun˘leu˘vang vug`	棧學寮	zan`hog liau´
牛欄豬寮	ngiu˘nan˘zu liau˘	正身廳下	ziin siin´tang˘ha´
棚頂項	pang˘dang`hong	轉溝天井	zon`gieu´tien´jiang´
青堂瓦舍	qiang´ton˘nga`sa	轉溝	zon`gieu´
蛇窿蜗窟	sa˘nung˘guai`fud`		

十三、交通

十四、教育文化

拗脣塞嘴	au`lin`sed`zoi	草蜢撩雞公	co`mag`liau˘gie´gung´
剝皮無剝殼	bog`pi˘mo˘bog`hog`	財去人安樂	coi´hi ngin˘on´log
畚箕毋捔欏	bun gi´m˘ten cang	財散人聚	coi´san ngin˘qi
在朝贏三分	cai ceu˘iang˘sam´fun´	粗貨半年糧	cu´fo ban ngian˘liong˘
慈母害子	cii˘mu´hoi zii`		
直人打直槌	ciid ngin˘da`ciid cui˘	搥背食屁	cui˘boi siid pi
直人打直鼓	ciid ngin˘da`ciid gu`		

搥背食屁卵　cuiˇboi siid pi non`

搥膦毋腫　cuiˇlin`mˇzung`

打鼓揞拜　da`gu`ten bai

打毋成个吊菜仔　da`mˇsangˇge diau coi e`

單丁頂三房　dan´den´din`sam´fongˇ

到該時扯該旗　do ge siiˇca`ge kiˇ

富無別人　fu moˇpied nginˇ

狐狸話貓　fuˇliˇva meu

鰗鰍搵沙　fuˇqiu´vun sa´

加人添福　ga´nginˇtiam´fug`

家神透外鬼　ga´siinˇteu ngoi gui`

甲字難出頭　gab`sii nanˇcud`teuˇ

甲字難寫　gab`sii nanˇxia`

隔夜茶毒過惡蛇　gag`ia caˇtug go og`saˇ

教化賠好人　gau fa poiˇho`nginˇ

覺書分單　gog`su´fun´dan´

江湖一點訣　gong´fuˇid`diam`giad`

下夜出月光　ha ia cud`ngiad gong´

行書寫帖　hangˇsu´xia`tiab`

猴頭老鼠尾　heuˇteuˇno cu`mi´

一踢三通　id`tad`sam´tung´

一宕過三冬　id`tong go sam´dung´

有量正有福　iu´liong nang iu´fug`

欺山莫欺水　ki´san´mog ki´sui`

欺祖滅嘗　ki´zu`mied songˇ

近廟欺神　kiun meu ki´siinˇ

近山多雨　kiun san´do´i`

裙惱帶也惱　kiunˇnau´dai ia´nau´

裙惱帶惱　kiunˇnau´dai nau´

窮無六親　kiungˇmoˇliug`qin´

窮人多子　kiungˇnginˇdo´zii`

窮人無窮山　kiungˇnginˇmoˇkiungˇsan´

窮人討弱妻　kiungˇnginˇto`ngiog qi´

看高無看低　kon go´moˇkon dai´

看生無看死　kon sang´moˇkon xi`

湝底落第　lab`dai`log ti

湝底生　lab`dai`sen´

膦火焰焰著　lin`fo`iam`iam`cog

鱗棍倒磨　lin`gun do mo

鱗棍挶石　lin`gun mag sag

鱗毛尖過縫　lin`mo´jiam´go pung

鱗毛瑣澀　lin`mo´so`seb`

鱗毛扭皺　lin`mo´ngiu´jiu

六畜興旺　liug`hiug`hin´vong

老斧頭下山　lo`bu`teu´ha´san´

老刀嫲無鋼　lo`do´ma´mo´gong´

老成無蝕本　lo`siin´mo´sad bun`

落葉歸根　log iab gui´gin´

毋得羊仔發鹵　m´ded`iong´e` bod`lu´

毋係棺材就係草蓆　m´he gon´coi´qiu he co`qiag

挶死淋冷水　mag xi`lim´nang´sui`

摸入無摸出　mo´ngib mo´mo´cud`

無風毋會起浪　mo´fung´m´voi hi`nong

無命子帶三煞　mo´miang zii`dai sam´sad`

無人管酌　mo´ngin´gon`zog`

無人承受　mo´ngin´siin´su

無牛著駛馬　mo´ngiu´cog sii`ma´

妹多閒纏　moi do´han´can´

妹死婿郎絕　moi xi`se nong´qied

目眉毛會打算盤　mug`mi´mo´voi da`son pan´

目汁流上上　mug`ziib`liu´song´song´

男驚運頭　nam´giang´iun teu´

獒梨正柚駝背楊桃　ngau´li´zang iu to`boi iong´to´

閻王詐鬼轉　ngiam´vong´za gui` zon`

入莊從俗　ngib zong´qiung´xiug

才人無貌　ngin´coi´mo´mau

人多閒言　ngin´do´han´ngian´

人多嘴多　ngin´do´zoi do´

人驚出名　ngin´giang´cud`miang´

戇人多福　ngong ngin´do´fug`

戇人有戇福　ngong ngin´iu´ ngong fug`

老虎愛屏爪　no fu`oi biang iau`

屙尿照鏡　o´ngiau zeu giang

白紙烏字　pag zii`vu´sii

鼻艮膣好攛　pi gien zii´ho`sen

病多難死　piang do´nan´xi`

307

片背殺皇帝　pien boi sad`fong˘ti
片背殺人　pien boi sad`ngin˘
斜樹難倒　qia˘su nan˘do`
青禾露雪　qiang˘vo˘lu xied`
晴耕雨讀　qiang˘gang˘i`tug
蛇過背棍　sa˘go bi gun
蛇入金盎　sa˘ngib gim˘ang˘
蛇入屎朏　sa˘ngib sii fud`
蛇窿透蝸窟　sa˘nung˘teu guai`fud`
舌嫲無打結　sad ma˘mo˘da`gied`
石灰掞路　sag foi´iam lu
三虎一豹　sam´fu`id`bau
三國歸一統
　sam´gued`gui´id`tung
山豬學吃糠　san´zu´hog siid hong´
山豬食糠　san´zu´siid hong´
生田死屋　sang´tien˘xi`vug`
蝨多懶爪　sed`do˘nan´zau`
屎蟲遯槍　sii`cung˘bun cang
屎多狗飽　sii`do´gieu`bau`
十賭九輸　siib du`giu`su´
食水歡涼　siid sui`pun˘liong˘
食鐵鉈厨耙　siid tied`zab`o´pa´
食死人命　siid xi`ngin˘miang

大膦嚇細膣　tai lin`hag`se zii´
廳下門無關　tang´ha`mun˘mo˘
　　　　　guan´
偷囔地貓　teu´sai´ia`meu
頭大面四方　teu˘tai mien xi fong´
添丁進財　tiam´den´jin coi˘
萬物有主　van vud iu´zu`
黃狗曬核　vong˘gieu`sai hag
心專石穿　xim´zon´sag con´
詐癲食馬屎　za dien´siid ma´sii`
詐癲食屎　za dien´siid sii`
詐昏挾雞肉　za fun˘giab`gie´
　　　　　ngiug`
紮學寮　zab`hog liau´
爭七毋爭八
　zang´qid`m`zang´bad`
紙筆墨硯　zii`bid` med ian
紙包火毋核　zii`bau´fo`m`hed
子多縈牽　zii`do´ian´kian´
針頭削鐵　ziim´teu˘xiog`tied`
早死早贏　zo`xi`zo`iang˘
嘴硬屎朏冇　zoi ngang sii fud`pang
嘴大食四方　zoi tai siid xi fong´
嘴毒心無毒　zoi tug xim´mo˘tug

308

豬哥搭狗膦	zu´go´dab`gieu`lin`	豬嬤打杈	zu´ma˘da´ca
豬肝搭賺膀	zu´gon´dab`iam`pong˘	豬嬤上灶	zu´ma˘song´zo
豬群狗黨	zu´kiun˘gieu`dong`	豬四狗三	zu´xi gieu`sam´

十五、休閒娛樂

打晃槓	da`gong˘gong	寮上寮下	liau song´liau ha´
絃簫鼓樂	hian˘seu´gu`ngog	落注	log zu
拉歌里唱	la´go´li`cong	頭籤頭號	teu˘qiam´teu˘ho
寮山花	liau san´fa´		

十六、宗教信仰

分獻進供	bun´hian jin gung	命帶癸光	miang dai gui gong´
沖天剋地	cung´tien´ked`ti	破財消災	po coi˘seu´zai´
帶弓帶箭	dai giung´dai jien	尋龍點穴	qim˘liung˘diam`hiad
帶麻衣煞	dai ma´i´sad`	牲體豬羊	sen´ti´zu´iong˘
焚香請神	fun˘hiong´qiang`siin˘	燒香點燭	seu´hiong´diam`zug`
敬字惜紙	gin sii xiag˘zii`	消災解厄	seu´zai´giai`ag`
掛紙祭掃	gua zii`ji so	神壇社廟	siin˘tan˘sa meu
戲棚醮廠	hi pang˘zeu cong`	成豬成羊	siin˘zu´siin˘iong˘
起馬	hi`ma´	完神祭祖	van˘siin˘ji zu`
獻帛化財	hian ped fa coi˘	齋蔬果粄	zai´su´go`ban`
進爵進饌	jin jiog`jin con	齋齋修修	zai´zai´xiu´xiu´
叩謝還願	kieu qia van˘ngian	做齋唸經	zo zai´ngiam gin´
末劫天年	med giab`tien´ngian˘	酌酒奉饌	zog`jiu´fung con

轉火升座　zon`fo`siin´co　　　　豬頭熟肉　zu´teu`sug ngiug`

豬頭五牲　zu´teu`ng`sen´

十七、歲時節慶

閬野野著　fad`ia´ia´do`　　　　光年暗節　gong´ngian´am jied`

久久吔　giu`giu`e´　　　　　　年宵五節　ngian´seu`ng`jied`

高高低低　go´go´dai´dai´

十八、婚喪喜慶

弔魂　diau fun˘　　　　　　　　麻衣煞　ma˘i´sad`

花帕香珠　fa´pa hiong´zu´　　　抹著人　mad`do`ngin´

嫁雞跈雞　ga gie´ten´gie´　　　迎親嫁娶　ngiang˘qin´ga qi`

揀時擇日　gian`sii˘tog ngid`　　安名提諡法　on´miang˘ti´sii fab`

告亡告祖　go mong˘go zu`　　　且郎拖青　qia´nong˘to´qiang´

告天成服　go tien´siin˘fug　　　討姐仔　to`jia`e´

孝家　hau ga´　　　　　　　　托盤檻篙　tog`pan˘cang gag`

喊魂　hem´fun˘　　　　　　　　圍重　vi˘cung´

邏家門　la˘ga´mun˘

十九、行業生產

耕田作習　gang´tien˘zog`xib　　　　鏷田耕　piog tien˘gang´

緊工時事　gin`gung´sii˘se　　　　　蒔田挲草　sii tien˘so´co`

牽牛食水　kian´ngiu˘siid sui`　　　駛牛放稈　sii`niu˘biong gon`

開陂作圳　koi´bi`zog`zun

二十、財政金融

拆租還贌　cag`zu´van˘piog　　一尖五厘　id`jiam´ng`li´

財上分明　coi˘song fun´min˘　　連本帶利　lien˘bun`dai li

賺賺了了　con con liau`liau`　　身家財產　siin´ga´coi˘san`

二十一、法政軍事

役場衙門　id cong˘nga˘mun˘

二十二、動物

鴨虰仔　ab`dang´e`　　　　　貓地粢粑　meu ia` qi˘ba´

雞雞鴨鴨　gie´gie´ab`ab`　　熬嘴雞　ngau˘zoi gie´

雞嫲帶子　gie´ma˘dai zii`　　殗雞仔　ngiem gie e`

狗相戀　gieu`xiong´nang˘　　牛奮落　ngiu˘bin`lod`

蜗蟮仔　guai`ngiam e`　　　塗鴨春　tu˘ab`cun´

蛤蟆壢蜗　ha˘ma˘lag guai`　　豬腳雞髀　zu´giog`gie´bi`

開竇　koi´deu

二十三、植物

樵樵杈杈　ceu˘ceu˘ca ca　　扶棚草　pu˘pang˘co´

枯燥　ku´zau´　　　　　　　樹頭木屹　su teu˘mug`kid

落蒂脫弓　lod`di tod`giung´　遞藤瓜　tai ten˘gua´

麻麥米豆　ma˘mag mi˘teu　　芋荷葉　vu ho˘iab

二十四、礦物

火燖煤　fo`tam˘moi˘　　　　金光白銀　gim´gong´pag ngiun˘

311

二十五、器物用品

矮楯頭　ai`dun`teuˇ
摒屎棍　bin`siiˇgun
煲缽盎缸　boˊbad`amˊgongˊ
茶油水粉　caˇiuˇsui`fun`
捽來火　cud loi`fo`
番薯刷　fanˊsuˇsod`
髻索茶箍　gi sog`caˇgu`
钁頭鐵鉔　giog`teuˇtied`zab`
菅榛棍　gonˊziimˊgun
晃籃仔　gongˇnamˇe`
桁頭桷尾　hangˇteuˇgog`miˊ
啾羅　jio loˇ
犁耙碌碡　laiˇpaˇlug cug
陸陸續續　liug liug xiug xiug
籮篙糞箕　loˇgag`bun giˊ
羅經八卦　loˇginˊbad`gua
絡硞車　log`kog`caˇ
毛蘭拜箕　moˊnanˇbai giˊ
日曆通書　ngid`lag tungˊsu`
銀簪手環　ngiunˇzamˊsu`kuanˇ
煏鑼鑊頭　puˊloˇvog teuˇ
沙枯杈　saˊkuˊca
簑衣笠嫲　soˊi`leb`maˇ
杓嫲圈　sog maˇkianˊ
頭梳腳襪　teuˇsiiˊgiog`mad`
灶頭鑊尾　zo teuˇvog miˊ

二十六、形容性狀

阿旦無情　aˊdan moˇqinˇ
鴨吮雞啄　ab`qion`gieˊdug`
鴨頭雞爪　ab`teuˇgieˊzau`
閼捽捽著　ad`cud cud do`
哎哎喲喲　aiˊaiˊioˊio`
矮矮吔　ai`ai`e`
矮凳腳盆　ai`den giog`punˇ
矮貼貼著　ai`diab`diab`do`
矮頓頓著　ai`dun`dun`do`
暗摸叮咚　am moˊ din`dung`
暗摸摸著　am moˊmoˊdo`
暗摸胥疏　am moˊxi`so`
暗疏疏著　am so`so`do`
叭叭滾　ba ba gun`
擘析分孔　bag`sag`bunˊkung`
半斤八兩　ban ginˊbad`liongˊ

312

半生不熟　ban sang´bud`sug

半頭離廢　ban teuˇli´fi

板勢縮恬　ban`sii sog`diam´

半尷不尬　ban´gang´bud`ge

挷擘　bang´bag`

挷鬚挃頦　bang´xi´ia`goi

包包挾挾　bau´bau´hiab`hiab`

包包囥囥　bau´bau´ngiab`ngiab`/ liab`liab`

嗶嗶滾　bi bi gun`

噼噼滾　biag biag gun`

嗶嗶噼噼　bid bid biag biag

嗶嗶哱哱　bid bid bog bog

擯絆　bin ban

擯擯絆絆　bin bin ban ban

奮奮腦綻　bin`bin`no`can

兵挷齒扯　bin´bang´cii`ca`

濱濱滂滂　bin´bin´bong´bong´

放寮轉擺　biong liau zon`bai`

播播滾　bo bo gun`

煲煲炙炙　bo´bo´zag`zag`

渤渤渤渤　boˇboˇbo bo

發嗞嗞著　bod`ca ca do`

發風落雨　bod`fung´log i

發寒打顫　bod`hon´da`zun´

發鹽鹵　bod`iamˇluˇ

發病倒床　bod`piang do`conˇ

發醉酡　bod`zui toˇ

嗊嗊滾　bog bog gun`

背拱拱著　boi giung`giung`do`

背蝦蝦著　boi ha´ha´do`

背何何著　boi hoˇhoˇdo`

背扗扗著　boi kimˇkimˇdo`

背虯虯著　boi kiuˇkiuˇdo`

背痀痀著　boi ku´ku´do`

背匍匍著　boi puˇpuˇdo`

背駝駝著　boi toˇtoˇdo`

掊著吔　boi´do`eˇ

砰砰滾　bong bong gun`

磅磅滾　bongˇbongˇgun`

哱哱滾　bud bud gun`

浡出來　bud cud`loiˇ

不受人教　bud`su nginˇgau

畚箕捹橪　bun gi´ten cang

嚓嚓滾　ca ca gun`

杈杈礙礙　ca ca ngoi ngoi

杈杈桍桍　ca ca pa`pa`

赤腳馬踏　cag`giog`ma´tab

313

赤手空拳　cag`su`kung`kian˘
撐頭撐尾　cang teu˘cang mi´
遭著抹人　ce do`mad`ngin˘
齊齊操操　ce˘ce˘cau cau
齊齊吔　ce˘ce˘e´
撮撮吔　ceb`ceb`e´
賊過惡人　ced go og`ngin˘
賊手賊腳　ced su`ced giog`
層三砑四　cen˘sam´zag`xi
瘦狗多火　ceu gieu˘do´fo`
瘦夾夾著　ceu giab giab do`
瘦牛角大　ceu ngiu˘gog`tai
樵燥米白　ceu˘zau´mi`pag
試試吔　cii cii e´
直直吔　ciid ciid e´
直直別別　ciid ciid ped ped
直腸直肚　ciid cong˘ciid du`
直人直槌　ciid ngin˘ciid cui´
深深吔　ciim´ciim´e´
陣陣腦上　ciin ciin no`song´
菜嘔嘔　coi eu`eu`
財丁兩旺　coi`den´liong`vong
財多身弱　coi`do´siin´ngiog
衰過　coi˘go

才疏學淺　coi˘su`hog qien`
長長短短　cong˘cong˘don`don`
長長吔　cong˘cong˘e´
長長久久　cong˘cong˘giu`giu`
長命富貴　cong˘miang fu gui
長纜纜著　cong˘nam˘nam˘do`
長聲扭敨　cong˘sang´neu`teu`
臭蓬蓬著　cu pang˘pang˘do`
粗粗糙糙　cu˘cu˘co co
粗傢硬伙　cu˘ga´ngang fo`
抽頦攝氣　cu´goi´ngiab`hi
重重輕輕　cung˘cung˘kiang´
　　　　　kiang´
匆匆忙忙　cung´cung´mong˘mong˘
重鈥鈥著　cung˘dem˘dem˘do`
打合挨　da`gab`ngai
打腳偏　da`giog`pien´
打踉蹌　da`lin´qin´
打潑賴　da`pad`lai
打爽　da`song`
打碗打筷　da`von`da`kuai
嗒嗒滾　dab dab gun`
嗒嗒吔　dab`dab`e´
噠噠滾　dag dag gun`

低言細語　dai´ngian˘se ngi´

單人獨馬　dan´ngin´tug ma´

頂頂碓碓　dang`dang`doi doi

投拙拙著　dau´zod`zod`do`

喋喋滾　de de gun`

擲擲滾　deb deb gun`

登對　den´dui

登真　den´ziin´

等人開謗　den`ngin´koi`bong˘

等人開屌　den`ngin´koi´diau`

鬥陣算額　deu ciin son ngiag`

扚扚滾　diag diag gun`

恬恬仔　diam´diam´e´

雕龍畫鳳　diau´liung˘fa fung

滴滴跌跌　did`did`died`died`

滴滴涿涿　did`did`dug`dug`

顛顛倒倒　dien´dien´do do

癲癲同同　dien´dien´dung´dung´

癲癲尸尸　dien´dien´sii´sii´

顛倒眨　dien´do bien`

叮叮咚咚　din din dung dung

辽辽腦轉　din´din´no`zong`

辽辽辽辽　din˘din˘din din

叮叮噹噹　din˘din˘dong˘dong˘

頂毋贏　din`m˘iang˘

頂癮　din`ngian

倒倒纏　do do can´

到到挖挖　do do iad`iad`

倒去倒轉　do hi do zon`

短短吔　don`don`e´

短屈屈著　don`kud kud do`

噹噹滾　dong dong gun`

噹噹滴滴　dong˘dong˘did`did`

噹噹跌跌　dong˘dong˘died`died`

噹噹汀汀　dong˘dong˘din din

肚梗梗著　du`guang˘guang˘do`

肚弛弛著　du`ie˘ie˘do`

肚拉拉著　du`la˘la˘do`

肚扨扨著　du`led led do`

肚腩腩著　du`nam˘nam˘do`

肚大大著　du`tai tai do`

肚挺挺著　du`ten`ten`do`

啄啄滾　dug dug gun`

咚咚滾　dum˘dum˘gun`

鏊鏊滾　dung dung gun`

呃呃含含　eb eb hem˘hem˘

呃喊碌天　eb hem`lug`tien´

噎噎滾　ed ed gun`

315

花花蓼蓼　fa´fa´liau´liau´

花理嗶啵　fa´li´bid bog

壞人多言　fai`ngin´do´ngian˘

壞銅壞鐵　fai`tung˘fai`tied`

壞占頭　fai`zam teu˘

壞膣壞坥　fai`zii´fai`de´

翻石打腦　fan´sag da`no`

翻生倒牽　fan´sang´do kian´

翻生狗　fan´sang´gieu`

反反躁躁　fan`fan`cau cau

浮財多　feu˘coi´do´

拂拂滾　fin fin gun`

和和吧　fo˘fo˘e´

火燒雷打　fo`seu´liu˘da`

火屎綻天　fo`sii`can tien´

火屎黐腳　fo`sii`nad`giog`

緩緩吧　fon fon e´

歡歡喜喜　fon´fon´hi`hi`

呼呼滾　fu fu gun`

湖湖窟窟　fu˘fu˘fud`fud`

鬍鬚麻加　fu˘xi´ma´ga´

苦丟丟著　fu`diu´diu´do`

拂拂滾　fud fud gun`

奮奮吧　fun fun e´

分漿　fun´jiong´

昏昏吧　fun´fun˘e´

豐豐富富　fung´fung´fu fu

風風光光　fung´fung´gong´gong´

風風雨雨　fung´fung´i`i`

轟轟烈烈　fung´fung´lied lied

紅丟丟著　fung˘diu´diu´do`

紅歪歪著　fung˘vai´vai´do`

疊疊翹翹　fung`fung`kieu kieu

加水加豆腐　ga´sui`ga´teu fu

家絲蕩產　ga´xi´tong san`

呷呷滾　gab gab gun`

合上合下　gab`song´gab`ha´

合嘴　gag`zoi

尷尷尬尬　gam´gam´ge ge

甘甘願願　gam´gam´ngian ngian

徑手徑腳　gang su`gang giog`

梗梗鼓鼓　gang´gang´gu`gu`

交運脫運　gau iun tod`iun

交手亂造　gau su`non co

雞鉗雞啄　gie´kiam˘gie´dug`

雞強狗願　gie´kiong˘gieu`ngian

鋸鋸嘵嘵　gi gi giau giau

鋸鋸滾　gi gi gun`

316

嘰嘰嘎嘎	gi´ gi´ ga˘ ga˘	狗舂墓頭	gieu`zung´mung teu˘
嘰嘰膏膏	gi´gi´go˘go˘	禁嫖戒賭	gim peu`giai du`
髻鬃一捋	gi´zung´id`lod	金那那著	gim´na na do`
嘰嘰咭咭	gi˘gi˘gid gid	徑徑徑徑	gin gin gang gang
解索脫軛	giai`sog`tod`ag`	巾巾晃晃	gin´gin´gong˘gong˘
艱辛	gian´ xin´	緊飆緊跳	gin`beu´gin`tiau˘
堅嗒	gian´dag	跔下去	gio´ha´hi
艱艱辛辛	gian´gian´xin´xin´	腳擘擘著	giog`bag`bag`do`
堅霜挨雪	gian´song´ngai xied`	腳跛跛著	giog`bai´bai´do`
簡簡單單	gian`gian`dan´dan´	腳撐撐著	giog`cang cang do`
驚驚險險	giang´giang´hiam`hiam`	腳沉沉	giog`dem dem
驚潑潑著	giang´pad pad do`	腳短短著	giog`don`don`do`
頸掤掤著	giang`bang´bang´do`	腳箭箭著	giog jien jien do`
頸頓頓著	giang`dun dun do`	腳交交著	giog`kau´kau´do`
頸蹻蹻著	giang`fe˘fe˘do`	腳胘胘著	giog`kia kia do`
頸鋸鋸著	giang`gi gi do`	腳屈屈著	giog`kud kud do`
頸縮縮著	giang`sug`sug`do`	腳惹惹著	giog`ngia ngia do`
咭咭滾	gid gid gun`	腳偶偶著	giog`ngiau`ngiau`do`
咭手咭腳	gid su`gid giog`	腳縮縮著	giog`sug`sug`do`
哽哽滾	gien˘gien˘gun`	腳挺挺著	giog`ten`ten`do`
噭無目汁	gieu mo˘mug`ziib`	久鍊成鋼	giu`lien siin´gong´
狗鉗貓逐	gieu`kiam´meu giug`	久病成醫	giu`piang siin˘i´
狗咬膦棍	gieu`ngau´lin`gun	久病成良醫	giu`piang siin˘
狗爭屎食	gieu`zang´sii`siid		liong˘i´

317

高高吔　go´go´e´

高天天著　go´tien´tien´do`

割頸敨氣　god`goi´teu`hi

蓋眚頭　goi guag teuˇ

改頭換面　goi`teuˇvon mien

賸管毋開　gon`mˇkoi´

扛賭剪博　gong´du`jien`bog`

光華華著　gong´faˇfaˇdo`

光光華華　gong´gong´faˇfaˇ

光光嘎嘎　gong´gong´gaˇgaˇ

綱綱十二　gong´gong´siib ngi

講頭知尾　gong`teuˇdi´miˇ

孤栖　gu´xi´

咕咕滾　gu´gu´gun`

眚眚滾　guag guag gun`

汩汩滾　gug gug gun`

貢貢滾　gung gung gun`

貢貢滾　gung gung gun`

哈哈滾　ha ha gun`

哈哈吮吮　haˇhaˇsud sud

狹座相容　hab co´xiong´iungˇ

核卵幫刀　hag non`bong´do`

憨憨吔　ham´ham´e´

嚎嚎喝喝　hau´hau´hod`hod`

臯毋恬　hau´mˇdiam´

嘿嘿砰砰　he´he´bong bong

歇歇滾　heb heb gun`

歇上歇下　hed song´hed ha´

喊喊滾　hem hem gun`

喊剾喊割　hem´cii´hem´god`

喊燒火㶶　hem´seu´fo`lad`

喊天讚地　hem´tien´zan`ti

絚繃繃著　henˇbang bang do`

絚斗　henˇdeu`

絚絚吔　henˇhenˇe´

絚毫　henˇho`

絚頭　henˇteu`

後後生生　heu heu sang´sang´

氣扯扯著　hi ca`ca`do`

氣奮奮著　hi fun fun do`

氣急急著　hi gib`gib`do`

氣用箭天　hi iung jien tien´

氣渺渺著　hi meu`meu`do`

氣凹凹著　hi ngiab`ngiab`do`

氣噴噴著　hi pun pun do`

翹翹却却　hieu hieu hiog`hiog`

興拵拵著　him lod lod do`

卻走吔　hiog`zeu`e´

318

香噴噴著　hiong´pun pun do`
雄繃繃著　hiung´bang bang do`
耗費　ho´fi
呵呵滾　ho´ho´gun`
豪光燦爛　ho´gong´can nan
嚎嚎呷呷　ho´ho´gab gab
嗬嗬呵呵　ho´ho´ho ho
好點點著　ho`diam`diam`do`
好好壞壞　ho`ho`fai`fai`
好雪雪著　ho`xied`xied`do`
汗漬漬著　hon ji ji do`
汗流流著　hon liu´liu´do`
汗潑潑著　hon pad pad do`
汗溼溼著　hon siib`siib`do`
汗漕漕著　hon zo´zo´do`
寒寒凍凍　hon´hon´dung dung
轟轟滾　hong´hong´gun`
倚恃毋得　i`sii m´ded`
凹歇吔　iab`hed`e´
煙咚咚著　ian´dung´dung´do`
援援牽牽　ian´ian´kian´kian´
冤冤枉枉　ian´ian´vong`vong`
煙人同地　ian´ngin´dung´ti
煙人同天　ian´ngin´dung´tien´

延延遴遴　ian´ian´ce ce
圓圓滿滿　ian´ian´man´man´
一頭一面　id`teu´id`mien´
一天一地　id`tien´id`ti
一代興隆　id`toi hin´nung´
掖蔴掖米　ie ma´ie mi`
弛綱打車　ie´gong´da`ca´
液液滑滑　ie´ie´vad vad
夭巴巴著　ieu´ba´ba´do`
邀邀湊湊　ieu´ieu´ceu ceu
夭夭吔　ieu´ieu´e´
搖搖當當　ieu´ieu´dong´dong´
搖槳駕船　ieu´jiong`ga son´
因財失義　in´coi´siid`ngi
秧死薑歿　iong´xi`giong´mud`
洋洋漾漾　iong´iong´iong iong
幼幼吔　iu iu e´
幼幼秀秀　iu iu xiu xiu
有機　iu´gi´
遊野打蜗　iu´ia´da`guai`
有孔無榫　iu´kang´mo´sun`
有耳無嘴　iu´ngi´mo´zoi
有聲有色　iu´sang´iu´sed`
遊遊于于　iu´iu´cog`cog`

319

油漬漬著　iuˇji ji doˋ
油波扐激　iuˇpoˊled gieb
呦呦滾　iui iui gunˋ
潤潤吔　iun iun eˊ
勻勻吔　iunˇiunˇeˊ
壅塵打灰　iungˊciinˇdaˋfoiˊ
壅塵灰　iungˊciinˇfoiˊ
吱吱滾　ji ji gunˋ
吱吱啁啁　ji ji jio jio
吱吱吱吱　jiˇjiˇjid jid
借風駛船　jia fungˊsiiˋsonˇ
借借滾　jia jia gunˋ
尖尖利利　jiamˊjiamˊli li
尖利利著　jiamˊli li doˋ
靚靚鬧鬧　jiangˊjiangˊnau nau
嚹嚹滾　jib jib gunˋ
汲汲淀淀　jid jid jiog jiog
剪腸捏肚　jienˋcongˇnedˋduˋ
唉唉嚜嚜　jimˊjimˊzod zod
精精緻緻　jinˊjinˊzii zii
斜一片　jioˋidˋpienˋ
跏跏蹣蹣　jioˋjioˋfeˋfeˋ
淀淀滾　jiog jiog gunˋ
皺股郎當　jiu guˋnongˇdongˇ

啾啾滾　jiu jiu gunˋ
皺膣郎當　jiu ziiˊnongˇdongˇ
足程　jiugˋcangˇ
足水　jiugˋsuiˋ
縱狗傷人　jiungˋgieuˋsongˊnginˇ
縱欲人　jiungˋiugˋnginˇ
枷手枷腳　kaˇsuˇkaˇgiogˋ
磕磕吔　kabˋkabˋeˊ
刻刻吔　kadˋkadˋeˊ
挨挨撞撞　kaiˊkaiˊcong cong
喫喫滾　ke ke gunˋ
嘓嘓滾　ked ked gunˋ
橋斷路絕　keuˇtonˊlu qied
企起來　kiˊhiˋloiˇ
騎馬怙杖　kiˇmaˇku congˋ
牽牽連連　kianˊkianˊlienˇlienˇ
虔虔誠誠　kianˊkianˊsiinˇsiinˇ
輕輕吔　kiangˊkiangˊeˊ
輕輕鬆鬆　kiangˊkiangˊsungˊsungˊ
輕連連著　kiangˊlienˇlienˇdoˋ
矻矻掄掄　kid kid kog kog
譴譴吔　kienˋkienˋeˊ
蹺腳寮　kieuˊgiogˋliau
嶠上嶠下　kieuˊsongˊkieuˊhaˊ

口筆兩利　kieu`bid`liong`li

口短舌屈　kieu`don`sad`kud

口食天財　kieu`siid tien´coi˘

口無對心　kieu`vu˘dui xim´

鏗鏗鏘鏘　kin kin kong kong

瘝死人　kioi xi`ngin˘

勤勤儉儉　kiun˘kiun˘kiam kiam

共竇同胎　kiung deu tung˘toi´

共爺各哀　kiung ia˘gog`oi´

靠傷　ko song´

開朗　koi´nong`

開頭聚賭　koi´teu˘qi du`

苦生對死　ku`sang´dui xi`

苦上苦下　ku`song´ku`ha´

苦天天著　ku`tien´tien´do`

蠟卵　lab non`

落鋏毋著　lab`gau m˘do`

辣叉叉著　lad ca´ca´do`

利鋒鋒著　li pung´pung´do`

醴豐檻送　li´fung´cang sung

離離犁犁　li˘li˘lai˘lai˘

掠掠滾　lia lia gun`

撩撩鳥鳥　liau˘liau˘diau´diau´

礫鼓礫砍　lid gu`lid kid

斂上斂下　lien song´lien ha´

鰱鯉入屋　lien˘li´ngib vug`

連頭並根　lien˘teu˘bin gin´

略略哋　liog liog e´

涼涼哋　liong˘liong˘e´

溜皮溜骨　liu pi˘liu gud`

六六畜畜　liug`liug`xiug`xiug`

落落哋　lo lo e´

攞攞合合　lo´lo´gab`gab`

攞攞交交　lo´lo´gau gau

老鋸鋸著　lo`gi gi do`

老敲敲著　lo`kau kau do`

潦潦草草　lo`lo`co`co`

老老嫩嫩　lo`lo`nun nun

老老細細　lo`lo`se se

老人成細　lo`ngin˘sang˘se

老牛下崁　lo`ngiu˘ha´kam

老孱孱著　lo`zan´zan´do`

落落擐擐　lod`lod`kuan kuan

劣劣拙拙　lod`lod`zod`zod`

落力　log lid

落落滾　log log gun`

落馬　log ma´

樂樂哋　log`log`e´

321

犖犖确确　log`log`kog`kog`　　蠻絞絲　man´gau sii´

魯死人　lu`xi`ngin´　　蠻蠻呃　man´man´e´

㲃屎　lud`sii`　　渺渺茫茫　meu´meu´mong´mong´

摝壞暗當　lug`fai`am`dong　　尾仃仃著　mi´dang´dang´do`

摝水毋汶　lug`sui`m´vun´　　尾拂拂著　mi´fid fid do`

累贅　lui zui　　尾翹翹著　mi´kieu kieu do`

瘤瘤錐錐　lui´lui´zui´zui´　　彌彌蒙蒙　mi´mi´mang´mang´

毋得結煞　m´ded`gad`sad`　　尾毛末節　mi´mo´mad jied`

毋得生死　m´ded`sang´sii´　　綿泿泿著　mien´jiog jiog do`

毋得脫爪　m´ded`tod`zau`　　綿綿呃　mien´mien´e´

毋知惱惜　m´di´nau´xiag`　　綿綿泿泿　mien´mien´jiog jiog

毋知生死　m´di´sang´xi`　　明明白白　min´min´ped ped

毋知頭天　m´di´teu´tien´　　毛綻綻著　mo´can can do`

毋知轉倒　m´di´zon`do　　毛釘釘著　mo´dang´dang´do`

毋曉得　m´hiau`ded`　　毛絨絨著　mo´iung´iung´do`

毋堪身份　m´kam´siin´fun　　毛蓬蓬著　mo´pang´pang´do`

毋通人情　m´tung´ngin´qin´　　毛澀澀著　mo´seb`seb`do`

嗎嗎滾　ma ma gun`　　無搭無碓　mo´dab`mo´doi

馬會失蹄　ma´voi siid`tai´　　無火無漿　mo´fo´mo´jiong´

嘛嘛滾　ma´ma´gun`　　無閒　mo´han´

慢行快到　man hang´kuai do　　無影無跡　mo´iang`mo´jiag`

慢慢呃　man man e´　　無樣無式　mo´iong mo´siid`

滿天八地　man´tien´bad`ti　　無油無臘　mo´iu´mo´lab

滿天放火　man´tien´biong fo`　　無蹤畫影　mo´jiung´fa iang`

無孔無鎞　mo˘kang´mo˘loi
無牛駛馬　mo˘ngiu˘sii`ma´
無婆無卵　mo˘po˘mo˘non`
無桫無集　mo˘qiu˘mo˘qib
無嘥無頓　mo˘sai´mo˘dun
無聲無氣　mo˘sang´mo˘hi
無偎無憑　mo˘va mo˘pin˘
無王無法　mo˘vong˘mo˘fab`
望天食著　mong tien´siid zog`
沒頭絞髻　mud teu˘gau`gi
歿浞浞著　mud`jiog jiog do`
目摸目撞　mug`mo´mug`cong
濛濛吔　mung˘mung´e´
濛濛烏烏　mung˘mung˘vu´vu´
捼褲頭　nag fu teu˘
嚧嚧滾　nag nag gun`
濫巴漬浞　nam ba˘ji jiog
濫浞浞著　nam jiog jiog do`
濫濫浞浞　nam nam jiog jiog
男男女女　nam˘nam˘ng`ng`
濫糝來　nam`sam`loi`
爛膣爛撋　nan zii´nan kuan
懶懶尸尸　nan˘nan´sii´sii´
冷氣搏燒氣　nang´hi bog`seu´hi

冷冷吔　nang´nang´e´
冷冷斡斡　nang´nang´vad`vad`
冷斡斡著　nang´vad`vad`do`
冷鑊熄（死）灶　nang´vog xid`
　　　　　　　（xi`）zo
冷颼颼著　nang´xiu˘xiu˘do`
伶伶俐俐　nang˘nang˘li li
零零落落　nang˘nang˘log`log`
零零敆敆　nang˘nang˘lud`lud`
零頭碎角　nang˘teu˘sui gog`
鬧熱　nau ngiad
膩膩細細　ne ne se se
呢呢呢呢　ne˘ne˘ne ne
乳撐撐著　nen cang cang do`
乳釘釘著　nen dang´dang´do`
乳漕漕著　nen zo zo do`
黐膠膠　neu˘ga˘ga˘
黐黐膠膠　neu˘neu˘ga˘ga˘
魚魚肉肉　ng˘ng˘ngiug`ngiug`
五花八色　ng`fa´bad`ced`
牙離牙狰　nga´li˘nga´cen˘
牙研目皺　nga´ngian´mug`jiu
牙射射著　nga˘sa sa do`
牙射鬚射　nga˘sa xi´sa

牙生耳齒	nga´sen´ngi`cii`	惹毋橫	ngia`m´vang
牙狋狋著	nga´sen´sen´do`	惹惹扯扯	ngia`ngia`ca`ca`
牙哂哂著	nga´xi´xi´do`	矚目滴剁	ngiab`mug`did dog
齧牙撐齒	ngad nga´sen cii`	熱活活著	ngiad fad fad do`
軋軋滾	ngad ngad gun`	熱吱吱著	ngiad ji ji do`
啱生撞死	ngam´sang´cong xi`	拈燒怕冷	ngiam´seu´pa nang´
刉刉屪屪	ngan´ngan´zan´zan´	黏合加	ngiam´gab`ga´
硬斗	ngang deu`	黏黏浹浹	ngiam´ngiam´giab`giab`
硬釘釘著	ngang diang´diang´do`	唸唸唸唸	ngiam´ngaim´ngiam
硬鉸鉸著	ngang gau gau do`		ngiam
硬恚恚著	ngang guag guag do`	眼暴暴著	ngian`bau bau do`
硬門	ngang mun´	眼盯盯著	ngian`dang´dang´do`
硬硬吔	ngang ngang e´	眼鬥鬥著	ngian`deu deu do`
咬牙切齒	ngau´nga´qied`cii`	眼金金著	ngian`gim´gim´do`
獒梨䗈瓜	ngau´li`fe`gua´	眼桄桄著	ngian`guang´guang´do`
獒腃䗈朘	ngau´lin`fe`zoi´	眼瞎	ngian`had`
獒獒䗈䗈	ngau´ngau´fe`fe`	眼卡卡著	ngian`kie`kie´do`
耳聾頂碓	ngi`nung´dang`doi	眼刺刺著	ngian`qiag`qiag`do`
耳脛脛著	ngi`guang´guang´do`	眼狋狋著	ngian`sen´sen´do`
耳閒閒著	ngi`hia hia do`	眼視眼物	ngian`sii ngian`vud
耳靴靴著	ngi`hio hio do`	眼視視著	ngian`sii sii do`
耳背背著	ngi`poi poi/ boi boi do`	眼黃鼻花	ngian`vong´pi fa´
惹惹翹翹	ngia ngia hieu hieu	尿岔岔著	ngiau ca ca do`
惹惹餳餳	ngia´ngia´xiang´xiang´	尿汀汀著	ngiau din din do`

324

尿漕漕著	ngiau zoˇzoˇdoˋ	愕愕琢琢	ngogˋngogˋdog dog
軋軋齾齾	ngid ngid ngad ngad	愕愕吔	ngogˋngogˋeˊ
人丁薄弱	nginˇdenˇpog ngiog	戀戀吔	ngong ngong eˊ
人腳有肥	nginˇgiogˋiuˊpiˋ	呢呢挼挼	niˇniˇnoˇnoˇ
人困馬渴	nginˇkun maˊhodˋ	亂筶箭天	non gau jien tienˊ
人撩鬼弄	nginˇliauˇguiˋnung	亂緊緊著	non ginˋginˋdoˋ
人生路不熟	nginˇsangˊluˋbudˋsug	亂稈搥綿	non gonˋcuiˊmienˇ
人衰鬼順	nginˇsoiˊguiˋsun	亂理麻合	non liˊmaˊgabˋ
人死情滅	nginˇxiˋqinˇmied	宭宭康康	nongˊnongˊkongˊkongˊ
人死債消	nginˇxiˋzai seuˊ	晾花絲散	nongˇfaˊxiˊsan
虐虐削削	ngiogˋngiogˋxiogˋxiogˋ	狼狼賴賴	nongˇnongˇlai lai
軟撿	ngionˊgiamˋ	忸一下	nug idˋha
軟濟濟著	ngionˊjiˇjiˇdoˋ	忸忸吔	nug nug eˊ
軟軟吔	ngionˊngionˊeˊ	蠕蠕吔	nugˋnugˋeˊ
軟軟硬硬	ngionˊngionˊngang ngang	嫩習習著	nun xibˋxibˋdoˋ
牛腸馬肚	ngiuˇcongˇmaˊduˋ	搵上搵下	nunˊsongˊnunˊhaˊ
牛鬼蛇神	ngiuˇguiˋsaˇsiinˇ	饔糠無油	nungˇhongˊmoˊiuˊ
牛老車耗	ngiuˇloˋcaˊhoˊ	窿窿空空	nungˇnungˇkungˇkungˇ
扭扭皺皺	ngiuˋngiuˋjiu jiu	弄捵鬚絨	nungˋdungˇxiˊiungˇ
肉緊捭	ngiugˋginˋduiˋ	嘔嘔滾	o o gunˋ
肉粽粽著	ngiugˋzung zung do	屙糟	oˊzoˇ
韌韌吔	ngiun ngiun eˊ	屙膿合血	oˊnungˇgabˋhiadˋ
餓嘍圖嚷	ngo loˇtuˇsaiˊ	屙膿屙血	oˊnungˇoˊhiadˋ
		屙膿滑丟	oˊnungˇvad diu

屙膿滑血	o´nungˇvad hiad`	鼻流流著	pi liuˇliuˇdo`
屙屙巴巴	o´o´baˇbaˇ	鼻人膦管	pi nginˇlinˇgon`
屙屙哱哱	o´o´bud bud	鼻塞塞著	pi seb`seb`do`
屙屙糟糟	o´o´zo´zo´	鼻攟攟著	pi sen sen do`
屙屎毋出	o´sii`mˇcud`	疲爬極蹶	pi´pa´kid kiad
屙糟糟　o´zo´zo´		疲疲寒寒	pi´pi´honˇhonˇ
玿囉搏塞	oˇloˇbog`sed`	陪上陪下	pi´songˇpi´ha´
惡擎擎著	og`kia´kia´do`	平高平大	piangˇgo´piangˇtai
惡蹶蹶著	og`kiad kiad do`	便宜無好貨	pienˇngiˇmoˇho`fo
惡人無膽	og`nginˇmoˇdam`	便便宜宜	pienˇpienˇngiˇngiˇ
惡絕絕著	og`qied qied do`	乒乒乓乓	pin pin pang pang
惡事做絕	og`sii zo qied	平平靜靜	pinˇpinˇqin qin
哀哀喲喲	oi´oi´io´io´	墣田糴米	piog tienˇtag mi`
哀哀哉哉	oi´oi´zoiˇzoiˇ	薄薄哋	pog pog e´
哀哉　oi´zoiˇ		潽出來	pu´cud`loiˇ
安安靜靜	on´on´qin qin	潽湳潽嘴	pu´nam´pu´zoi
安安全全	on´on´qionˇqiongˇ	普普哋	pu´pu´e´
央央幫幫	ong´ong´bong´bong´	噴噴滾	pun pun gun`
白雪雪著	pag xied`xied`do`	賁瓤	punˇnong´
拋花作浪	pau´fa´zog`nong	賁賁哋	punˇpunˇe´
拋拋滾　pau´pau´gun`		泪泪喳喳	qi qi ca ca
浮浮冇冇	peuˇpeuˇpang pang	薑頭　qi´teuˇ	
鼻尢尢著	pi ang ang do`	薑頭頭著	qi´teuˇteuˇdo`
鼻劗劗著	pi can`can`do`	斜斜哋	qia´qia´e´

326

斜斜蝻蝻　qiaˇqiaˇfe`fe`
青河河著　qiangˊhoˇhoˇdo`
青溜溜著　qiangˊliu`liu`do`
青冥發死　qiangˊmiangˊbodˇxi`
青面訥暴　qiangˊmien au bau
彳丁暢瀉　qid`cog`tiong xia
七覅八翹　qid`fung`bad`kieu
七角八惹　qid`gog`bad`ngia
七攞八合　qid`loˊbad`gab`
七摸八摸　qid`moˊbad`miaˊ
七趖八摸　qid`soˇbad`miaˊ
七銅八鐵　qid`tungˇbad`tied`
七醉八摸　qid`zui bad`miaˊ
絕滅毋著　qied mied mˇdo`
前世無修　qienˇsii moˇxiuˊ
淺淺吔　qien`qien`e´
盡迷頭　qin miˇteuˊ
盡命牯　qin miang gu`
儘儘採採　qin qin caiˊcaiˊ
靜靜緻緻　qin qin zii zii
清閑享福　qinˊhanˇhiongˇfug`
清清楚楚　qinˊqinˊcuˇcu`
清清淨淨　qinˊqinˊqiang qiang
像種像代　qiong zung`qiong toi

就就集集　qiu qiu qib qib
蛇聲鬼噭　saˇsangˊgui`gieu
煞煞猛猛　sad`sad`mangˊmangˊ
豺豺削削　sai`sai`xiogˇxiogˊ
三扶四募　samˊpuˇxi mog`
三做四毋著　samˊzo xi mˇcog
善辦　san pan
聲凹凹著　sangˊiab`iab`do`
生鹵打挨　sangˊluˊda`ngai
聲央央著　sangˊong ong do`
聲失失著　sangˊsiid`siid`do`
省省吔　sang`sang`e´
細妹貓性　se moi meu xin
細細吔　se se e´
事頭硬　se teuˇngang
蟻搭　seˇdab`
森森吔　sem sem e´
森森顫　sem sem zun`
笑哱哱著　seu pud`pud`do`
笑笑吔　seu seu e´
燒炣炣著　seuˊhoˇhoˇdo`
燒燒吔　seuˊseuˊe´
燒燒冷冷　seuˊseuˊnangˊnangˊ
燒燒暖暖　seuˊseuˊnonˊnonˊ

327

燒手燶腳　seu´su`lug giog`
少少吔　seu`seu`e´
思量毋得　sii´liong˘m˘ded`
時來運轉　sii˘loi˘iun zon`
時衰運限　sii˘soi˘iun han
屎毋知臭　sii˘m˘di´cu
十苦九補　siib fu`giu`bu`
溼溚溚著　siib`dab dab do`
溼溼吔　siib`siib`e´
食飽等死　siid bau`den`xi`
食睡毋得　siid soi m˘ded`
身輕力薄　siin´kiang´lid pog
神攻攻著　siin˘gung˘gung˘do`
趖鱉腳　so˘bied`giog`
衰衰吔　soi´soi´e´
算米落鑊　son mi`log vog
酸咚咚著　son´dung˘dung˘do`
酸酸澀澀　son´son´seb`seb`
上揬下掣　song dui`ha´cad`
傷重　song´dong
上上下下　song´song´ha´ha´
上天沒地　song´tien´mud ti
爽朗　song`nong`
樹死藤燥　su xi`ten˘zau´

手剷剷著　su can`can`do`
手坐坐著　su co`co`do`
手拖拖著　su ia`ia`do`
手枷腳搭　su ka˘giog`kag
手瘸腳跛　su kio˘giog`bai´
手屈屈著　su kud kud do`
手歛歛著　su liam´liam´do`
手軟腳癱　su ngion´giog`lai´
手煨腳蠨　su voi´giog`fe`
手摌摌著　su voi´voi´do`
隨隨便便　sui˘sui`pien pien
水掖掖著　sui`ie ie do`
水洋洋著　sui`iong˘iong˘do`
水生蘚　sui`sang´se´
水傷　sui`song´
水漕漕著　sui`zo˘zo˘do`
順順班班　sun sun ban´ban´
順順吔　sun sun e´
順順利利　sun sun li li
順順序序　sun sun xi xi
鬆環　sung´fan˘
鬆鬆吔　sung´sung´e´
踏踏實實　tab tab siid siid
緊手緊腳　tag`su`tag`giog`

328

大肚肚著	tai du`du`do`	頭偏偏著	teuˇpienˊpienˊdo`
大汗圍身	tai hon viˇsiinˊ	頭破耳滑	teuˇpo ngi`vad
大确确著	tai kog kog do`	頭磬磬著	teuˇqin`qin`do`
大嬤牯聲	tai maˇgu`sangˊ	頭探探著	teuˇtam tam do`
大難小劫	tai nan seu`giab`	頭歪歪著	teuˇvaiˊvaiˊdo`
大傲傲著	tai ngau ngau do`	頭烏面暗	teuˇvuˊmien am
大水碰河	tai sui`pongˊho`	頭側側著	teuˇzed`zed`do`
大大細細	tai tai se se	頭捉捉著	teuˇzog`zog`do`
大做細用	tai zo se iung	頭腫腳醉	teuˇzung`giog`zui
大主大意	tai zu`tai i	頭腫面冇	teuˇzung`mien pang
大眾大馬	tai zung tai maˊ	惦死人	tiam`xi`nginˇ
痰火謄	tamˇfo`lin	天造地設	tienˊco ti sad`
跈陣毋著	tenˇciin mˇdo`	天銃	tienˊcung
跈人走	tenˇnginˇzeu`	天公地斷	tienˊgungˊti don
跈上跈下	tenˇsongˊtenˇhaˊ	天晴鱟鱟	tienˊqiangˇvang`vang`
挺挺吔	ten`ten`eˊ	天生天養	tienˊsenˊtienˊiongˊ
頭掩目醉	teuˇamˊmug`zui	天烏地暗	tienˊvuˊti am
頭沉沉著	teuˇciim ciim do`	天誅地滅	tienˊzuˊti mied
頭昏昏著	teuˇfunˇfunˇdo`	定定吔	tin tin eˊ
頭光面淨	teuˇgongˊmien qiang	暢暢瀉瀉	tiong tiong xia xia
頭憖腦疲	teuˇinˊno`bien`	討食化緣	to`siid fa ian`
頭犁犁著	teuˇlaiˇlaiˇdo`	拖腳毋贏	toˊgiog`mˇiangˇ
頭嗸嗸著	teuˇngauˇngauˇdo`	妥妥當當	to`to`dong dong
頭臥臥著	teuˇngo ngo do`	脫軛	tod`ag`

脫孿落圈　tod`nang´lod`kian´

脫孿絲散　tod`nang´xi´san

湯湯水水　tong´tong´sui`sui`

度度搏搏　tu tu bog`bog`

塗塞腔話　tu´sed`zii´fa

退冬　tui dung´

退甘　tui gam´

通通透透　tung´tung´teu teu

銅皮鐵骨　tung´pi´tied`gud`

話話霸霸　va va ba ba

哇哇滾　va va gun`

哇哇斡斡　va´va´vad`vad`

滑腸滑肚　vad cong´vad du`

滑溜　vad liu`

滑餒餒著　vad ne´ne´do`

彎彎吔　van´van´e´

彎彎曲曲　van´van´kiug`kiug`

彎彎斡斡　van´van´vad`vad`

橫打直過　vang´da`ciid go

橫架直架　vang´ga ciid ga

橫橫直直　vang´vang´ciid ciid

橫橫吔　vang´vang´e´

橫橫挖挖　vang´vang´vag`vag`

喊嘶掣天　ve`sii`cad`tien´

畏畏濟濟　vi vi ji ji

畏畏縮縮　vi vi sug`sug`

畏死人　vi xi`ngin´

禾黃水落　vo´vong´sui`log

會腌人　voi iab`ngin´

往生老核　vong´sen´lo`hed`

黃蜇爪雞　vong´cad zau`gie´

黃頭腫嘴　vong´teu´zung`zoi

黃（荒）天曬日　vong´(fong´) tien´sai ngid`

黃貢貢著　vong´gung gung do`

黃臘臘著　vong´lab lab do`

黃臘　vong´lab

黃黃霜霜　vong´vong´song´song´

枉慍　vong´vud`

烏喀喀著　vu´da da do`

烏黮黮著　vu´du du do`

烏蠅綻卵　vu´in´can non`

烏蠅綻天　vu´in´can tien´

烏刻刻著　vu´kad`kad`do`

烏麻盞設　vu´ma´zan`sad`

烏青膱血　vu´qiang´gu`hiad`

烏疏疏著　vu´so´so´do`

烏烏暗暗　vu´vu´am am

慍慍悴悴	vud`vud`zud`zud`	仙丹妙藥	xien´dan´meu iog
文文搵搵	vunˇvunˇvun vun	先號先贏	xien´ho xien´iangˇ
四腳壁直	xi giog`biag ciid	先死先贏	xien´xi`xien´iangˇ
四腳惹天	xi giog`ngia tien´	鮮鮮湯湯	xien´xien´tong´tong´
四門透底	xi munˇteu dai`	心寒膽顫	xim´honˇdam`zun´
鬚綻綻著	xi´can can do`	心心念念	xim´xim´ngiam ngiam
鬚茅茅著	xi´mauˇmauˇdo`	性暴暴著	xin bau bau do`
鬚翹翹著	xi´ngieu ngieu do`	辛辛苦苦	xin´xin´ku`ku`
胥胥趖趖	xi´xi´soˇsoˇ	睄上睄下	xioˇsong´xioˇha´
死板板著	xi`ban`ban`do`	俗滑滑著	xiog vad vad do`
死仃仃著	xi`dang´dang´do`	咻咻滾	xiu xiu gun`
死斗	xi`deu`	羞人	xiu´nginˇ
死屈屈著	xi`kud kud do`	颼上颼下	xiuˇsong´xiuˇha´
死門屈路	xi`munˇkud lu	筱上筱下	xiu`song´xiu`ha´
死門絕路	xi`munˇqied lu	詐病詐痛	za piang za tung
死齧齧著	xi`ngad`ngad`do`	詐生詐死	za sang´za xi`
惜命驚死	xiag`miang giang´xi`	砸卡	zab`kaˇ
惜命命著	xiag`miang miang do`	砸卡手	zab`kaˇsu`
惜字如金	xiag`sii i´gim´	拶腹	zad`bug`
漦漦濞濞	xiauˇxiauˇpi pi	災災劫劫	zai´zai´giab`giab`
集集吔	xib xib e´	展前寮	zan`qien´liau
息息文文	xib`xib`vunˇvunˇ	整整修修	zang`zang`xiu´xiu´
唶唶析析	xid xid sag sag	燥熇	zau´hog`
唏唏吮吮	xid xid sud sud	燥溓水	zau´liam`sui`

331

燥縮　zau´sog`

燥絲絲著　zau´xi´xi´do`

燥燥吔　zau´zau´e´

燥燥溓溓　zau´zau´liam`liam`

媸尾仔　ze´mi´e`

側側吔　zed`zed`e´

走投無路　zeu`teu˘mo˘lu

膣油借借　zii´iu˘jia jia

批麻抛草　zii´ma´ia`co`

膣毛璅澀　zii´mo´so`seb`

膣喃膣呷　zii´nam˘zii´gab

膣膣擺擺　zii´zii´bai´bai˘

膣膣葉葉　zii´zii´iab iab

指風畫影　zii`fung´fa iang`

指名道姓　zii`miang´to xiang

子肉肉著　zii`ngiug`ngiug`do`

紙頭紙尾　zii`teu˘zii`mi´

指指點點　zii`zii`diam`diam`

子子肉肉　zii`zii`ngiug`ngiug`

仔仔細細　zii`zii`se se

針針火眼　ziim´ziim´fo`ngian`

真真假假　ziin´ziin´ga`ga`

做家　zo ga´

做家摒份　zo ga´ten fun

嘬嘬滾　zod zod gun`

捉手捉腳　zog`su`zog`giog`

嘴擘擘著　zoi bag`bag`do`

嘴扁扁著　zoi bien`bien`do`

嘴蠎蠎著　zoi fe`fe`do`

嘴屈屈著　zoi kud kud do`

嘴貌貌著　zoi mau mau do`

嘴膩膩著　zoi ne ne do`

嘴嗷嗷著　zoi ngau˘ngau˘do`

嘴嗷鼻蠎　zoi ngau˘pi fe`

嘴惹惹著　zoi ngia ngia do`

嘴努努著　zoi nu`nu`do`

嘴勺勺著　zoi sog`sog`do`

朘烏賸綻　zoi´vu`lin`can

豬狗　zu´gieu`

豬狗禽獸　zu´gieu`kim˘cu

豬嫲走聲　zu´ma´zeu`sang´

豬拖狗擘　zu´to´gieu`bag`

豬豬狗狗　zu´zu´gieu`gieu`

崒上崒下　zug song´zug ha´

竹筒退水　zug`tung´tui sui`

醉摸摸著　zui mia´mia´do`

醉日醉夜　zui ngid`zui ia

醉頭面　zui teu˘mien

332

春桼做粄　zung´qiˇzo ban`　　腫水巴哺　zung`sui`baˇbuˇ

春天磕地　zung´tien´ngab ti　　腫腫醉醉　zung`zung`zui zui

腫瓜瓜著　zung`gua´gua´do`

二十七、代詞

二十八、虛詞

恁　an`　　　　　　　　　　　罅擺理　la bai`li´

直透　ciid teu　　　　　　　　黏時起腳　liamˇsiiˇhi`giog`

打丟　da`diu　　　　　　　　　吂曾來　mang´qienˇloi´

的對　dag dui　　　　　　　　無底　moˇdai`

到到吔　do do e´　　　　　　　冷冷颼颼　nang´nang´xiuˇxiuˇ

賭斷真　du`don ziin´　　　　　零星怕算　nang´sang´pa son

堵好　du`ho`　　　　　　　　　伶俐　nangˇli

壞蹄吔　fai taiˇe´　　　　　　仰得結煞　ngiong ded`gad`sad`

分分吔　fun fun e´　　　　　　平平白白　pinˇpinˇpag pag

加加減減　ga´ga´gam`gam`　　盡　qin

逕直去　gin ciid hi　　　　　　續手順帶　sa su`sun dai

高不而將　go´bud`iˇjiong´　　聲聲句句　sang´sang´gi gi

蓋　goi　　　　　　　　　　　細義　se ngi

還　hanˇ　　　　　　　　　　忒　ted`

起頭　hi`teuˇ　　　　　　　　定定著著　tin tin cog cog

何麼死苦　hoˇma`xi`ku`　　　嶄然　zam`manˇ

有搭有碓　iu´dab`iu´doi　　　嶄然好　zam`manˇho`

333

仔細　zii`se

真堵好　ziin´du`ho`

轉擺　zon`bai`

二十九、數詞量詞

多多哋　do´do´e´

多多少少　do´do´seu`seu`

零零星星　nang´nang´sang´sang´

七坐八爬　qid`co´bad`pa`

愁食愁著　seuˇsiid seuˇzog`

◆ 附錄七／美濃客家語聲母[l]後方接鼻音韻母變成[n]

美濃客家語與其他四縣話不同處之一，在於聲母〔l〕若遇鼻音韻母，會自動轉為〔n〕，其規則如下：

(一)無鼻音韻母時，[l] ≠ [n]：如 liˇ（離）≠ niˇ（尼），laiˇ（犁）≠ naiˇ（泥），lab（臘）≠ nab（納），le`（咧）≠ ne`（呢）

(二)有鼻音韻母時，[l] = [n]：如 lamˇ（藍）= namˇ（南），lang（躝）= nang（另），lanˇ（蘭）= nanˇ（難），long（浪）= nong（浪）

(三)i（介音）＋鼻音韻母時，[l] ≠ [n]：liamˇ（鐮）≠ niamˇ（美濃無此音），liongˇ（量）≠ niongˇ（美濃無此音）

(四)u（介音）＋鼻音韻母時，[l] = [n]：如 lun（論）=nun（嫩），lungˇ（隆）=nungˇ（農）

◆ 「臺灣瑰寶　客語風華」──【美濃客家語寶典】
捐助印刷大德名單

編號	捐助者姓名	職稱	金額
1	吳麟德	吳佳園企業	五萬元
2	美濃區農會	鍾清輝	五萬元
3	林榮漢	小漢企業負責人	貳萬五千元
4	宋永雄	桃園市美濃客家同鄉會理事長	貳萬元
5	宋國榮	美濃旅外八大同鄉會榮譽總會長	貳萬元
6	羅眞權	美濃旅外八大同鄉會總會長	貳萬元
7	劉清元	信燕集團總裁	貳萬元
8	蕭新祿	正道公司董事長	壹萬元
	趙玉芳	正道公司董事長夫人	壹萬元
9	吳維忠	美隆電公司董事長	壹萬元
10	林貴木校長	天興實業公司董事長	壹萬元
11	林享安	寬昇有限公司負責人	壹萬元
12	曾淑玲	美濃旅屏東縣同鄉會理事長	壹萬元
13	劉達振	高雄市客家文化事務基金會董事長	壹萬元
14	劉靖淳	高雄市客屬美濃同鄉會第八屆理事長	壹萬元
15	劉吉展	鳳美客家事務協會理事長	壹萬元
16	曾榮清	台北市高雄客家同鄉會（美濃旅北同鄉會）理事長	壹萬元
17	劉錦妹	前高雄市客屬美濃同鄉會理事長	壹萬元
18	鍾英勝	好客庄負責人	壹萬元
19	黃淑玫	美濃國中老師	壹萬元

編號	捐助者姓名	職稱	金額
20	吳明光	高雄市客屬美濃同鄉會第六屆理事長	五千元
21	劉玟麟	台中市高雄美濃旅中客家協會理事長	五千元
22	鍾旺興	台中市高雄美濃旅中客家協會總幹事	五千元
23	劉美蓮	高雄市客屬美濃同鄉會常務理事	五千元
24	劉熙章	美濃旅美鄉親	五千元
25	林東薌		捌萬元
26	黃丙喜	台灣科技大學教授，加捷科技公司獨立董事	五千元
27	莊兆偉	大學同學	五千元
28	黃金藏	旗山國中退休教師	五千元

Note

Note

Note

Note

Note

國家圖書館出版品預行編目資料

美濃客家語寶典／劉明宗主編. ──初版.
──臺北市：五南，2016.09
　　面；　公分
ISBN 978-957-11-8685-6（平裝）

1.客語　2.詞典

802.52383　　　　　　　　　105011600

1X0B 客語叢書系列

美濃客家語寶典

主　　　編 ─	劉明宗
編　　　撰 ─	邱國源　劉明宗
發 行 人 ─	楊榮川
總 編 輯 ─	王翠華
主　　　編 ─	黃惠娟
責任編輯 ─	蔡佳伶　卓芳珣
封面設計 ─	斐類設計工作室
出 版 者 ─	五南圖書出版股份有限公司
地　　　址：	106台北市大安區和平東路二段339號4樓
電　　　話：	(02)2705-5066　傳　　　真：(02)2706-6100
網　　　址：	http://www.wunan.com.tw
電子郵件：	wunan@wunan.com.tw
劃撥帳號：	01068953
戶　　　名：	五南圖書出版股份有限公司
法律顧問	林勝安律師事務所　林勝安律師
出版日期	2016年 9 月初版一刷
	2016年10月初版二刷
定　　　價	新臺幣520元